# 水东人物谭·开阳人

开阳县人大常委会　编

聂舒元　主编

中国言实出版社

**图书在版编目(CIP)数据**

水东人物谭.开阳人/开阳县人大常委会编;聂舒元
主编. -- 北京:中国言实出版社,2023.10
ISBN 978-7-5171-4606-3

Ⅰ.①水… Ⅱ.①开…②聂… Ⅲ.①散文集—中国
—当代Ⅳ.①I267

中国国家版本馆CIP数据核字(2023)第190958号

**水东人物谭·开阳人**

责任编辑:宫媛媛
责任校对:张国旗

出版发行:中国言实出版社
地  址:北京市朝阳区北苑路180号加利大厦5号楼105室
邮  编:100101
编辑部:北京市海淀区花园路6号院B座6层
邮  编:100088
电  话:010-64924853(总编室)  010-64924716(发行部)
网  址:www.zgyscbs.cn  E-mail:zgyscbs@263.net

经  销:新华书店
印  刷:廊坊市海涛印刷有限公司
版  次:2024年3月第1版  2024年3月第1次印刷
规  格:710毫米×1000毫米  1/16  20.25印张
字  数:228千字

定  价:95.00元
书  号:ISBN 978-7-5171-4606-3

# "三谭"小记

　　每个人的家乡故土，放在整个世界的版图上看，都显得十分渺小。小到如美国作家威廉·福克纳所言，像邮票那样大小。无论多小，也好比是满天繁星中最亮的那一颗星。他说："我的故乡是值得好好描写的，而且，即使写一辈子，我也写不尽那里的人和事。"在他十余部长篇小说与绝大多数短篇小说中，那个地方叫作"约克纳帕塔法县"。而同样荣获诺贝尔文学奖的莫言，他小说里的"高密东北乡"冥冥之中与之遥相呼应，同样构建了属于自己的叙事空间。其实不仅对作家，对普通人亦如此，故乡情结好比一粒奇特而又神秘的种子，不说与生俱来也早已植入心灵深处。

　　其实我是最怕说废话的，可是说的又有多少不是废话呢？当这本《水东人物谭·开阳人》摆在面前，除了钦佩还是钦佩，再也找不着别的词语状写内心的真实感受。算上这本书，接二连三，聂舒元——聂老师已经为家乡写了三本书。他是勤奋的，执着的，目光锁定"水东"大框架下之开阳，在一枚邮票大小的地方深耕细作，默默奉献。仅从各地提倡"讲好家乡故事"的角度来看，三本书约百万字，组成一套三部曲散文集，其规模之大，

序

篇幅之长，称得上大部头了。另外两本书——《水东饮馔谭·开阳味道》和《水东人文谭·开阳故事》，我也有幸拜读，感觉开阳故事差不多都给他讲完了，而且讲得十分精彩。当然也看得出来，其写作动机及兴趣所在，并非停留在讲故事的层面，而是用心良苦，意欲全面挖掘打捞、梳理并整合一方之历史遗存、地域文化及风土人情，为家乡留下一份值得永久保存的记忆和念想。这一点我从这本书中，那些按时间顺序出场的人物身上感触颇深。

一场跨越千年的寻影追踪之旅，从唐朝出发，一路走到民国至解放初。作者笔下，数十名走进走出或世居开阳的历代名人，宛若流星划过历史的天空。伴随他们的行踪轨迹，历史背景、地理空间渐次呈现清晰的轮廓，而与此同时，人物形象的刻画也在精练细致的笔触下至臻完善。相比另外两本书，这一本的写作难度要大很多，写得这么好实属不易。白驹人生，往事如烟。这些人早已远走高飞，有的甚至生平不详，恍若缥缈孤鸿影，一闪已过千年。得亏著书讲故事的人，有足够扎实的知识储备和文学素养，如借神来之笔，让他们穿越时光隧道重新出发，重现风采。作者一面洋洋洒洒，一面行云流水，以点带面式地叙述，时不时带出密集的信息和知识点，令人目不暇接，拍案叫绝。捧读此书，夸张点说，时而如遭轰炸，时而如沐春风，是一次愉快而难忘的阅读体验。

这几年退休赋闲，自驾游走了不少地方。千城一面，万楼一貌，一种似曾相识的感觉，几乎无处不在。大城市如此，小地方也宿命难逃般趋于雷同。这种现象在物质形式的空间反映出某种懒惰，同时也透露出地方文化的贫乏。一个地方不论大小，如何让人分辨出某种内在精神和文化特色？如何让人心有所动，念念不忘？答案还在路上。好在每个地方都有自己的故事，哪怕最初在史料记载中只是些鸿爪雪泥、零散的碎片，但遇上讲故事的高手，一切都不在话下。如若不然，所谓非物质文化遗产，所谓文化底蕴，多半可能无迹可寻，更是看不见摸不着了。

开阳有"三潭"，何其幸也！

（杨打铁，中国作协会员、贵州省作协副主席）

CONTENTS

# 目 录

目
录

水东人物谭·开阳人

# 紫袍金鱼话宋鼎

## 一

贵阳和开阳之间的往返，在贵开等级公路、高速公路未开通之前，必经过开阳双流白马村的同知衙。每当汽车在狭长的公路上奔驰，远远地看见同知衙，这个在山的国度里随处可见的小村寨，脑海中便会闪现一个人物：宋鼎。

假如宋鼎还活着的话，应该一千二百余岁了吧，枯藤老树般的龙钟老态！不，在我的印象中，宋鼎不过三十多岁，不超过四十岁。你看他，身着一袭御赐紫袍，腰间佩挂一个金饰鱼袋，风度翩翩，踌躇满志。这，即是唐德宗建中三年（782）向朝廷进贡500两朱砂时的宋鼎。

这一形象，不正是当今宫廷影视剧中男主角的装扮吗？非也！这可是唐朝三品以上官员的标准服饰，正装。《新唐书·车服志》载，朝廷规定，三品以上官员身着紫色长袍，腰佩金饰鱼袋；四品官员只佩金饰鱼袋；五品官员身着绯（大红）袍，腰佩银饰鱼袋；六品官员身着绿袍，腰佩铜饰鱼袋；六品以下官员身着绿袍，无鱼袋。地方官中，州一级的长官称刺史，身着绯袍，腰佩银饰鱼袋。宋鼎虽然是蛮州刺史，但身着紫袍、腰佩金饰鱼袋，表明他的级别比一般刺史要高。分别用金、银、铜等材料作装饰制作而成的口袋（荷包），内装三寸长短的鱼符，亦分别用金、银、铜三种金属材料制成，鱼符上刻持有人身份资料的文字，分为左右两半，左半留在朝廷，作为存根，右半放在持有人手中，盛入鱼袋，随身携带，即所谓"随身鱼符者，以明贵贱"。

唐朝之前，官员佩戴的是"虎符"，到了唐朝，为何变成了"鱼符"呢？这是因为唐朝开国皇帝李渊的祖父名"李虎"，曾是南北朝时西魏国八大柱国之一。因此，唐朝为避李渊祖父的讳，改"虎符"为鲤鱼形状的"鱼符"。唐王朝是李姓天下，李与鲤同音，鲤鱼是祥瑞之物，大吉大利，更何况鱼目昼夜不闭，有"常备不懈"之寓意。而到了武则天当皇帝时（685—714），天授元年（690），她特下懿旨，改"鱼符"为"龟符"，鱼袋改为龟袋，金、银、铜等饰品和职级佩戴，与"鱼符"等级相同。武则天改"鱼符"为"龟符"的理由是，龟为道教中护法之神玄武形象，她姓武，自称玄武化身。而到了她儿子李显继位后，又还原为鱼符袋。"龟符"虽未传下去，但却因此留下了"金龟婿"这一典故。

## 二

唐朝文豪韩愈特别作《示儿》诗："开门问谁来，无非卿大

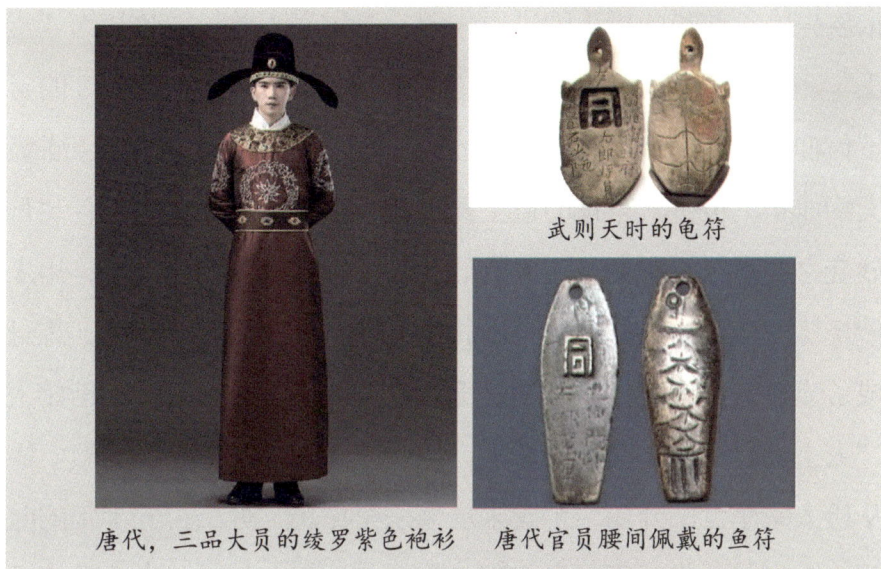

武则天时的龟符

唐代，三品大员的绫罗紫色袍衫　　唐代官员腰间佩戴的鱼符

夫。不知官高卑，玉带悬金鱼。"朝廷在正式行文中，为了说明某人的职级，在官名的后面一定要加"赐紫金鱼袋"一句，这原本表明是对某人的一种赏赐，赏给老臣，表示荣誉；赏给新人表示赞赏，表明皇帝看此人很顺眼，大有飞黄腾达的可能，前途无量。不是吗？你看，在《旧唐书·南蛮西南蛮传》中记载，朝廷赏赐给宋鼎的官衔"西南蕃大酋长正议大夫检校蛮州长史继袭蛮州刺史资阳郡开国公赐紫金鱼袋"，这长串头衔中，唯"继袭蛮州刺史"是实职，世袭正四品，但末尾的"赐紫金鱼袋"至少算正三品的政治待遇。其实这表明唐朝廷对地处边远的蛮州一番良苦用心。

蛮州，地处西南边陲，大山深处的白马洞一带，神不知鬼不觉地藏着一种稀世珍宝——朱砂。朱砂，又称丹砂，稀罕矿物。西周时，周成王主持天下诸侯会盟，即有濮人（蛮州一带布依族先民）酋长向周王朝进贡朱砂，这位濮人酋长被敕封为"宝王"。后来"宝王"逐渐演变为朱砂神，成了朱砂产地百姓的宝王信仰，这个信仰沿袭至今，故今白马洞仍有宝王庙遗址（省级文物保护单位）。东晋的道士葛洪在《抱朴子》一书中说："丹砂烧之成水银，积变又还成丹砂。"故朱砂又称"还丹"，用朱砂烧炼的仙丹，人服食后可以长生不老，返老还童。因此，炼丹成了道家的必修课。唐王朝是李姓人的天下，自视为道家创始人"太上老君"老子李聃的后人，故笃信道教，奉道教为国教。故从唐太宗李世民开始，至唐末唐僖宗李儇止，近二百五十年的时间，一代又一代的唐朝皇帝都迷信炼丹、服食仙丹，大多直接请道士进宫炼丹。上行下效，有多少达官贵人炼丹，这得需要多少朱砂！既然那西南边陲有一个盛产朱砂的地方，就在那里建一个"羁縻州"吧，州名无所谓，那里自古都皆为"蛮夷"之地，就管它叫"蛮州"。于是，唐朝建立之初的武德三年（620），唐朝廷置蛮州于今开阳县双流镇白马洞。《贵阳府志》载，蛮州衙署即是后来的同知衙。于是，蛮州成为唐朝设置的865个羁縻州之一，蛮州刺史，正四品，世袭。羁縻州到了元、明、清时代即演变为土司制。蛮州辖地广大，即今贵阳市的整个辖区，还领巴江一县（黔南贵定、龙里等地），蛮州即后来的水东宋氏辖地。唐朝廷敕封兴起于隋末的宋氏为蛮州刺史，从此，拉开了宋氏土司治理水东的历史大幕。

宋氏原籍真州（今河北省正定县），隋末平乱入黔，依附于牂牁大姓谢氏。在战乱纷纷、改朝换代的年代，入黔后的宋氏审时度势，很快成为与谢氏分庭抗礼的黔中望族，唐初受封蛮州刺史后，得天独厚。蛮州地因为朱砂的开采、冶炼、贸易，经济强盛，实力雄厚，从唐初到唐中叶德宗皇帝李适继位时，经过一百七十余年的发展，蛮州已达到鼎盛时期，宋氏已成为西南地区的名门大姓。此时，袭任蛮州刺史的正是年轻有为、英姿勃勃的宋鼎，他一上任干的第一件事即开通了蛮州连接川藏的茶马古道，也就是蛮州东接牂牁的蛮州大道（今开阳、瓮安和余庆之间），开辟了黔中地区最早的贯通东西的大道，因此带来的是蛮州蒸蒸日上的繁荣景象。宋鼎受到了朝廷赏识，赐"紫袍金鱼袋"，于是唐建中三年（782），信心满满的宋鼎向继位才三年的德宗皇帝特别进贡朱砂五百两。然而，天有不测风云，五百两朱砂进贡之后，宋鼎不但没有得到奖赏，反而受到了前所未有的冷落。朝廷竟然以蛮州、牂牁州边远太小为由，"自后不许随例入朝"。这一闷棍，打得宋鼎不知所措，自朝廷设蛮州以来，坚定维护中央集权、忠心拥戴大唐王朝，绝无二心，年年进贡朱砂，蛮州错在何处？我宋鼎何罪之有？为何"不许随例入朝"？

但是，有什么办法呢？那毕竟是皇帝的圣旨，除了忍受，还是忍受！这一忍，十余年过去了。但时间的流水并没有冲淡宋鼎胸中的怨气，唐贞元十三年（797）正月，宋鼎联合同被限制入朝的几个"同僚"，诉求于黔中经略招抚观察使（朝廷派驻边防的专管军事官）王础。王础对蛮州、牂牁州等地情况了如指掌，他根据宋鼎等人诉求，向德宗皇帝上奏章，有理有据地分析蛮州的具体情况，宋鼎进贡五百两朱砂后，不允许蛮、牂等州入朝，这是没有道理的。蛮州自设置以来，同牂牁州连为一体，唇齿相依，"同被声教"，同受大唐文治教化，对朝廷忠心耿耿。为何要"独此排摈"？蛮州真的太小吗？该州由于盛产朝廷必需品朱砂，财力十分雄厚，并且"户口殷盛，人力强大，临侧诸蕃皆敬惮"（《旧唐书·西南蛮传》语）。

三

王础的奏章，令德宗皇帝如梦初醒，对蛮州宋鼎的担忧怀疑纯属多余。在王础上奏章之前，李适因有感于"安史之乱"，有意识地重用文臣，他本人亦喜好诗文，研读过著名诗人张籍的《蛮州》、《蛮中》两首七言绝句，诗中的蛮州大有"世外桃源"之韵味，因此赞赏有加。德宗还记起，当年随宋鼎入朝进贡的一行人员，"冠带如中国"，彬彬有礼，并无异样。作为刺史的宋鼎，儒雅风流，年轻有为，虽被冷落，但仍顾全大局、识大体，忠贞不贰之心朗然可见。思及此，德宗大悦，诏曰：蛮州牂牁州等，依旧随例入朝！

德宗李适，作为唐王朝的第十三代皇帝，并非昏君，对蛮州等地之所以那般行事，自有"不足为外人道"的隐情。就在李适十四岁那年，即唐天宝十四年（755），其曾祖父唐玄宗李隆基统治下的大唐帝国爆发"安史之乱"，朝廷乱作一团，李隆基率朝臣及后宫出逃西川，途中被迫让位给太子李亨，即李适的祖父唐肃宗皇帝。长达八年之久的"安史之乱"，成了唐王朝由盛转衰的分水岭。迫于战争的需要，年仅二十岁的李适出任兵马大元帅、封鲁王。大历十四年（779），李适的父亲唐代宗李豫去世，李适即位，即成了唐德宗皇帝。当时，虽然"安史之乱"已平定，但其阴影还未散尽，并且"宦官乱政"和"藩镇割据"又成了李适登基后的大问题、主要矛盾。正当李适焦头烂额的时候，远在西南的蛮州刺史宋鼎进贡500两朱砂，是何用意？李适想，当年他太祖爷玄宗皇帝时，远在边塞的胡人安禄山，身兼三地节度使，什么宝贝都进贡给玄宗皇帝，还认比自己小十六岁的杨贵妃为母亲，后来还不是彻底地反了，安禄山可信吗？五百两朱砂照单收下，今后是否照样入朝进贡，看看再说吧。人在做，天在看，宋鼎毕竟不是胡人安禄山。

## 四

唐贞元十三年（797）以后，蛮州又恢复了"随例入朝"，进贡皇宫急需的朱砂。李适在位二十六年，去世后，传位给已身患中风的太子李诵，即唐顺宗。八个月后，顺宗卒，传位太子李纯，即唐宪宗。宪宗本以祖父德宗为榜样，企图重振大唐雄风。但可惜，李纯在位后期，因服食"仙丹"导致性格大变，喜怒无常，结果死于宦官之手。接下来的唐武宗李炎、唐宣宗李忱等皇帝，皆死于服食"仙丹"。蛮州因朱砂而兴，唐朝因朱砂而亡，果然如是否？还是留给史家论证吧。

蛮州在恢复"随例入朝"后，于唐咸通十四年（873），南诏国

（唐朝时在云南境内的小国）攻陷黔州，宋氏被迫退出蛮州。蛮州又因盛产朱砂成了兵家必争之地，战事不断。如果把"成也萧何，败也萧何"这句老话改一下的话，即蛮州宋氏"成也朱砂，败也朱砂"。

历史正如行驶在这狭长的公路上的汽车，宝王庙过去了，白马洞过去了，同知衙过去了，转眼间翻山越岭，跑出了大山，跑进了现代化。

而宋鼎还在那里！

# 走进开阳的第一人

## 一

一千两百多年前，开阳还不叫开阳，称为蛮州。一个"蛮"字，总让人感觉那里蛮烟瘴雨、蚕丛鸟道。然而，这并没有影响到唐朝大诗人张籍的到来。

张籍是谁？

也许知道的人确实不多，但喜欢"还君明珠双泪垂，恨不相逢未嫁时"两句诗的人应该不会少，这就是张籍在《节妇吟》中的诗句，活画了一位美丽而矜持的少妇，婉言拒绝一位浪漫而多情男子的求爱，千古名句。以至于清末民初的"情僧"苏曼殊化用为"还卿一钵无情泪，恨不相逢未剃时"。

张籍（772—830），字文昌，因做过执掌水道工程、舟楫桥梁和国子监主管监务的长官，故世称"张水部"、"张司业"、"张十八员外"、"张员外"等，吴郡（今苏州）人，寓居和州（今安徽和县），唐贞元十五年（799）进士。韩愈著名的《早春呈水部张十八员外》："天街小雨润如酥，草色遥看近却无。

最是一年春好处，绝胜烟柳满皇都。"其中"张十八员外"即张籍。因为张籍是韩愈的大弟子，其乐府诗与王建齐名，并称"张王乐府"。他"不事藻饰，不假雕琢，于平易中见委婉深挚"的诗风，对中晚唐的诗坛影响极大。张籍与蛮州刺史宋鼎为同时代人，都生活在唐德宗李适当皇帝的时期。这一时期，正是李唐王朝处于内忧外患的非常时期。

二

"安史之乱"以后，盛世的大唐王朝早已随着唐玄宗李隆基的离世雨打风吹去，随之而来的是"宦官乱政"和"藩镇割据"等严重困扰。唐德宗时，担任军队要职、掌握兵权的职务，几乎都在宦官的手里，而很多节度使（唐朝设置于边疆要塞统领军队的封疆大吏）拥兵自重，割据一方，弄得鸡犬不宁、民不聊生。他们一边大兴兵戈，一边拉拢文人和中央官吏。这正是张籍写作《节妇吟》的时代背景。诗题全名是《节妇吟·寄东平李司空师道》，司空是官名，与太尉、司徒合称三公，相当于明清的尚书，是给李帅道的政治待遇，李师道的实职是平卢淄青（今山东淄博）节度使，是当时炙手可热的藩镇之一。李师道看重张籍，用名利来诱惑他，想让这位著名诗人依附自己，为自己效力。而张籍却同其老师韩愈一样，孝忠朝廷，主张国家统一，坚决反对藩镇割据、分裂国家。对于位高权重的李师道的拉拢，张不便直接拒绝，因为弄不好会招来杀身之祸。李师道曾派刺客杀了力主削藩的宰相武元衡，前车之鉴。于是，高情商的张籍写下了《节妇吟》赠给李师道。这是"香草美人"的手法，诗的字面含意是一个少妇对丈夫的坚贞，对一位爱慕自己的多情男子温柔而坚定地拒绝。而实质则是向李师道暗示了自己忠于朝廷的决心，李师道虽有不快，却也无可奈何。

张籍作为朝廷命官，虽然官阶不高，但对当朝皇上却是忠心耿耿。中原一带的节度使纷纷拥兵自重，割据一方，而地处边陲的"羁縻州府"情况又如何呢？于是，张籍在唐贞元九年至十二年（793—796），游历了湖南、巴蜀、岭南（今两广）、黔州等地。在张籍出游前，蛮州刺史宋鼎向朝廷特别进贡五百两朱砂后，德宗皇帝竟以蛮州太小为由，叫停"朝贡"。蛮州是否太小？蛮州刺史宋鼎是否也如李师道一类的节度使独霸一方、跋扈专横呢？还是去实地看看，作一番调查研究之后再说吧。

三

于是，张籍来了，他是沿着宋鼎开通连接川藏的蛮州大道走进蛮州的。

瘴水蛮中入洞流，人家多住竹棚头。

一山海上无城郭，唯见松牌记象州。

这便是走进蛮州的张籍写下的《蛮州》诗。蛮州在张籍的眼里完全是一个生态型的，与中原一带各路节度使治下的区域完全两样。诗的首句，描写的即是宋鼎治下的蛮州治所所在地（今双流同知衙一带）的景致，该地处于白马河发源地，热水、同知溪和河冲沟三条小溪分别发源于南面、西面和北面，并在今同知衙寨附近交汇形成白马河，其中热水是典型的温泉，至今仍为人们所使用。白马河沿岸有大龙洞、犀牛洞等天然溶洞，是典型的喀斯特山间谷地。张籍看到的"瘴水"，并非"带瘴气"的水，而是冒着热气的天然温泉，温泉静静地流入溶洞之中，形成了云蒸腾雾缭绕的景象。诗的第二句，写的是蛮州人居住的方式，人们为了避潮湿，一般都是架棚而居，木架两层楼房（今在同知衙一带还能看到的厢房，用竹篾编墙，人住楼上，楼下为养牛、马、羊、猪等牲口的圈舍），这种居住方式一直沿袭至今。这也正是南北民居的区别，即南方"架木而居的巢居"（干栏建筑）和北方"掘土而居的穴居"（土木建筑）。蛮州人的这种居住方式，令生活在北方的张籍感到新奇。诗的第三句，宕开一笔，从更大的视野范围，彰显同知衙一带地理风貌，只见青山如大海，不见城郭，活脱脱一个纯粹的化外天地、世外桃源。正如《唐书》所载，蛮州等羁縻州"皆奇治山谷，无城郭"。诗的末句，写的是蛮州的交通状况，不仅有大道，而且还有路牌，这在当时的中原也是少见的。诗人笔下的"松牌记象州"这条大道正是宋鼎开通的蛮州道，为最早贯通水东、水西两地，并且东面抵达牂牁州的重要商道。"象州"应为"牂州"，唐代的"象州"在今广西柳州，离蛮州千里之遥。诗人用借代手法，以西南比较著名的"象州"代替了蛮州路牌上生僻的"牂州"。这正是张籍"乐府诗"平易晓畅的手法。四句诗气韵贯通，亦不乏起承开合变化，起笔承笔紧相蝉联，第三句开宕视点，放笔高远，收笔坐实具体地点，绾结情思。清新而不板滞，单纯而又丰富，使人耳目一新，如临其境。

## 四

《蛮州》一诗捕捉的是富有特色的地域风貌、生活环境和住宅形式加以描摹，清晰逼真，历历如画。然而，不见人影。蛮州的人呢？有的，在张籍的《蛮中》一诗里。

铜柱南边毒草春，行人几日到金鳞。

玉镮穿耳谁家女，自抱琵琶迎海神。

诗人从京师出发，来到湖南湘西，看过了七百多年前汉光武帝时伏波将军马援立的铜柱（湘西永顺县溪州铜柱），感慨一番后，又来到了位于铜柱南边的蛮州州治所在地。时值春天，这里由于温泉和湿热地气的熏蒸，杂草（北方人眼里的毒草）丛生。诗人还要到金鳞（在我国广西与越南交界处，今属越南）去走一走、看一看，尚不知还要行走几日？这是北客远游、旅途感叹之情，更是为后两句诗写所见人物出场，设置一个特定的观察和心理感受的角度。

正当诗人感到离家千里、旅途遥遥、精神困倦的时候，忽然眼前出现了一个全新的场面：当地人正在迎海神，即祭祀龙王，以求来年风调雨顺、五谷丰登。这是当地一个传统的重大节庆活动。人们认为，凡有水域水源（含水井）处，皆有龙，故龙王庙遍及城乡，至今还有不少遗迹，白马同知衙一带，溪流丰富，形成了白马河，因此一到春天（一般是二月初二，龙抬头日）祭龙王。诗人看到的同知衙一带的祭龙王是一个载歌载舞的众人欢庆场面，但诗人避开了容易写得一般化的群众活动场面，选了一个体形象。先将描写对象最有特征的部位推成特写镜头：一对大白玉制耳环穿在耳垂上。然后镜头拉开，显出全身，她怀抱琵琶，不停地弹奏，正在祭龙王的歌舞行列里。因为女子的装饰、姿态最为鲜明，怀抱的乐器又是诗人最为熟悉的，所以将其摄入镜头，作为重点描写对象。"谁家女"的发问，表现出诗人眼前一亮的新奇感受和情绪的高涨，把人物烘托得更为活泼生动。

五

宋人顾乐在《唐人万首绝句选》中评论道："说山南方风土，使人如履其地，就事直书，布置得法，自有情景，真高手也。凡登临风土之作，当如此写得明净。"张籍的《蛮州》、《蛮中》二诗，是在艺术地告诉人们，蛮州非"蛮"，江山秀丽，人物风流，与新旧《唐书》中记载的蛮州与中原一样"同被声教"、"冠带如中国"相吻合。

风景这边独好！这，就是一千两百多年前的开阳！

# 拜谒千年杨立信

## 一

说到水东土司，谈论最多的是宋氏，其实在开阳除了宋氏以外，尚有杨氏和刘氏两家，他们只是级别不同而已，同属土司。明末水东宋氏被改土归流，明朝廷以宋氏所辖的十二马头置开州，隶属贵阳府，开州辖十里二司，这二司即乖西长官司正司杨氏和副司刘氏。换个说法，贵州宣慰使司宋氏被灭了，而乖西长官司杨氏、刘氏还存在，继续着世袭的土司制，直到民国初年。

如果说，历史长河中的开阳文化还算是光辉灿烂的话，杨、刘二司功不可没。这里先说杨氏。清乾隆年间的云贵总督鄂尔泰主笔编纂《贵州通志》，这是贵州唯一一部入选《四库全书》的省志，该书即有这样的记载：

"乖西长官司，唐时杨立信以征黑羊箐功，授安抚司，历唐宋元，至明洪武四年改授乖西正长官，世袭。"

我决定拜谒杨立信墓，探访杨立信在开阳的后人。

# 二

　　初冬的一天下午，在一位杨立信后人的引领下，我们来到开阳楠木渡镇谷阳村一个叫江山桃子台的地方，这里地处乌江边，很有韵味的地名。一山独立，山腰有一平台，杨立信墓即在这平台上，圆形石墓，长方形墓碑，墓前左侧还立一高大的石碑，两碑的正中皆楷书阴刻："大唐敕授扬威将军杨印立信老大人墓。"墓碑的落款为"咸丰二年十二月十二日，合族公祀"，这是重修坟墓的时间。由于后辈族人的精心管护，墓显得威严高大。杨公，姓杨，名印，字立信，职务是大唐王朝敕授的"扬威将军"。这应该是贵阳地区至今发现最古老的墓葬。同行的杨姓朋友告诉我，每到清明节，他们族人成百上千地到此地为"立信公"扫墓挂青。一千多年了，杨氏后人早已成了开阳的望族大姓，散居于全县，至今还亲切地称其为"立信公"，正所谓"绵绵瓜瓞，香火永续"。

　　望着杨立信高大的坟墓，感慨油然而生。杨立信是因征讨黑羊箐（今贵阳老城），立了战功，朝廷为了表彰他，特授予他安抚司，即唐代"羁縻州"蛮州治下的地方官，从五品，也是史籍上所称的"授职土"，后来演变为土司制中的长官司。"职土"在何处？即乖西山下，只是当时还不叫乖西山。

　　成书于清道光二十七年（1847）的《黔南职方纪略》（黔南并非今黔南州，而是贵州省的别称，贵州简称"黔"，因位于国土南部故称"黔南"），编撰者为时任云贵总督的湖南人罗绕

大唐敕授扬威将军始祖杨印立信墓（位于开阳楠木渡镇谷阳村北3公里关口，
是贵阳区域内目前发现最古老的墓葬）

典，他在书中叙述道："乖西长官杨氏，管乖西卡诸寨。其先曰杨立信，庐陵人。（唐末）五代时从征黑羊箐有功，授职土。（明）洪武四年内附，五年授杨文真为乖西蛮夷长官"，并将世袭传承继位者名字、袭位时间、生卒年月等，一一明确列出，一直罗列到成书的道光年间。杨立信率部入黔平乱时，正是唐朝行将灭亡、五代十国即将开始的战乱年代，能为朝廷平定一方，功勋卓著，值得奖赏。杨将军既然征服的地方为黑羊箐，那就到离黑羊箐不远的蛮州属地去管辖一方吧，那里盛产朱砂，富甲黔中。那里更需要安宁，朝廷需要朱砂。杨将军及其部下要去的地方叫什么地名？无名。得起一个叫得响的地名，这是当务之急。

这支由江西人组成的军队里自然不乏文人学士,一个带有浓郁乡愁之地名即出现了,杨将军率领的都是江西人,不能回故乡,即成了一群背井离乡之人。东汉许慎在《说文解字》一书里说:"乖者,背也;背者,乖也",西,即江西。背井离乡的江西人即乖西人,乖西人驻地的那座大山就是乖西山,朝廷敕封给乖西人的领地就叫乖西。于是,乖西,作为土司制度下的行政区域名称沿用了一千余年,直到今天,那座山仍叫乖西山。

三

杨立信的墓碑上不是赫然镌刻着"大唐敕授扬威将军"吗?与杨立信的安抚司是什么关系呢?"扬威将军",古代将军名号,东汉末年为曹操所设,领兵之官,正四品。到了唐代,演变为武官中的荣衔,也称武散官,仍为正四品,用当今的说法,杨立信实职为安抚司,从五品,享受扬威将军正四品的待遇。唐朝廷之所以加封杨立信"扬威将军",目的就是显示一下"耀武扬威"之势,昭示天下,大唐王朝还在!其实此举纯属强弩之末,毫无意义,唐朝还是落花流水春去也!而杨立信率部征讨黑羊箐倒是催生了苗族同胞们一个重大节日——四月八。《贵阳市志·民族志》载:

> 贵阳原是苗族居住地，苗语叫"格罗格桑"。五代时，有个叫杨立信的庐陵人，从征黑羊箐，在争夺"格罗格桑"的战争中，传说苗族酋长祖狄龙、古鲁悲于四月初八日战死，葬于今贵阳喷水池附近。

竹王城、格罗格桑、黑羊箐，都是贵阳老城曾经的名号，极具民族和地域特征的称谓。"格罗格桑"是苗语，意思是"好一个安身立命的地方"。黑羊箐汉语方言，"箐"，即宽广无边的树木竹林。贵阳在称为"格罗格桑"之前，叫"竹王城"或"竹城"，贵阳简称"筑"，即源于此，因为古时"竹"与"筑"二字相通。今天在贵阳城大十字百货大楼北侧，有一条巷子叫黑羊巷，算是历史的积淀吧。

争夺黑羊箐的那场战争打得十分惨烈，苗族的两位"亚鲁"（酋长、首领）都先后战死，而且战死时间都是四月初八。战死后，埋葬的地方同在"格罗格桑"旁的"嘉西坝"（今贵阳喷水池一带），当时的黑羊箐还不具城市的规模，人们仅以大十字以南为主要聚居地。元代建顺元城时，城较小，今喷水池还只是城北门。战争平息了，获胜的杨立信他们到自己获封的领地上生存发展去了，战败的苗族同胞们被逼到了贵阳城周边繁衍生息。千百年来，苗胞不忘战死的两位"亚鲁王"，每年四月初八他们从贵阳城的四面八方聚集到"嘉西坝"，隆重而热烈地祭奠他们战死的英雄。不知从什么时候起，祭祀的成分越来越少，欢乐的气氛越来越浓，一切都变了，竹王城、格罗格桑、黑羊箐变成了省会贵阳市，嘉西坝变成闹市中心喷水池。然而苗族同胞四月八欢乐祥和的气氛不但一点都没变，而且还越来越浓烈了。贵阳苗族"四月八"已登上了国家级非物质文化遗产名录了。

## 四

历史犹如一位德高望重的老人，对谁都是公平的，黑羊箐的战争平息之后，杨立信及其部属，在其封地乖西山下，筚路蓝缕，艰苦卓绝，唐末五代以后，又"历宋，世守其土，役属蛮州，宋及元为雍真、乖西、葛蛮等处蛮夷长官"（道光《贵阳府志》语）。从唐末至明初，这一路走来，即是五百余年的时间，杨立信的后人均是在蛮州治下"世守其土"，辖地不变，只是名称上有些变化，称雍真、乖西、葛蛮等处蛮夷长官司，元代隶属顺元安抚司（此时蛮州已不存在）。明初，杨氏掌门人为杨文真，同大土司宋钦一样，顺应时代潮流，紧跟时代步伐，于明洪武四年（1371），归附新生的明朝政权，次年明朝廷授杨文真乖西蛮夷长官司长官，正六品，世袭。杨文真在明永乐九年（1411）八月卒后，传位给儿子杨暹，嫡长正传，线索明晰，脉络清楚。杨氏衙署遗址，如今还依稀可见。史载，明永乐二年（1404），杨氏衙署立于蜡坪寨，即今开阳花梨蜡坪寨，今蜡坪寨还有杨家屋基一地名。杨家衙一度迁遵义转官嘴，明代中后期迁旧衙（今开阳双流镇刘育村旧衙）、杨家衙（今双流镇刘育村杨家衙），附近尚有杨氏家庙万寿寺遗址。明万历二十年（1592）前后，杨家衙又迁中火炉（今开阳楠木渡谷阳村中火炉）。清初迁回今双流杨家衙。咸同战乱，局势动荡，杨家衙遭何得胜军毁灭，清末杨家衙迁花梨苏家寨。杨家衙最后迁的是冯三镇新衙门，即今冯三新华村（新华即新衙之改，当地百姓也叫西衙门）。如此迁来迁去的杨家衙署，其辖地在何处？史载，杨氏正司管乖西卡诸寨，今开阳冯三镇、花梨镇、龙水乡、米坪乡及楠木渡镇谷阳村一带。

杨氏作为管理一方的地方官，贡献实在不小。《杨氏族谱》载，明崇祯八年（1635），时任乖西长官的杨光绥出银修建冯公场和狗场坝（今开阳冯三镇和永温乡政府所在地）两个集市（场坝），大大地促进了这一方经济社会的发展。明万历《贵州通志》载，"万寿寺，乖西长官司正长官杨镮建"，残碑尚存。民国《开阳县志稿》载，"石家卡，在第四区（花梨），为开阳达平瓮要道，石门墙垛犹存。正长官杨永观等建"至今尚能看见。

杨氏留在这方热土上的遗迹遗存肯定不止这些，陪我们的杨姓朋友告诉我："在离'立信公'坟不远处还有'文桢公'的坟，文桢公离我们要近些。"

文桢即杨文真，《杨氏族谱》及墓碑记载为"文桢"，史书记为"文真"。杨姓朋友的话，令我一震，这不是史家常说到的"春秋笔法、微言大义"吗？他们的"文桢公"卒于公元1409年，这可是六百余年啊！也许"文桢公"当年也会说入黔始祖"立信公"离他们也不远，才四百多年！

这前后两说，凡一千年，难怪，杨姓朋友说，开阳的"立信公"后人正在热议重修族谱。

值！

# 走近千年刘启昌

说完扬威将军杨立信，不得不说刘启昌，一千多年来，他们二人以及他们的后人，世代交好，千年故家，联袂演绎着开阳历史。

一

清道光年间，云贵总督罗绕典在详细叙述了杨立信一族之后，又用同样详尽的笔触叙述了刘启昌一族。

"乖西副长官刘氏，管乖西上牌诸寨。其先曰刘启昌，庐陵人。（唐末）五代时从征黑羊箐有功，授职土，历宋世守之役，属于蛮州，宋及元为雍真葛蛮等处蛮夷长官，明洪武四年内附，五年授刘海乖西副长官。永乐元年三月，海卒，子德秀袭……道光十一年九月尚忠卒，子标袭"。民国《开阳县志稿》接着叙述，"咸丰十年五月，标卒，子荣章袭。同治三年十一月，荣章率团随知州武攻剿何得胜于州境桃子窝阵亡。乱平后，同治十年四月，荣章弟荣春袭；光绪三十四年，荣春老，子天钦袭。民国元年司革"。

从明洪武四年（1371）刘启昌之后刘海袭任副长官开始，至民国元年（1912）止，五百四十一年间，刘氏乖西长官司副长官一职的世袭传承共计二十二代，即明朝传十一代，清朝传十一代。清雍正年间的开州知州冯咏，在为《开州志》作序时曾感叹"开为州，在黔万山中。建设自明季，无籍可稽，无老成人可咨询"。看来，冯知州下车伊始，不作调查研究，孤陋寡闻了吧，刘氏家族史不正是开州历史最珍贵的史料吗！

刘氏入黔始祖刘启昌，同杨立信一样，行伍出身，同为庐陵（江西吉安市）人，都为征讨黑羊菁率部入黔。刘启昌同杨立信一样战功赫赫，为一统江山作出了贡献。朝廷特"授职土"，去统领一地吧，于是他们来到了蛮州，成了乖西人，做起了"雍真葛蛮等处蛮夷长官"，并世袭，经历了宋、元两个朝代。这一笔带过的是宋朝的三百一十九年和元朝的九十二年，共计四百一十一年的历史，遥想在这四百一十一年里刘启昌的后辈子孙们在开阳这块热土上都在干些什么呢？唐初设立作为羁縻州之一的蛮州，应该是唐王朝创造出一套治理边疆民族地区的行政管理体制，即羁縻州制。"羁"，为马笼头，"縻"即牛缰线（牛鼻线），"羁縻"就是管束笼络，使之不生异心。可见蛮州地自古就是不好管束的蛮荒之地，在清初的开州知州徐昌眼里，"开阳，黔之僻壤也。其初为正内地，林木深阻。环而居者，雕题鸠舌，椎髻文身，是不一类……滨江阻山，万峰峭削，人烟晨星。"（见《开阳县志稿·艺文》）而那里却盛产朱砂，派功臣杨、刘二将军去镇守，更有深意。因此，说杨立信、刘启昌及其后人披荆斩棘、栉风沐雨实不为过，他们被史家称为"土人"，即地道的"乖西人"。

# 二

寒来暑往，光阴荏苒，在不经意间又到了改朝换代时。公元1368年，打着"驱逐鞑虏，恢复中华"旗帜的朱元璋在应天府（今南京）登上帝位，改国号大明，定年号洪武。刘氏掌门人刘海同杨氏掌门人杨文真（桢），顺应历史潮流，于明洪武四年（1371）归附明朝廷。万历《贵州通志》记载，杨、刘二氏归附后，杨文真因招抚有功，被授予新组建的乖西蛮夷长官司长官。刘海，"水西土人，充把事（没有正式行文的负责人）"，后因其子刘德秀调征洋水等处有功，才正式升任乖西长官司副长官。这里为何称刘海为水西土人呢？

原来贵州两大土司的水东宋氏与水西安氏，在领地问题上总是纠缠不清，尤其是在元代，竟连开阳城一带都曾为水西安氏领地，至今开阳县域内尚有的"宅吉""则溪"等地名即为水西领地遗迹。朱元璋坐镇天下后，对宋、安两家实施安抚策略，组建"贵州宣慰使司"（副省级），合署于贵州城（贵阳老城），宋、安二氏同授宣慰使职，并明确鸭池河以东十二马头、十个长官司（乖西为十长官司之一）为水东宋氏领地；鸭池河以西（今毕节市域）四十八目、十五则溪为水西安氏辖地。既然大明开国皇帝已明确了水东、水西各自领地，将洋水划归水东应是顺理成章的事，为何还得派刘海之子刘德秀征讨洋水等处呢？原来那洋水是不可多得的宝地，即盛产朱砂。朱砂开采冶炼可是财政税收的重要来源，岂能轻易放弃！不给，只得用武力解决，乖西（双流）与洋水近在咫尺、互为表里，派刘德秀征讨洋水，其实是想教训一下自恃兵强马壮的水西安氏，必须与朝廷保持一致，不得自行其是。因此，明朝廷以刘德秀征讨洋水有功，正式任乖西长官司副长官，从七品，世袭，并明确乖西长官司正长官杨氏及副长官刘氏各自的辖地。刘氏"管乖西上牌诸寨"，即今开阳双流镇、金中镇、永温镇、城关镇西南部、南江乡北部一带。建衙署于刘衙大寨，即今刘育村。

刘氏辖地正巧是朱砂开采、冶炼的集散之地，从唐初设蛮州开始至清末，朱砂经济成了开阳的支柱，促进了开阳的发展，成就了乖西长官司杨氏和刘氏的辉煌。

三

《明太宗实录》载："洪武三十五年（建文四年）九月癸卯（1402年10月19日）播州宣慰使杨升，思南宣慰使田大雅、贵州宣慰使宋斌来朝贡水银、朱砂等方物。"此处的水银、朱砂即出自乖西长官司副长官刘氏的辖地。"自马蹄关至用沙坝十里而近，自用沙坝至洋水热水五十里而遥，皆砂厂也"（田雯《黔书》语）。由于朱砂经济的兴旺，明万历三十八年（1610），乖西副长官刘灏将集市（场）从养牛圈（今开阳双流镇双永村下尧）迁至今双流街上，新建石板街，长一百四十丈、宽七丈，街后及两旁有小街巷十余条，并将刘氏衙署亦迁新建街市内。清初刘氏命名为"永兴场"。《贵州省志》载："清初，开阳县出现了新的市镇——永兴场，大宗的盐、布、水银在此集散。江西商人运棉花到此售卖，购买水银到汉口，平均每年在五百余担以上。以八大家字号为最著名，号曰八大家，商务繁荣，人烟稠密。"俨然一座贸易之城。所谓的八大家即开采、冶炼朱砂的八大矿主，他们后来在永兴场经商，创建了"聚盛号"、"三合号"、"裕发号"等八大商号，是贵州最早的一批商号。这在边远的"山国"贵州来说算是一个奇迹。

清道光年间，八大商号捐银重建宝王庙。该庙至今仍在，是中国目前唯一仅存的古代朱砂神庙。永兴场、白马洞等刘氏辖地成了享誉世界的朱砂采冶和水银生产中心，永兴场等集市辐射周边州县，何氏、刘氏、李氏、朱氏等望族不断迁居乖西山下经商，刘氏辖地一片欣欣向荣的景象。

## 四

然而，正当乖西经济社会在迅猛发展的时候，"咸同战乱"爆发了。清同治二年（1863），何得胜的"义军"与清兵在永兴场开战，在不到一年时间里的多次激战中，永兴场遭受毁灭性打击，所有建筑焚毁殆尽，刘氏衙署也毁于战火之中。此时袭任乖西副长官的为刘标之子刘荣章。在这生死存亡的紧要关头，副长官刘荣章于同治三年（1864）十一月，亲率刘家军，随开州知州武某攻剿何得胜。而势单力薄的刘家军最终战败，副长官刘荣章于县城附近的桃子窝阵亡。刘荣章之弟刘荣春代任副长官。

面对家（衙）毁人亡的刘荣春，重振旗鼓，迁衙署及其家人至公鸡河畔，即今离县城不远称为长官司的地方。这里离永兴场较远，离开阳县城也有一定的距离，正是刘氏舔毒疗伤的好去处，因此，在公鸡河畔一住将近十年。清同治十年（1871），何得胜军被彻底剿灭，战乱完全平定。这一年，刘荣春正式袭任乖西副长官职，他决定重新选地建刘氏衙署，选定了后来称为刘衙（今刘育）的地方。于是清光绪初年，刘氏衙署从公鸡河畔迁至新建刘氏衙署。清光绪三十四年（1908），刘荣春已是老年，自觉体力精力不济，主动让位于儿子刘天钦。刘天钦成了乖西长官司的末代副长官，与大清的末代皇帝一样只做了三年，三年后辛亥革命成功了，历史的车轮进入了民国。民国元年（1912）土司制度被革除。

## 五

土司制被革除了，而刘氏一族并未销声匿迹，仍然是开阳的大家族，民国二十八年（1939）副长官之后裔刘华清率族人捐刘氏家庙庆寿寺作刘衙小学（今双流高云小学），在当时引起轰动。刘氏家庙，也称庆寿寺、下寺，明天启七年（1627），为副长官刘国柱兴建，是为刘氏家族供佛祭祖场所，规模宏大，气象万千，为县内第一家庙。土司制被革除后，刘氏家庙作为刘氏私塾，供刘氏族人子弟读书。但在刘华清的眼里，完全不能解决"地方风气闭塞，文化水准过低"的问题，唯有"创设学校，培育人才"才是正道，于是他以刘氏族长的身份提议捐赠家庙给政府，创办完全小学，得到了族人的一致拥护。时任开阳县县长的解幼莹在《县府转呈省政府请给予奖状》中写道："窃查本县刘衙小学，日渐发展，惜为地址所限，不能扩充。乃有该乡刘氏宗祠代表人刘华清、刘泽宣、刘荣华、刘泽清、刘震寰、刘尚炯、刘天益、刘荣波等深明大义，热心教育，自愿将其家庙房舍地基及大田一块，捐与（予）政府，以作校址，并由该族宗祠内提出公款，协助修葺。""该地基及大田四面，均以大路为界，并估计价值，计屋基面积约三十八亩，估计现洋三千八百元；旧屋四十间，约值一万五千五百元；林木千余株约值三千元；又大田一块约十三亩，值洋二千余元，共计约二万余元。……复查该宗祠代表人刘华清等所为，核与捐资兴学条例第二条第五项之规定符合，应请授予一等奖状。兹依照同条例第四条之规定，开列事实表，呈请钧府鉴核，敬祈钧府鉴核，指令祗遵。谨呈贵州省政府主席吴（鼎昌）"。

时间又过去了八十余年，刘氏族人捐家庙及资产兴办教育的义举，至今仍被称颂。

刘氏捐出的家庙，即今开阳高云小学

# 南征北战宋景阳

## 一

由于工作关系，我与开阳禾丰底窝宋氏族人曾有过频繁的交往，常常谈到他们的入黔始祖宋景阳，无不引以为豪。我也因此想写一写宋景阳，但又难于下笔。近年来，水东文化研究已成显学，写水东宋氏的文章、专著汗牛充栋，再做下去连自己也觉得愚蠢。然而，宋景阳在水东文化的形成和发展中是无论如何也避不开的重要人物，思来想去，还是写下了这个题目。

## 二

初识宋景阳，是从阅读《贵州图经新志》开始的，该书卷三《贵州宣慰使司名宦》载："宋景阳，河北真定人。开宝八年，累官宁远军节度使。时，广右诸蛮作乱，诏景阳率师征之，悉定广右，复进兵都云、贵州等处，西南以平，诏建总管府于大万谷落等处，授景阳宁远军节度使都总管以镇之。景阳抚绥劳来，甚得远人之心，而柳州庆远之民多归附，其蓟、赵、周、高、兰、蔡、南、容八姓者，举族附焉。卒，赠太尉，谥'忠诚'，朝廷录其功，俾子孙世袭兹土。"

《图经新志》是贵州建省后的第一部官修志书，成书于明弘治年间（1488—1505），宋景阳首次被载入《图经新志》，并将宋景阳与庄蹻、唐蒙、诸葛亮、马忠等历史名人一同列入贵州名宦录里。成书于明宣德年间（1426—1435）的《宋氏世谱》载，宋景阳为水东宋氏（亦称黔中宋氏）始祖，五代十国时的后梁太祖开平五年（911）四月初八寅时，出身于燕京山一名宦世家，原籍真定（今河北正定）。宋景阳曾祖父为唐末凤阳节度使，一代名将。其祖父宋元弼为唐末朝廷枢密使。其父宋绍赓为五代后唐枢密使，娶李国昌之女、李克用之妹为妻，生三子，长子景阳，名发晟诚；次子景春，又名景廷；三子景芳，又名景元。

### 三

说宋景阳出身于"名宦世家"，绝非浪得虚名，属实至名归，不仅其祖其父是"名宦"，而且其外祖父李国昌、大舅父李克用、大表兄李存勖更是"英雄"人物，用史学家的话说，是来自西北、投靠李唐王朝的李国昌、李克用父子等沙陀人（西突厥人），延长了唐朝国祚至少半个世纪。

宋景阳出生的时代，是一个"时势造英雄，英雄造时势"的时代。唐末黄巢之乱，是导致李唐王朝覆灭的直接原因，而在平息战乱、延长唐王朝统治的过程中，李国昌、李克用、李存勖三代西突厥人成了英雄，成了政治明星。李国昌（？—887），字德兴。原名朱邪赤心，唐中期的沙陀首领。沙陀族，即地处西域的突厥人，曾于隋初至唐中期建立国家，强盛时其疆域辽阔，包括从蒙古高原到天山南北及中亚广大地区和咸海之滨。疆域如此之大，可想而知，这是何等英勇善战之民族。唐中期以后，一部分归顺唐朝，一部分举族西迁，其后裔仍活跃在中亚细亚的历史舞台上。朱邪赤心为朱邪执宜之子，袭父职，归附唐朝后，为阴山府都督、代北行营招抚史、欣州刺史等职，因平定庞勋之乱有功，授单于大都护，赐国姓"李"，名"国昌"，并赐京城亲仁里官邸一处。从此后，朱邪赤心成了李国昌，后代子孙皆以"李"为姓，由于宋景阳曾祖父、祖父与宋景阳之外祖父李国昌等为同级别的战将，都效忠于唐王朝，李国昌与宋元弼成为儿女亲家也是顺理成章的事。

宋景阳舅父李克用（856—908），字翼圣，本姓朱邪，赐姓李。有飞虎子、独眼龙（自幼残废左眼）、李鸦儿等诨名。归附唐朝廷后任雁门节度使，因剿灭黄巢军、收复长安等功，被封为晋王。司马光在《资治通鉴》中说："克用年二十八，于诸将最少，而破黄巢，复长安，功第一，兵势最强，诸将皆畏之。"然而，李国昌、李克用父子的心血还是白费了，唐王朝之大厦将倾已成定局，唐末藩镇割据的毒瘤演变成了五代十国的分裂局面。五代十国的政权建立，多来自有实力的将领发动兵变、篡位为王。唐天祐四年（907）四月，与李国昌父子有同样经历的另一位沙陀人

南征北战宋景阳

朱全忠篡夺帝位，建国号为梁，改年号为开平，史称后梁，朱全忠即为梁太祖。唐王朝二百九十年的国祚宣告结束，五代十国随之开始，天下再次陷入群雄逐鹿的局面。

与朱全忠后梁政权对抗的是李克用，他是唐昭宗皇帝封的晋王。后梁开平二年（908），李克用卒，其长子李存勖袭晋王位，继续与后梁对抗，十二年后李存勖灭了后梁，正式称帝，即后唐庄宗皇帝，国号为唐，年号同光，定都洛阳。李存勖建立的后唐，因其祖其父被赐姓李，入了皇籍，自认为是"中兴"唐王朝，是正统（其实是历史上第一个由外族建立的正统朝代），以恢复唐朝天下为己任，立朝后四处招募唐朝旧臣，共襄复兴"李家天下"。因此，宋景阳之父宋绍赉（也是后唐开国皇帝李存勖的姑父）出任后唐枢密使（辅佐宰相分管统军治国的主官）。后唐长兴四年（933），二十二岁的宋景阳出任后唐副将军，曾率师讨伐后汉。立国仅十三年的后唐被石敬瑭所灭，后唐变成了后晋。宋景阳被迫出游吴越，从"五代"的北方来到"十国"的江南，来到了人们熟知的南唐国。

## 四

南唐脱胎于吴国，是"五代十国"中的政权之一。唐天祐十六年（919），任节度使的杨行密宣布与唐王朝断绝君臣关系，独立建国，改元建制。为有别于战国时的吴国和三国时的吴国，称"杨吴"、"南吴"等。没过几年，"杨吴"国又转为徐温家族的齐国。也没过几年，徐温的齐国又转为徐知诰（李昪）的南唐国。而这其中的核心人物即成了南唐开国皇帝、宋景阳的岳父大人李昪。南宋著名诗人陆游编著的《南唐国史》载，徐知诰（亦作徐芝诰）本姓潘，生于唐僖宗光启三年（887），因为曾为李氏家奴而改姓李，又因为是徐温的养子又改姓徐。吴天祚三年（937）篡位称帝，建立南唐，定都南京，冒称大唐宗室改名李昪（登基后徐知诰派人考证自己为唐宪宗之子建王李恪的四世孙）。南唐历中主李璟、后主李煜，凡三十九年，被北宋所灭。李昪史称"南唐烈祖"，至今与其皇后宋氏合葬墓尚在南京，世称"钦陵"。

徐知诰（李昪）能谋取吴国政权，登上皇位，得力于他的门客宋齐丘，在当时以武力争夺天下的时期，宋齐丘是难得的文人政治家，李昪当皇帝后拜宋齐丘为宰相。宋齐丘之父宋诚曾为唐末镇南军副节度使，与宋景阳祖父为同僚，又为连宗兄弟，故宋景阳称宋齐丘为"族叔"。后唐灭后，游历于江南的宋景阳在族叔宋齐丘的帮助撮合之下，娶了南唐开国皇帝李昪（徐知诰）之女为妻，称徐氏。

## 五

宋景阳成为南唐驸马之时，正是北方赵匡胤"陈桥兵变"，黄袍加身，建立北宋王朝之际。北宋开宝七年（974），宋太祖赵匡胤派大将曹彬讨伐江南，统一中国，此时，南唐中主李璟已卒，后主李煜继位。李煜在做皇帝的第一天起就畏惧北方的赵匡胤，过着朝不保夕的日子，李煜自去南唐国号，改称江南。故曹彬大兵所向披靡，于开宝八年（975）占领南唐都城，后主李煜肉袒（脱光上衣）出降，吟诵着他自己作的"最是仓皇辞庙日，教坊犹奏别离歌，垂泪对宫娥"词句，作为俘虏，连同他四十五名家人子弟，被押往北方。三年后，李煜被宋太宗毒死于汴京，时年四十二岁。作为南唐当朝皇帝姑父的宋景阳，还来不及施展才能，南唐王朝即灭亡了，这也许即是他的夫人一直被称为"徐氏"而不称"李氏"的原因吧。

与南唐相邻的吴越国，却是另一番景象，吴越国王钱俶，审时度势，顺应潮流，不战而降，主动纳土归顺北宋王朝，而宋太祖虽然接纳了钱俶，但还是心存戒备，在恩赐钱俶父子的同时，又下旨将驻守军事要地宁远军（驻地在今广西玉林容县）的钱惟治换防，调任奉军节度使，以削弱吴越国兵力。钱俶急中生智，极力推荐正同曹彬一同出使越国的宋景阳出任宁远军节度使，原因是宋景阳是宋太主爱将曹彬情同手足的挚友，宋景阳曾帮助北宋灭后汉，授过武昌都总管、招武大将军，是宋太祖信得过的人。而吴越国与南唐有着千丝万缕的联系，宋景阳是吴越国靠得住的人，故举荐宋景阳任宁远军节度使，宋太祖当即应允。

## 六

宋景阳虽然顺利地出任了宁远军节度使，兵权在握，但绝不敢久恋此职，因为他毕竟不属北宋王朝的正宗嫡系，加上自己后唐"外甥"、南唐"女婿"的特殊身份，大有岌岌可危、朝不待夕的危机感，如果不迅速建立自己的"根据地"，不立新功，恐难立足。于是，宋景阳便以广佑、都匀、蛮州等叛乱严重为由，主动请缨率部平乱。这亦正中宋太祖下怀，他正在纠结，西南告急派谁平乱？宋景阳的主动请缨，龙颜大悦，即派宋景阳在任宁远军节度使的当年出征西南。开宝八年（975），六十四岁的宋景阳率领着与徐氏夫人所生的七个儿子，以及养女、女婿组成的"宋家军"，浩浩荡荡，所向披靡，首先平定了广右（今广西境内），继而转向相距不远的黔南，然后攻下宋景阳的疏族远祖宋氏开创于唐初的蛮州。接着驱逐乌蛮罗氏（即后来的水西安氏）出矩州（今贵阳），灭普贵于黑羊箐（今贵阳老城），宋景阳毕竟有马背上的民族突厥人的血统，又是名将之后，所以特别英勇善战，在短短的一年时间里，扫平了鸭池河以东地区。捷报传至京师，宋太祖大喜，在其任宁远军节度使一职外，加封"总管府都总管"，世守该地，世袭其职。

宋景阳之愿终于实现。踌躇满志的宋景阳，对新任职务十分看重，首先将"蛮州"的名称按当时当地的土语（苗语）进行音译，"蛮"即为"大万"、"州"即为"谷落"，蛮州即成了大万谷落，对外称自己的职务为"大万谷落总管府都总管"。其次，扩建维修蛮州治所（同知衙），为大万谷落总管府。都总管为宋代设置于边疆州府的最高军政长官，元代以后演变为土司制。宋代地方行政区划为三级，路、府（州、军、监）和县，都总管与府（州）级别相当。都总管下辖司，与县级相当。

宋景阳为了永保领地的安宁和发展，对跟随自己征战的七子一养女进行分片管理据守。长子宋存孝，袭父职，管理大万谷落本部；次子宋存悌管理草塘（今瓮安草塘）；三子宋存忠管理密纳清水（今修文境内）；四子宋存信管理新添（今贵定县境内）；五子宋存礼管理麻哈岩下（今麻江县境内）；六子宋存义管理乐平（今瓮安县境内）；七子宋存廉管理大小平伐（今贵定福泉境内）。养女婿萧青良，为宋景阳的爱将、义子，被宋景阳视为己出，改名宋存耻，后又将养女许配成婚，故特命其管理把平（今贵定县境内）。朝廷对宋景阳的安排是认可的，从南宋绍兴二十一年（1151）至二十七年（1157），朝廷对宋景阳七子一女的后人"以存孝裔锡华为哪平（今乌当区下坝镇喇平村）宣抚，存悌裔锡定为草塘宣抚，存忠裔锡尊为密纳宣抚，存信裔锡佐为新添葛蛮安抚，存礼裔锡位为麻哈平蛮安抚，存义裔锡德为乐平宣抚，存廉裔锡章为大平伐宣抚，锡盛为小平伐副宣抚。皆设司有印，子孙承袭。而存耻之裔萧任成亦管理把凭。初不设司，印越角。所谓宋氏之七司八印者，此之谓也"（《宋氏节谱》语）。

## 七

北宋雍熙四年（987），宋景阳走完他七十六年的人生历程，这是他坐镇黔中后的第十二个年头，为他充满传奇色彩的一生画上了一个完满的句号。底窝宋氏族人曾告诉我，始祖景阳公之墓在贵定县瓮城桥五里小平伐司，一个叫雍真山落坝冲山坳里，七子一婿各立墓碑一块。一千余年的风风雨雨，自然是无迹可寻了。而他当年平定黔中时，恩威并重，剿抚兼施，文治教化，使得西南七大家族举族归附。兵力日强，军纪肃严，声威远播。他为自己七子一婿的命名，正是儒家所倡导的"孝悌忠信，礼义廉耻"的八德思想，也正是他统治水东、建立水东土司政权的执政理念和宋氏族人治家思想。这一路走来，出现了如宋存孝、宋锡华、宋万明、宋永高、宋朝美、宋隆济、宋阿重、宋钦及其夫人刘淑贞、宋斌、宋昱、宋昂、宋然、宋承恩、宋万化等人物，灿若星河。水东土司政权历宋、元、明三朝而不衰，成为历史上罕见的汉族土司。

历史不会忘记宋景阳。

五代顾闳中绘，明人摹《韩熙载夜宴图》（局部）（此图真实描绘了宋景阳为南唐驸马时，后主李煜的中书侍郎韩熙载夜宴宾客的情景）

南征北战宋景阳

# 寻踪鲁郎乖西山

一

在中国传统文化的百花园中，有两朵奇葩：一朵贬官文化，一朵隐士文化。

太史公司马迁在《报任安书》中写道："盖文王拘而演《周易》；仲尼厄而作《春秋》；屈原放逐，乃赋《离骚》；左丘失明，厥有《国语》；孙子膑脚，兵法修列；不韦迁蜀，世传《吕览》；韩非囚秦，《说难》、《孤愤》；《诗》三百篇，大抵贤圣发愤之所为作也。"正所谓人处逆境，反而成就一番伟大的事业。五百年前，遭贬至修文龙场驿的王阳明即是如此，三年的"龙场悟道"，厚积薄发，成就了彪炳史册、影响中外的"阳明学说"。修文接纳了王阳明，是修文的大幸。

如果说王阳明是贬官文化中有代表性的人物，那么七百年前，隐居开阳乖西山的鲁郎算得上隐士文化中堪称典范的人物。二者相比，并非微殊，而是迥别，是两种不同的文化现象，因为，贬官最终还是"官"，百年后仍可以沸沸扬扬。隐士则不同，恰是与"官"相对而言的隐居不仕者。隐，似乎是一种潜意识的无奈，却于无奈中赋予了诗意，隐而不迁、隐而不腐，并非愤世嫉俗、怀才不遇，也不是颓废和消沉，而是读书人的情操隐冶、文才展露，品质修养与境界。他们多属清高的名士闲儒，以修身养性为务，热衷于吟诗作赋、说文解字、传道授业、抨击时政，他们大多是洞悉世事、心怀天下、观望时机的天资超群者。鲁郎何不如此，隐得完全彻底，时至今日人们还是不知道鲁郎名号为谁？何方人士？只因他年轻儒雅，谦谦君子，姓鲁，故而称之为鲁郎。但是，历史并没有忘记他，《贵州图经新志》对鲁郎有如下记载。

"鲁郎山，在治城（贵阳）北八十里，地名乖西，一名书案山。前元有隐士鲁姓者读书于此，今面山居者，人多知诗书礼仪，岂鲁郎之遗风欤？本朝四川参政黄绂序：'鲁郎亦避世之士耳。一时流寓，后人遂感而事诗书，使孔门弟子一莅斯土，则俄顷之化又不知如何也'。书台遗迹尚存。"

有相同记载的还有明嘉靖《贵州通志》、万历《贵州通志》以及万历年间贵州巡抚郭子章的《黔书》。民国《开阳县志稿》在援引清康熙年间的《古今图书集成》说，鲁郎是南宋末元代初年的人，隐居于养牛圈（今开阳双流）高峰寺。寺有茅屋数间，即鲁郎栖身之处，寺旁有"鲁郎读书处"石刻和天然泉井，今唯泉井尚存。

# 二

从上述记述中，似乎看到了明代著名画家戴进的《溪边隐士图》，崇山峻岭，飞瀑直下，一株虬曲茂郁的古松立于似乎能听见流水声的小溪边，一男子敞胸亮怀，醉眼蒙眬，半卧半坐于松下石上，旁置古书一函，酒坛一只。这是一个放浪形骸于山水、纵情诗酒于天地的名士形象。这不正是鲁郎吗？

宋末元初，改朝换代，时局动荡，饱读诗书、满怀激情的鲁郎，壮志空怀，报国无门，屡遭艰辛，心灰意冷，不如效法彭泽县令陶渊明，归隐山林。归程何处？千里万里，寻觅如意的栖息之地。当鲁郎行至乖西地界时，看那群山之中，异峰突起，形势笔架。山之正面，悬崖峭壁，"猿猱欲渡愁攀援"，而行至山之背面，坡缓可行，沿羊肠小道一路上行，古树参天，浓荫蔽道，鸟语花香。行至山顶，古松之下，草庵数间（高峰寺），古井幽深，水甘泉冽。好一个世外桃源，明月清风助我读，松涛鸟语伴我眠。鲁郎不再走了，就此停下，心安之处是吾乡。

隐居于乖西山高峰寺的鲁郎，不是"站在城楼观山景"的故作逍遥者，也非"世人皆浊我独清"的远尘绝世者，他是儒生隐士，是享受品茶论酒之乐的清闲之人，至今尚能读到他的好友、南宋著名诗人赵蕃（字昌父，号章泉）留下的《鲁秀才送茶》一诗："正尔耽诗不耐闲，镜中顿觉瘦栾栾。鲁郎惠我尽清供，椀把春风香并兰。"他是大德高人，他与寺僧谈佛论经，他为百姓筑坛讲学，传授儒家经典，他的崇高品行和渊博学识深深地影响山下的人们，使得面朝乖西山而居的乖西人"遂感而事诗书"，崇儒向学，蔚然成风，潜移默化，延续后世。

## 三

鲁郎隐居乖西山，大约过了两百年，到了明成化年间（1465—1487），时袭任贵州宣慰使的宋昂，特请朋友黄绂为乖西山作序，作为一种特殊文体的"序"，必是具有重要的文史、艺术等价值，方能作"序"。特为一山立序，更显为者的良苦用心。黄绂（1422—1493），字有章，号精一道人，蟾阳子，平越卫（今福泉）人，明正统十三年（1448）中进士，曾任南京刑部员外郎，四川左参议、左参政，四川、湖广等地布政使，南京户部尚书兼左都御史等官，是贵州在朝中任尚书的第一人，有"明代贵州名宦之冠"的美誉。其为人刚正不阿，有"硬黄"之称。黄绂也是诗人，《黔诗纪略》收其五首诗作。他是宋昂的挚友，对乖西山鲁郎隐居的故事十分了解，是作《乖西山序》的不二人选。乖西山于宋昂可谓"情深意重"，乖西山不仅是宋昂治下的十个长官司之一的辖地，而且宋昂、宋昱兄弟二人也曾是"面山而居"的乖西人。此事不得不从宋昂之父宋斌说起。宋斌作为水东宋氏土司的第十八代掌门人，以尚儒崇文著称，正是因为"前元"有鲁郎隐居乖西山高峰寺之故，在其任贵州宣慰使期间，特建"贵州宣慰使宋氏行台"（别墅）于乖西山下，其实为宋氏家族学校（私塾），特别聘请被贬至贵阳的著名诗人廖驹做宋昂、宋昱等人的老师。严师出高徒，日后宋昂、宋昱合著的诗集《联芳类稿》一炮打响，兄弟二人成为享誉明朝中叶的著名诗人。因此，袭任了贵州宣慰使的宋昂要特别请他的诗友黄绂作《乖西山序》。

"面此山而居"的乖西人何止宋昂、宋昱兄弟二人，早于宋氏兄弟二人的是明正统九年（1444）中举人的叶茂，为贵州最早的一批举人之一。明清两代中举人、进士的"乖西人"，在贵州一省名列前茅。民国时的开阳名人也不少，如辛亥革命领袖人物之一的钟昌祚，中国古建筑史学奠基者、古建筑学泰斗朱启钤等，皆"面此山居者"。

这不正如梁启超先生所言："生斯邦者，闻其风，汲其流，得其一绪则是以卓然自树立。"

"云山苍苍，江水泱泱，先生之风，山高水长。"鲁郎遗风，乖西永存。

# 时势英雄宋隆济

## 一

《易经》曰：大哉乾元。

于是，八百一十六年前，入主中原的蒙古人——一个马背上的民族，改国号为"大元"，定都燕京（今北京），成为中国历史上第一个由少数民族建立的中原王朝——元朝。

元朝对地方的行政管理实施五级制，即行省、路、府、州、县。对边疆民族地区实施的则是土流兼治，也分五级，即宣慰司、宣抚司、安抚司、招讨司、长官司等处，同时在这五大土司制中各设蒙古人或色目（蓝眼睛）人的流官一员，掌控实权。

如今的贵州当时尚未行省，为湖广、四川、云南三省分管，隶属关系常有变动。到了元代至元十六年（1279），设立八番罗甸宣慰司，至元十九年（1282）设立顺元路军民宣慰司，至元二十九年（1292）将两者合并，成为八番顺元等处宣慰司都元帅府，驻顺元城。顺元城即宋代的贵州城，元朝军队占领之后更名为顺元城（意为顺从于元朝统治），其实就是如今的贵阳城。

元朝对贵州的统治一方面依靠当地的土司，设立了宣慰司、宣抚司、长官司等地方自治机构；另一方面也由朝廷直接派遣官员，设立相当于州、县一级的政府机构。无论是宣抚司、长官司，还是州、县，地盘都不大，而且时废时立，变化无常。时常有暴动、起义发生，尤其是在贵州这样一个"三管""三不管"的地区暴动起义是常事。

其中，乖西山下宋隆济领导的抗元斗争，是元代西南各民族百姓抗元斗争中规模最大、时间最长、影响最广的，朝野震惊。

二

宋隆济，水东宋氏土司的第十三代传人，元初袭任顺元路雍真葛蛮等处土官。雍真葛蛮等处即今开阳双流镇一带，治所即在乖西山下。土官即长官司长官，与雍真葛蛮等处级别相当的有元朝派遣的雍真总管府，驻地在今开阳县城东。同一地盘的两个级别相同的机构自设立的那天起，矛盾就开始了，反目成仇是早晚的事。

元成宗大德五年（1301），云南行省所辖的少数民族部落"八百媳妇"（地名，在今泰国北部清迈一带）起义抗元，来势甚是凶猛。元朝廷急调湖广、云南两行省兵两万人前往征讨。湖广兵由湖广右丞刘深率领，往云南必过顺元（今贵阳）、八番（今惠水）等地，故刘深特令雍真葛蛮等处抽派运送粮草的丁夫、军马等随时运往军中。要到"八百媳妇"国，那不是说着玩的，路途遥远艰难不说，是去打仗，能否活着回来还难说。此等徭役，实在不堪忍受。再加上刘深的军队所到之处，惊扰百姓，无恶不作，这一带的少数民族百姓已是恨之入骨。作为地方长官的宋隆济向朝廷派驻的雍真总管府掌握实权的达鲁花赤也里千（蒙古人掌印官）及时反映情况，达鲁花赤也里千却蛮横无理、盛气凌人地说："如果你要再强调困难，我就调你们宋家的全部人马去顶差！"宋隆济又向八番顺元等处军民宣慰司都元帅府申诉，也被驳回。

早已义愤填膺的宋隆济，是可忍孰不可忍，拍案而起。大德五年六月十七日，宋隆济以"反派夫"为口号正式起义抗元。第二天，宋隆济率五百人的队伍首先攻下雍真总管府，并烧毁了总管署衙，总管府达鲁花赤也里千带官印，携妻小家丁逃往底窝总管府（今开阳禾丰乡马头寨）躲避。二十二日，宋隆济又率兵追到底窝坝，攻破底窝总管府，夺得"雍真等处蛮夷管民印"。

雍真总管府总管为何要逃到底窝总管府躲避呢？因为底窝总管府，是八番顺元等处军民宣慰司都元帅府所辖的底窝紫江等处总管府，与雍真等处总管府同属元朝廷的下州（相当于县级），驻有少量兵士。但是，底窝总管龙郎率所部仡佬族（布依族先民）等民众响应宋隆济，很快聚四千多人，也里千等在宋隆济义军面前不堪一击，义军杀死了也里千之妻葛农和数名家丁，也里千侥幸逃脱，连官印也被宋隆济的义军缴获。此印于二十世纪八十年代出现于黔西，现收藏于黔西县文管所。

攻破底窝总管府后，不久骨龙（今龙里县谷龙）长官阿都麻也起兵加入宋隆济的义军，义军队伍迅速扩大。是年六月二十七日，宋隆济义军开始攻打贵州城，打散了普定、龙里守仓军，烧了官粮，杀死贵州知州张怀德。不到两个月，从贵州南至新添（今贵定）哎耸坡，北至播州（今遵义）刀把水的广大地区尽为宋隆济义军所控制。在义军的打击下，刘深的部队大乱，丢盔弃甲，纷纷逃逸。统帅刘深无计可施，只得远遁，极其狼狈。

这一年九月，由于刘深又胁迫水西安氏土司，为征讨"八百媳妇"国必须出黄金三千两、战马千匹。水西土官之妻奢节也因此起兵响应宋隆济的抗元斗争，与宋隆济的部队一起围攻贵州城（今贵阳城）。十一月，元朝廷调集湖广、四川、云南三行省兵力和思州、播州士兵数万之众，由湖广平章政事（相当于省长）刘国杰统一指挥，联合进剿宋隆济和奢节的义军。元大德六年（1302）正月，宋隆济的义军第九次围攻贵州城，声威大振。三月，云南的乌蒙、东川、芒部、威楚，贵州的乌撒、普安，以及广西邻近贵州的部分地方的各族群众，纷纷响应宋隆济起义。面对这种状况，元朝廷只得下令罢征"八百媳妇"国，急调陕西行省平章政事也速带儿（蒙古人）率兵火速增援刘国杰。十月，也速带儿的陕西兵打败云南芒部的义军。接着与刘国杰率领的云南、湖广两行省兵会合，采取各个击破的战术，先后将乌蒙、乌

· 以人物承载历史

撒、普安的义军镇压下去，然后集中攻击奢节的义军。大德七年（1303）二月，奢节所率义军被灭，奢节遭杀害。

接着其他各地响应宋隆济的义军也先后被镇压下去了。唯有宋隆济率领的这一支义军仍在纵横驰骋，所向披靡，势不可挡。正当元朝廷束手无策、一筹莫展时，一个意想不到的人物——宋隆济的侄子宋阿重隆重登场了。宋阿重先是到元大都（今北京）向元朝皇帝献计平定宋隆济，得到皇帝赏赐后，率部深入宋隆济的"根据地"四川蔺州水东，亲自生擒宋隆济献给元军。一场气势恢宏、威震全国的抗元战争就此落下帷幕。

## 三

元朝从元世祖忽必烈登基后，改国号为"大元"，足见其良苦用心。蒙古族的崛起原本是从成吉思汗铁木真统一诸部落开始的，而后忽必烈通过部落内部的激烈争夺，才得以登上帝位，成为元世祖。他很清楚，必须实施以汉治汉的政策，即以中原传统汉文化治理国家。但是，汉化不深，也无法彻底，忽必烈的晚期，还对汉人实施隔阂政策，对土司实行流官监督手段，加上社会实施等级区分，真正具备影响力的汉族官员不多。同样作为少数民族入主中原建立的王朝，蒙古人远不如清代的满族，"略输文采"，"只识弯弓射大雕"，没有改掉草原民族掠夺的习性，没有转变"马上得天下"、"马上治天下"的理念，最终成了中国历史上一个短命的王朝。宋隆济的抗元战争虽然失败了，然而，对元朝廷的统治打击震荡是巨大的。因此，宋隆济是水东土司系列人物中第一个在官修正史中有个人传记的人物，时势造就宋隆济，水东英雄第一人。

# 审时度势宋阿重

## 一

我曾经工作过的开阳禾丰乡，在乡政府斜对面，清龙河右岸的半山，有一地名为祖阳坡的山寨，寨后有当地人称"宋大坟"的一方墓葬，巍然屹立的墓碑足以表明墓主人的显赫身份，这便是八百年前"佩三珠金虎"、授封贵国公的宋阿重及其夫人刘氏墓。

位于开阳禾丰乡祖阳坡的宋阿重及其夫人刘氏墓

# 二

千年水东宋氏，如果从宋初宋景阳算起，至明末宋嗣殷止，宋、元、明三朝，宋氏土司袭传共计二十五代，而这二十五代传人中，朝廷授予的头衔最多、官职最高的当数宋阿重。明弘治《贵州图经新志·人物》记载："宋阿重，永高之玄孙也，九龄而孤，部族分散，及长，即以先业为己任。世祖至元十二年（1275），西蜀、南诏平，阿重仗剑来归，燕赏优渥，拜同知安抚使，寻迁武略将军安抚使。大德辛丑（1301），转明威将军同知顺元安抚使、佩三珠虎符，俾于贵州置顺元等处军民宣抚司。始革大万谷落总管府。甲辰（1304），其叔（宋）隆济结诸蛮为乱，阿重弃家朝京陈其事，宜命湖广、河南、四川三省守臣刘二拔都会云南省兵讨之，久而未平。阿重躬提所部直捣其阵，擒以献阙。升怀远大将军、顺元等处军民宣慰使。寻加昭毅大将军、靖江路总管、佩三珠金虎符、荣禄大夫、平章政事、柱国、顺元侯。卒，赠贵国公，谥忠宣。"

"贵国宋忠宣公墓，在治城北一百二十里，地名祖蒙（祖阳）。公名阿重，元大德间，平宋隆济有功，卒，葬于此。"

两则记载表明，元朝廷叠加赐封给宋阿重的爵位官职已超过唐朝赐封给他的"疏族远祖"宋鼎了。特别是在平定其叔父宋隆济之后所封的怀远将军，从三品；顺元等处军民宣慰使，从二品；昭毅大将军，正三品；靖江路总管，正三品；荣禄大夫，从一品文散官；平章政事，从一品；柱国，从一品勋。宋鼎获唐朝廷赐佩紫金鱼袋，是正三品官员的象征，宋阿重获元朝廷赐佩三珠金虎符，则是元朝军队里最高军事长官的标志。《元史·兵志》载，有金虎符（简称虎符）、金符、银符三个等级之分，"万户佩金虎符，符跌为伏虎形，首为明珠，而有三珠、二珠、一珠之别。千户金符，百户银符"。所谓的"跌"，即指符牌上端花萼形附托；"万户"、"千户"、"百户"即蒙古军队编制中三个主要级层的首长名称。元朝的符牌除了标明持牌人的身份之外，还作为一级军政权力的象征，可作调动军队的令牌。同时又具有某种荣誉性，作为朝廷的奖励手段，赏赐给有功人员。

## 三

据史料及《宋氏族谱》载，阿重，姓宋，名万璋，字阿重，南宋淳祐二年（1242），生于曾竹（今贵安新区马场镇一带），元泰定元年（1324）卒于顺元城（今贵阳城），寿享八十二岁。宋阿重为宋景阳十四代孙，先世以功任清州刺史。宋阿重于元初任曾竹长官，与元朝廷一直保持高度的一致，关系融洽，元朝成宗皇帝铁穆耳，曾赐名"安仁"，故宋阿重又称宋安仁。大德七年（1303）因平定宋隆济之功，升任顺元宣抚同知，并迁衙署于宋隆济之辖地乖西白马洞，即今开阳双流白马同知衙，这一地至今地名仍叫同知衙。大德八年（1304）初，宋阿重再升顺元宣抚使，又迁衙署于顺元城（今贵阳城）。不久，又升任八番顺元宣慰使，并世袭，领水东地。接着昭毅大将军、靖江路总管、佩三珠金虎符、荣禄大夫、平章政事、柱国、顺元侯等桂冠，接连不断地飞向宋阿重，令他应接不暇，就是在他死后，朝廷还赠贵国公爵位，谥号忠宣，赐葬祖蒙（祖阳）坡。

四

史料没有记载宋阿重晚年的情况，当那一顶顶金灿灿的桂冠向他飞来时，他有何感受呢？常言道，一将功成万骨枯，而他不是的，兵不血刃，他凭的是智慧获得成功。但是，他的心不安，在内疚、在自责，他会深感愧对列祖列宗。因为，当叔父宋隆济被逼拍案而起时，他不管不问。当叔父所向披靡节节胜利时，他不但不支持、不参与，反而"弃家朝京师"，为平息宋隆济献计献策。这也就罢了，当元军对宋隆济无可奈何时，他又亲自深入蔺州水东（今四川叙永），俘获宋隆济献给元朝廷。他是成功了，是踏着叔父的尸首往上爬获得的成功，他自己都不能宽恕自己。后来也有相关史料表明，宋阿重出卖叔父、为元朝立功之事的确为宋氏族人所不齿，也被时人所诟病。

其实历史已经证明，宋阿重的选择是对的，是他保住了水东宋氏的实力。是他把唐初的蛮州辖地、北宋初宋景阳的大万谷落辖地进行重新界定，获得了当朝皇帝的特许，官衔爵位给予赐封，并世袭。这一路走下去即是三百多年，直至明末。是他将蛮州州治衙署、大万谷落都总管府重修扩建，变成顺元宣抚同知衙署，他成了宋氏一族中唯一任过同知职务的人。总之，宋阿重是千年水东宋氏承上启下、里程碑似的人物，不仅为水东宋氏兴盛奠定了政治基础，而且标志着贵州安、宋、田、杨四大土司的完全形成。

一百多年后，当宋阿重的来孙、明中叶的著名诗人宋昱来到禾丰底窝坝时写诗感叹道："英雄已有周公瑾，倜傥宁无鲁仲连"（《过底窝呈友人》），周公瑾、鲁仲连这样的英雄人物都"俱往矣"，随清河水流去了。

我从第一次在祖阳坡看到宋阿重坟墓时想到，历史不能忘记宋阿重！现在仍然如是想法。

审时度势宋阿重

# 顺应潮流说宋钦

## 一

近年来，水东文化的研究者们总是把光环投向宋钦的夫人刘淑贞，热闹异常，宋钦反倒暗淡无光、寂寂无闻。刘淑贞劳苦功高，不可否认，而正是他们夫妇二人夫唱妇随、好戏连台，相夫教子、荫泽后世，为水东文化的兴盛打下了坚实的基础。

## 二

宋钦作为宋景阳的第十六代传人，处于元明交替改朝换代的非常时期，顺应潮流，牢牢把握住了水东宋氏的历史航船。《贵州图经新志》载："宋钦，阿重孙，旧名蒙古歹。元时，以平寇保境功授昭勇将军、八番顺元等处宣慰使都元帅、加镇国上将军、兼四川等处行中书省参知政事。洪武初，同霭翠归附，赐今名，授怀远将军，世袭宣慰使。有善政。"

又是一位官衔繁多的水东宋氏族人，位高权重，横跨元、

明两朝，并且"有善政"，史家的评价很高。据宋氏族谱及出土
于乌当东风镇的宋钦墓志等史料记载，宋钦，本名宋阳举，元大
德九年（1305）出生于其祖父宋阿重的同知衙。这对宋阿重来说
可谓双喜临门，因为宋阿重才刚升任顺元等处军民宣抚使兼八番
等处军民宣慰使，管辖水东，又喜得"贵孙"，欢天喜地、其乐
融融。阳举自幼聪明乖巧，是祖父的掌上明珠，自然疼爱有加。
宋钦出生时，祖父已六十三岁，天增年月人增寿，宋阿重不得不
考虑接班人的问题了。皇恩浩荡，水东宋氏爵位官职得以世袭罔
替，谁做袭位继承者，实非小事，不能等闲视之。在祖父眼里，
自己的儿子宋居混，虽在平越（福泉）卫长官司的任上（任长官
司长官），但体弱多病，难堪重任。随着宋阳举渐渐长大，宋阿
重看到了希望，能挑重担者，非此孙儿莫属。于是，祖父有意培
养阳举。元泰定元年（1324），宋阿重八十二岁卒于任上，宋阳
举正式袭位，时年阳举刚满十九岁，即成了堂堂的二品大员。

　　宋阳举袭爵位时，正是元朝的第六位皇帝泰定帝登基的泰
定元年。元泰定帝即世祖忽必烈的曾孙，名也孙铁木儿。有元一
朝，除了开国皇帝忽必烈在位时，有一番作为而外，以下十来位
皇帝的政绩大都不值一提，各地纷纷暴动不说，就连皇宫内还不
时出现权臣把持朝政的乱象，动辄以武力消灭政乱，连皇帝都照
杀不误。这位泰定帝登基即是御史大夫铁失等人于南坡店刺杀英
宗皇帝以后，拥立当时还是晋王的也孙铁木儿即位。只能征战，
不重文治，国事焉能不坏？同时，人民的不满情绪也日益弥漫于
整个社会。

袭得爵位后的宋阳举，总有如临深渊、如履薄冰之感。该如何面对这样的现实？不得不深思熟虑。必须与元朝蒙古人保持高度的一致，让他们充分相信自己。因此，第一件要做的事就是改名，将自己按族谱辈序所取的"阳举"一名更改为"蒙古歹"。我不是你们蒙古族人，我是蒙古人中的"歹人"可以吧，你们可以监督我这个"歹人"，看看能否干些有益于国家的"好事"。这正合当朝皇帝也孙铁木儿之意，因为他本人算是蒙古人中的"文弱"之人，只做了五年皇帝，三十六岁时病逝于上都（今北京）。于是宋阳举成了宋蒙古歹，成了元朝雄踞西南的土司之一。宋蒙古歹并非坐吃"老本"，而是勇立"新功"，他从袭任祖父职位开始，在元朝任八番顺元等处宣慰使等职共计四十四年，以"平寇保境"之功，备受元朝廷青睐。他对水东地区的和平发展起到了至关重要的作用，对顺元城（今贵阳城）的建设作出了积极贡献，为后来成为省会城市打下了坚实的基础。

## 三

一个王朝的衰败，直到最后退出历史舞台，根源常常是起自内部，元朝更是如此。元至元六年（1340），以脱脱为右丞相，主持朝政，他算得上汉文化学得深透的蒙古人，力主革除弊制，推行多项改革，恢复被叫停的"科举制度"等，史称"脱脱更化"。脱脱的一番改革如同给奄奄一息的元朝打了一剂强心针。但好景不长，到了至正十四年（1354），元顺帝因听信谗言而将他罢黜、流放，这意味着元朝从此无回天之术。元至正十八年（1368）七月二十八日夜晚，元顺帝趁着夜黑风高，带着后妃、太子等北奔，回到了草原，元朝宣告结束。

历史重新选择了从乞丐到皇帝的朱元璋，他于元顺帝逃回草原的当年在南京称帝，国号大明，年号洪武。这对宋蒙古歹又是一重大的考验，作何选择呢？他作为元朝旧臣，依仗贵州地处天末，负隅抵抗？显然行不通。选择归隐江湖，自我逍遥？祖宗创下的基业怎么办？岂能将水东宋氏一族的兴旺断送在自己手里！特别是祖父殷切希望不能辜负了！前思后想，他决定归附朱元璋。于是，他联合同僚一起归附。《明太祖实录》是这样记叙的"洪武五年（1372）正月乙丑，故元贵州宣慰使郑彦文及土官宣慰司霭翠、叔禹党、宣慰宋蒙古歹并男思忠等来朝"。

而此时的朱元璋也正在纠结，虽然已登龙位，但江山并未一统，云南仍在元梁王把匝剌瓦尔密的统治下，自恃地险路遥，负隅顽抗。自明洪武二年（1369）起，朱元璋曾三次派遣使臣往云南招谕，均无功而返，并且使臣也被杀害了。对云南梁王的嚣张气焰，朱元璋决定用武力统一云南。而要征讨云南，贵州战略地位尤为突出。当时贵州虽未建省，位于西南一隅，然而却地处荆楚上游，滇南锁钥、川桂要冲。朱元璋曾对朝臣们说过，"至如霭翠辈（即安氏、宋氏土司）不尽服，虽有云南，亦难守也"。贵州的问题成了朱皇帝的心病。没想到，正当朱元璋忧虑贵州问题时，宋蒙古歹、霭翠等人主动归附明朝廷了，并来朝（到南京）贡马匹、朱砂、茶、漆等方物（土特产）。当宋蒙古歹、霭翠等觐见时，朱皇帝龙颜大悦，当即赐名宋蒙古歹为"钦"，赐霭翠姓安氏，并宣布"宋蒙古歹、霭翠世袭贵州宣慰使如故"。至此后"宋蒙古歹"即为"宋钦"，霭翠为安霭翠。次年，明朝廷又加封宋钦为怀远将军。

四

按理，贵州问题至此应该算是圆满解决了，几大土司都已归附了，还有什么不放心呢？而生性多疑的朱元璋还是放心不下，霭翠所部鸭池河西岸（水西），号称有四十万精兵，锐不可当，宋钦领地附郭贵州城（水东），实力雄厚，兵强马壮。对两家的管理不能失控，因此，朱元璋明令宋钦、安霭翠二人同为贵州宣慰使，并世袭，于贵州城"合署办公"，二人在排名上，安霭翠排名宋钦之前，并掌管宣慰使司大印（公章）。但安氏未经批准，不得擅自回水西。朝廷还特别准允宋钦、安霭翠在贵州城建行台（别墅）。今贵阳城尚有"宅吉"、"北衙"之地名，即是安、宋两家的行台遗迹。不难看出，朱元璋实施的是"安宋制衡"的方略，"水东"、"水西"之界定及称谓也正是在此时明确的。

宋钦、安霭翠等人主动归附朝廷，朱元璋实施"安宋制衡"目的是稳定政局，其实是贵州建省的前奏。明代地方行政区划分为：行省（即设置布政司、都指挥使司和按察司）、府（直隶州）、县（散州）三级。边疆地区的土司制度已较为完善了，设宣慰司、宣抚司、安抚司、招讨司、长官司五级土司机构。宣慰使司宣慰使为从三品，故宋钦与安蔼翠同为从三品，比元朝低一级。鉴于贵州特殊的地理位置，朱元璋首先在贵州设置统管一省军事的都指挥使司，驻贵州城（今贵阳都司路中段），而设置布政司和按察司却是在三十余年后的事。组建贵州都指挥使司，这是宋钦、安蔼翠二人"合署办公"后的"中心工作"、头等大事，二人同心协力，兢兢业业。然而月岁不饶人，已过古稀的宋钦已经受不起操劳，于洪武十四年（1381）死于任上，寿享七十六岁。如果从元泰定元年（1324）十九岁袭任宣慰使到他七十六岁离世止，宋钦无疑是任宣慰使一职时间最长的土司，共计五十七年，并且横跨元、明两朝。

宋钦去世的同一年水安西蔼翠也去世了，贵州宣慰司的重担留给了宋钦、安蔼翠两位的"未亡人"，她们联袂演绎的故事更加精彩。

# 明德夫人奇女子

## 一

称颂明德夫人刘淑贞为奇女子者，是三百年前的田雯。

田雯其人亦算得上奇才，三年巡抚一部书。清康熙年间田雯任贵州巡抚，主政一方，可谓高官，而他在三年任期内百忙中完成了囊括贵州方方面面的巨著《黔书》，为后世留下了弥足珍贵的文化遗产。他在《黔书》中是这样评述刘淑贞的：

"明洪武四年，与同知宋钦归附，以翠为贵州宣慰使，宋钦副之。翠死，奢香代立；钦死，妻刘（淑贞）氏亦代立，刘氏多智术。时马烨以都督镇宁其地，政尚威严，欲尽灭诸罗，代以流官，乃以事裸挞奢香，欲激怒诸罗为兵端，诸罗果愤怒欲反，刘氏闻，止之，为走京师。上召问，命入宫见高皇后，复令折简召奢香，至，询故。上曰：'汝诚苦马都督，吾为汝除之，然何以报我？'奢香叩头曰：'愿世世戢诸罗，令不敢为乱'。上曰：'此汝常职，何云报也？'奢香曰：'贵州东北有间道可通四川，梗塞未治，愿刊山通道，给驿使往来'上许之。谓高皇后曰：'吾知马烨忠无他肠，然何惜一人不以安一方也？'乃召烨数其罪斩之。遣奢香等归，诸罗大感服，为除赤水、乌撒道，立龙场九驿达蜀。……故除马烨以为生事戒，而又以安远人之心也。若奢、刘，则可谓奇女子矣。一乘间而远奔，一闻召而即至，先机之智，应变之勇，丈夫之所不能，而遐方女子能之乎？观其置驿开道，则功过唐蒙矣。"（录自《贵阳府志·卷六十一》）

## 二

据《宋氏谱系》等史料载，刘淑贞，原名"赎珠"，生于河南邓州望城岗（今河南邓州市九龙乡大坡村望城岗）。刘淑贞祖父刘垓于元大德二年（1298）到至大二年（1309），任八番顺元宣慰使都元帅。这一时期，与任顺元安抚使的宋钦祖父宋阿重为同僚，二人过从甚密，情谊深厚。刘淑贞父亲刘威，曾任常熟州同知、无锡州知州等职，也很尊敬宋阿重。故刘淑贞遵从其祖其父之命，于元朝末年，嫁水东宋阳举，居住于祖父的同知衙（故刘淑贞为开阳人）。二人结婚后，刘赎珠改名为"刘淑贞"，宋阳举改名为"宋蒙古歹"。

宋刘联姻，不仅门当户对，而且还奠定了水东宋氏兴盛的政治和文化基础。元大德八年（1304）初，宋阿重任顺元宣抚使，后升宣慰使，刘垓以四川省参知政事调任八番顺元等处宣慰使都元帅，二人同为从二品，成为西南一隅的顺元城里的高官。据史载，刘垓之妻、淑贞祖母为蒙古族，故刘淑贞来自中原，却有蒙古皇族血统。这一点在元朝十分重要，也因此宋阳举要更名宋蒙古歹。同时，刘淑贞祖父和父亲都为当时名儒士，刘淑贞自幼受家庭文化熏陶，儒学底蕴深厚，田雯称为"多智术"。宋刘两家联姻时，正处于元明两朝更替、宋钦袭任贵州宣慰使的特别时期，刘淑贞除了相夫教子之外，在一系列举措中，充分展现了"先机之智、应变之勇"的女政治家风采。

三

《明史》上有这样一段记载："（洪武）十四年（1381），宋钦死，妻刘淑贞随其子入朝，赐米三十石，钞三百锭，衣三袭。时霭翠亦死，妻奢香代袭。"在这段简洁的文字中，不难看出刘淑贞在政治舞台上已崭露头角。宋钦死了，其子宋诚年幼，虽然袭了爵位但不能主政。刘淑贞从丧夫的悲痛中振作起来，不辞辛劳从贵州城赶到南京，入朝觐见皇上，禀告目前贵州情况，地方初附，连受自然灾害，民物凋瘵，赋税过重，民不堪重负。朱元璋闻奏后，下诏准奏免税减役，并赏赐刘淑贞珠宝、金带、彩缎、白银、衣物、大米三十石等。这是皇帝朱元璋对刘淑贞的褒扬，更是一种信任。朱元璋的用意很明显，因为就是那一年即明洪武十四年（1381），朱元璋派颍川侯傅友德为征南将军，三十万大军途经贵州，征讨云南梁王。刘淑贞得到了朝廷的信任，尽心竭力地支持南征。她的辖地金筑长官司密定因献战马助征有功，朱元璋特别下诏嘉奖，"尔密定首献马五百匹，以助征讨，其诚可嘉，故特遣使往谕，候班师之日，重劳尔功"（《明实录·太祖洪武实录》）。由于有刘淑贞等大小土司相助，经过一年的征战，终于征服了云南，实现了天下统一。

随着贵州战略地位的提升，朝廷于明洪武十五年（1382）置贵州都指挥使司，掌管贵州军事。这是贵州建省前的第一个军事机构。马烨任贵州都指挥使司的都指挥使。初到贵阳的马烨，仗

水东人物谭·**开阳人**

着自己皇亲国戚的特殊身份，年轻气盛，飞扬跋扈，人称"马阎王"。他根本没有把摄政贵州宣慰使司的刘淑贞、奢香两位夫人放在眼里。其实，马烨是想要灭掉贵州土司，达到"代以流官"，"郡县其地"，邀功朝廷，专横贵州的目的。他视奢香为"鬼方蛮女"，企图以打击水西安氏为突破口，制造事端，以战制胜。于是马烨无中生有，故意找碴，将奢香夫人抓到都指挥使司衙署，用最忌讳的侮辱人格的手段，"叱壮士裸香衣而笞其背"。奢香堂堂继任的贵州宣慰使，三品大员，而且是一个年轻的妇人，竟然遭受了马烨令壮士剥掉其衣服，裸其体而鞭打其背，奇耻大辱！是可忍孰不可忍，奢香扯断所配革带，发誓此仇必报！消息传到水西，四十八目的大小头领，无不义愤填膺、摩拳擦掌，纷纷表示："愿死力助香反。"一场牵动云、贵、川三省的民族反抗战争即将爆发。

刘淑贞闻讯后，迅速赶到奢香住处，苦口婆心地分析劝说，强调这是马烨的阴谋诡计，千万不能上当，鲁莽起事。同时与奢香共谋报仇雪恨的良策，最后刘淑贞决意进京面见朱元璋，禀明事情的原由经过，嘱咐奢香："无哗，吾为诉天子，如天子不听，再反不迟。"于是刘淑贞"卷裙走马四千里"，风尘仆仆赶赴南京，"遂飙驰见太祖白事"。进京后，来不及休整，立即入朝觐见皇帝朱元璋和马皇后（朱元璋的结发妻子马氏，朱元璋称帝后即封马氏为孝慈高皇后，故田雯称高皇后，也是马烨的姑姑），据实陈述贵州时局现状，将马烨弄权误国、扰乱民安、裸挞奢香、水西欲反等实情列举无遗，据实禀报。并直言贵州一旦发生战乱，失掉的将是整个大西南。

朱元璋被刘淑贞拳拳报国心、脉脉忠君情所感动，对马烨放弃朝廷安抚之策、推行暴政激变的行为非常气愤。对刘淑贞明辨是非、顾全大局的远见卓识十分佩服，皇帝朱元璋让马皇后赐宴于谨身殿，招待刘淑贞，命刘淑贞速返贵州召奢香进京。

于是，刘淑贞速返贵州后说服奢香进京，并陪同她一道觐见朱元璋（奢香，水西彝族，不通汉语，刘淑贞还有一个当翻译的职责）。但是，进京后能否达到除掉马烨的目的，还是个问题。因为马烨毕竟是马皇后的亲侄儿，朝廷派出的封疆大吏，极难对付啊。经过一番认真思考后，刘淑贞对奢香说：现在是开国之初，百废待兴，皇帝要的是一统天下，国泰民安，西南边陲的当务之急就是"开邮驿恢边境"，你只要答应为了皇上的江山一统，我们愿意开通贵州通往四川、湖南、广西的驿道，皇上肯定龙颜大悦，哪里还会顾及一个寻衅生事的鲁莽武夫呢！

情况果然不出刘淑贞所料，当刘淑贞、奢香面见朱元璋禀报完毕后不久，马烨奉旨入朝，朱元璋下令斩之，以其头示刘淑贞、奢香说："吾为汝忍心除矣。"这"忍心"二字无不道出朱元璋"挥泪斩马谡"般的心情。刘淑贞、奢香深感皇恩浩荡，山呼万岁之后表示"愿效力开西鄙，世世保境"。

## 四

为了表彰刘淑贞、奢香为江山一统、消弭战乱所作的特殊贡献，朱元璋特赐封水东刘淑贞为"明德夫人"、水西奢香为"顺德夫人"，均为二品。按明朝的诰封制度，妇女封号一般是由丈夫爵位高低而定。即丈夫是一品、二品大员的，其妇可获一品夫人、二品夫人封号，以下的三品封淑人，四品封恭人，五品封宜人，六品封安人，七品封孺人，不分正从（正副），文武皆同。但是刘淑贞、奢香却例外，她们二人的丈夫同为贵州宣慰使，爵位为从三品，而刘淑贞、奢香分别受封"明德夫人"、"顺德夫人"，爵位皆为正二品，可见朱元璋的良苦用心和对即将建省的贵州一地的重视。

受封后的刘淑贞、奢香更多的是感到肩上担子的沉重，向皇帝当面承诺的"刊山开驿传"，并非轻而易举之事。贵州远离中原，山高路险，羊肠鸟道，行旅艰难，自古而然。到了宋、元两朝，与内地的交往更为艰难，即使是境内，各地的联系也无法紧密。因此，刘、奢二人务必认真研究，仔细规划，既分工，又合作。其工程的浩繁，非一代人所能完成，必须告诫子孙世代接力。于是定下：奢香率水西各部负责贵州通往云南并连通四川与内地的驿道，沿途建供传递政府文书的人中途更换马匹或休息、住宿的驿站九个，首驿为龙场驿，即一百多年后，王阳明遭贬任驿丞的修文龙场驿（修文县城）；刘淑贞领水东各马头、各长官司完成扩建、维修宋氏祖上开通的"水东驿道"和川黔古道，即从贵阳出发，经开阳，过瓮安草塘达四川溶山（今遵义湄潭，当时的川黔交界为乌江）。亦可从开阳过乌江直达遵义抵四川地界，此道亦称"黔蜀周道"。黔川、黔滇古驿道扩建开通后，贵州以贵阳为中心的交通骨干网络形成，为贵州建省、贵阳成为省会城市奠定了坚实的基础。

遥想两千多年前，受汉武帝派遣出使番禺（今广州）的唐蒙，因吃到夜郎国地所出产的蒟酱（发酵过的野果酱），美味无比，便带回敬奉汉武帝。武帝甘之美之，故同意唐蒙"修五尺道通夜郎"之奏章，唐蒙因此而成为修造从内地通往贵州道路的第一人，其功甚大，为后人称赞。

然而，与刘淑贞、奢香相比，田雯则认为"观其置驿开道，则功过唐蒙矣"。伟哉，明德夫人奇女子！

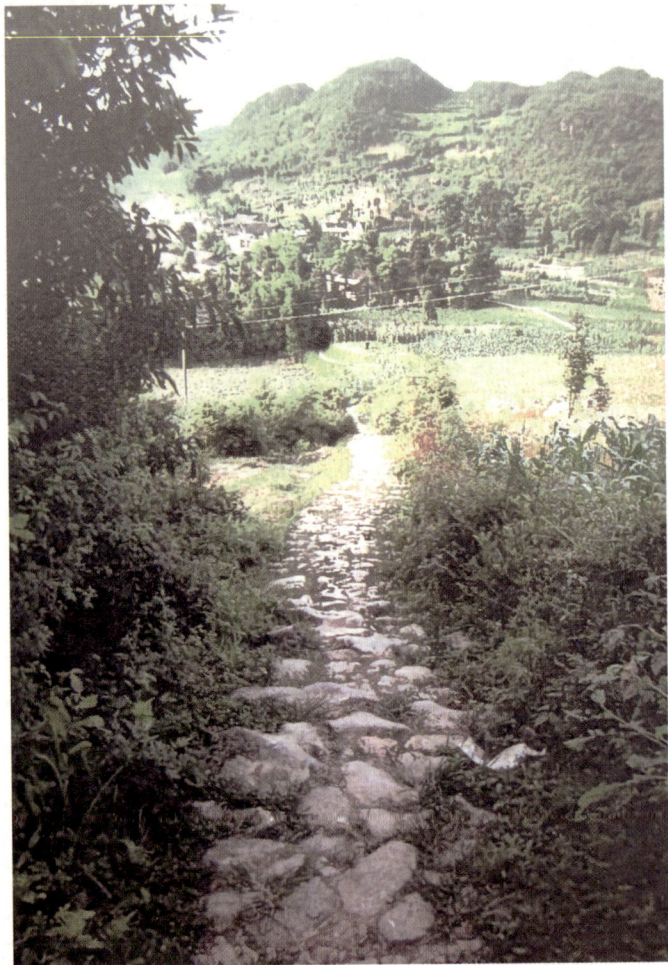

刘淑贞开通的"黔蜀周道"在开阳境内的遗址

# 尊儒崇文话宋斌

## 一

在写完刘淑贞后，我忽然觉得有些对不住宋诚，似乎忽略了他，其父宋钦死后，他才是水东的掌门人，其母刘淑贞虽然受封"明德夫人"，但也仅仅是摄政辅佐。万历《贵州通志》记载："宋诚，钦之子，洪武十年（1377）嗣宣慰使，赐三品冠服。十五年（1382）入朝，太祖（朱元璋）嘉其忠诚谨慎，授亚中大夫。"并且朱元璋还专门给宋诚颁赐了一道诰文，收录在《明太祖御制诰文》中，是水东宋氏唯一见诸史籍的诰文。宋诚亦算得上水东历史上的著名人物。

接下来是否该写宋诚了？还是只能对不住了，没有写宋诚，而是写宋诚的儿子、"颇读书"的宋斌。因为，一番研究比较之后，深感在明初那段特殊历史时期，宋诚在执掌水东二十一年（1377—1398）中所体现出的政治才能，上不及其母刘淑贞，下不如其子宋斌。

尊儒崇文的宋斌夫妇墓志铭（二十世纪八十年代出土于乌当东风镇）

## 二

　　宋斌，字尚德，号澹斋。明洪武二十年（1387），生于祖父宋钦建于贵州城（今贵阳）的宣慰使衙署，祖父已去世三年，父亲宋诚袭任贵州宣慰使。祖母刘淑贞正是宋斌出生这年受封"明德夫人"，这对水东宋氏来说，可谓双喜临门。宋斌成了祖母的掌上明珠，祖母对宋斌疼爱有加，精心培养。洪武二十六年（1393），在刘淑贞支持帮助下，贵州宣慰司学建立，那年宋斌正好九岁，正是进学校读书的时候。由于有宣慰司学教授（官名）芒文镇等儒学名家积极努力，贵州宣慰司学很快发展为贵州最好的官学，这不仅体现了刘淑贞个人深厚的学养，更是显现了刘淑贞对儿孙辈成长的良苦用心。这还不够，次年，刘淑贞又派宋斌到南京国子监（太学）学习。

　　明洪武三十年（1397），父亲宋诚去世，宋斌正式袭任贵州宣慰使，那一年宋斌年仅十四岁，当时祖母健在，宋斌袭职后的第一件事，遵从祖母之命，与毗邻的播州宣慰使杨铿之女结婚。媒妁之言，祖母之命，宋杨联姻，可谓"政治婚姻"。杨铿作为贵州四大土司之一的播州（遵义）宣慰使第二十世传承人，与宋斌祖父母几乎是同时归附明朝廷的，洪武七年（1374），复置播州宣慰司，领草塘、黄平两安抚司及其真州、播州、余庆、白泥、容山、重安六个长官司，杨铿仍复旧职播州宣慰使，世袭。此正所谓"门当户对"，后来杨氏所生的宋昂、宋显成为永入史册的人物，不能不说宋杨联姻之成功。

三

明建文四年（1402）袭职后的宋斌首次晋京朝贡方物（土特产），建文帝朱允炆见宋斌，一表人才，对答如流、谈吐不凡，加之二人年龄相近，遂喜之爱之。于是建文帝单独召见宋斌于"御帷"之下，并设宴款待宋斌，亲授怀远将军之职于宋斌，同时还授予水东土司的许多特权。二人当时把酒言欢时都谈了些什么，无从知晓，但二人抛弃了君臣关系，成了密友是可以肯定的，因为就是这次召见之后的不久，即建文四年（1402）六月，由于朱允炆的四叔燕王朱棣，对朱允炆继承皇位不服，发起了"靖难之役"，夺下建文帝的皇位。建文帝从地宫逃离京城，逃往宋斌治下的水东，成了流亡皇帝。因此，至今贵阳周边还流传着许多有关建文帝的民间故事。例如，民国《开阳县志稿》载："永兴寺，在（冯三）毛坪，明季建……谓明建文帝曾过此留宿一宵，故名永兴寺。"庙宇毁于战火，现尚存寺庙残基和古柏树二十余株。

# 四

　　明永乐十一年（1413），贵州正式建省，正是得力于宋、安两大土司的鼎力相助，儒家文化深厚的宋斌尽心尽力、恪尽职守，全力支持在贵阳城北建布政使司署（省政府，位于今省府路）。贵州宣慰使司署建于城南（位于今市府路）。

　　由于家学渊源，尤其是祖母的言传身教，宋斌同样十分重视教育。《开阳县志稿》载："宋宣慰行台（别墅），两流泉（今开阳双流镇街）有廖家庵者，其地本宋宣慰行台，明初宋斌礼重师儒，厚币延廖驹教诸子，除其地以馆。"明洪熙元年（1425），宋斌将建于贵阳城内宋氏私宅迁到洪边寨（今乌当新添寨），并修造会景亭、洪边八景、世禄堂、万松亭等。因此，水东宋氏又称洪边宋氏。明显是在构"安居乐业"的幸福家园，但他又在与洪边寨有相当距离的乖西副司刘氏辖地两流泉建私塾，高薪聘请福建谪戍贵阳的著名诗人廖驹做私塾先生，教授其子宋昂、宋昱等宋氏子弟，实在令人感佩。清代《黔诗纪略》这样评述道："宋氏领部故多汉人，凡里甲在官及儒学弟子员皆其民，故斌颇读书，喜近文士，每恨土酋家习弄兵，不晓笔札，严督诸子向学，以振俗陋。（福建）顺昌廖致远驹（致远名驹），（明）宣德中从戎都匀，有诗著名，著《强恕斋集》，斌即厚币延教诸子，称强恕先生。久之，昂及弟昱并以吟咏驰声誉，所部多化武为文，以仁义而得民望。"宋斌的目的很明确，就是"以振俗陋"，他治下的大小土司，为了扩展自己的领地，你争我夺，不晓笔札、不知诗书、不懂礼仪，难怪在外人的眼里贵州的代名词即"蛮荒"，这让他感到痛心，他要彻底改变这种状况。之所以在乖西地建"私塾"，就是因为宋末元初即有儒生鲁郎隐居乖西山，传播诗书礼仪，弘扬儒家文化，那里文化底蕴深厚。

明永乐六年（1408），宋斌辖地内清水江边的苗民，凭借居住地的险要，天高皇帝远，聚众闹事，不服管束。按常理，派兵围剿了事。然而，宋斌不但没有动武，而是亲临其地招抚，晓之以理、动之以情，使得百余名闹事苗民心悦诚服，不得不归顺。宋斌将已归顺的清水江边这支苗民编为奇申马头，成为水东宋氏所辖的十二马头之一，也是十二马头中唯一以苗族为主体居住民族的马头。从此，这一地的苗胞安居乐业，繁衍生息，成为今天开阳县高寨苗族布依族乡平寨苗族村。奇申马头苗语音译为"鸭绿"，也写作"杨鲁"、"牙鲁"等，是"酋长"、"头人"的意思，头人居住的寨子苗语为"杠"。因此，这一支苗胞被称为鸭绿杠，头人住的寨子即为"杠寨"。"申奇"、"杠寨"作为地名一直沿用至今。

由于宋斌"喜近文士"，这不仅仅是他个人的性格喜好，作为三品大员的贵州宣慰使，这样的喜好对贵州文化发展起到不可估量的推动作用。当时在宋斌的周围，聚集了一大批贵州著名文人学士，如王训、詹英、秦颙、黎逊、钟宸、易贵、徐节，等等，他们都是宋斌的座上宾，他们"往往文章气节与中原江南才俊齐驱"，是贵州历史上最有影响的人物，聚在宋斌旗帜下，推动着贵州文化的迅猛发展。

明正德八年（1443），五十六岁的宋斌主动让位给长子宋昂，顺利完成权位的交接。四年后，宋斌走完了他六十年的人生历程，为自己的一生画上一个圆满的句号。在二十世纪八十年代出土于乌当东风镇的《宋斌墓志铭》说："公为人天性谨厚，重礼义，遇事则明有断，好古而嗜文，尤喜淡泊，其自奉朴如也。"

这，即是"颇读书"的宋斌。

# 风韵翩翩昂和昱

一

每次去开阳双流镇，我喜欢到大龙井边走走看看，这里离双流镇政府办公楼很近，就在旁边。尽管物是人非，早已成了民居杂乱的后街，但大龙井尚存，井深幽幽，井水碧寒，溢出井口的水自然成溪，淙淙而去。我把愁心寄龙井，遥想当年昂和昱。

昂和昱，即五百年前的宋昂和宋昱兄弟。

他们不正是明初享誉全国的贵州诗人吗？何以跑到双流大龙井边来遥想？这是因为他们的父亲宋斌在袭任贵州宣慰使期间，做了一件极有远见卓识的事，即把宋家私塾（对外称宋宣慰行台）建于大龙井旁，即今双流镇行政大楼基址旁，重金聘请从戎都匀的廖驹做宋昂、宋昱的老师。这里面朝乖西山，山清水秀，田园陌边，庭院深深，既是宋家私塾，也是休闲别墅。居住在这里的一对少年兄弟，天真无邪，活泼自由，课余常玩耍嬉戏于大龙井边。况且从这里出发，过乌江，到达播州（今遵义）他们的外公杨铿家，也比洪边寨（乌当新添寨）要近许多。这里是少年宋昂、宋昱兄弟的乐园。

　　这里更是昂、昱兄弟功成名就的发祥地、起始地。他们的私塾先生廖驹已是当时的著名诗人，据《贵州通志》载，廖驹，字致远，福建顺昌人，受亲属牵连谪戍守都匀卫。宣德年间谪贵阳，有诗名，著有《彊恕斋诗集》若干卷行于世。廖驹生性孤傲，不喜与人交往，作为"罪臣"、"犯官"，更是内心压抑，故诗集名曰"彊恕斋集"（彊通强），但是宋斌特别仰慕其学问，礼贤下士，聘请其为子侄先生。廖驹最终被宋斌的诚心所感动，从贵州城来到宋宣慰行台为昂、昱等宋宣慰的子侄传道授业。因此，宋斌与廖驹成了好朋友。当宋斌在洪边寨凤凰山下（今乌当新添寨高家大土）新衙署落成时，廖驹特作诗庆贺，即《咏洪边》，诗曰："重岗叠嶂翠参差，课罢黄庭仗履时。缓步闲游仙子洞，会心高谈古人诗。隔花啼鸟移深树，抱叶惊蝉过别枝。因被白云久留住，却教童鹤怪归迟。"

## 二

　　宋斌其人即是文化人，单就为昂和昱命名号就很有文化底蕴，长子为昂，字从颎，号省斋；次子名昱，字如晦，号宜庵。昂、昱二字均从"日"字头，为高大、明亮、轩昂之意，表明是同胞兄弟（为宋斌与播州杨氏所生）。昂头男长子，是必须袭承爵位、主政一方的，要站得高看得远，故字"从颎"，要施行仁政，还必须每日"三省吾身"，所以号"省斋"；昱，既然为次子，就要好好辅佐兄长为政，自己要修身养性，闲云野鹤，大隐于市，应当如晦而隐。

廖驹在教授昂、昱兄弟时发现，二人不喜欢"时文"（即科举必考的八股文），嗜好优美诗文，这正巧暗合廖驹之喜好，于是对他们因材施教，引导他们读了大量自《诗经》以来的文学作品，品诗论文、吟诗作对成了每日的必修课。皇天不负勤奋人，加上名师指导培养，宋昂、宋昱兄弟果然成了大诗人。

三

明正统八年（1443），宋昂正式袭任宣慰使职，肩负重任的宋昂，不辱使命、不负韶华，没有辜负父亲的殷殷嘱托，在祖辈父辈的基础上，将水东宋氏的辉煌推向了顶峰。《贵州图经新志》评述道："宋昂，好学文，服勤持俭，爱民礼士，惟日不足，苗民有弄兵者，昂必自咎于政不加诛责，以故政治旁恰，边鄙缉和。又多收致经史以崇文教，时人称其循良，如文翁焉。"

重视教育是自曾祖母刘淑贞开始的光荣传统，袭任宣慰使不久的宋昂，鼎力支持将贵州宣慰司儒学扩建成当时贵州最好的官学，这是水东文化兴盛的一个重要标志。成化初年，宋昂在贵州城南济番河（今南明河）上"叠石为桥"，名"济番桥"（今存，即花溪桥）。又在"洪边八景"的基础上建万松亭、无边风月楼等。

《明实录》载，景泰七年（1456）六月，"以铜鼓、黎平等处苗贼进发。敕湖广保靖军民宣慰使司宣慰使彭怕俾，四川播州宣慰使司宣慰使杨辉，酉阳宣抚司宣抚佥事冉廷璋，贵州宣慰使司宣慰使安陇富、宋昂，同知安宁，金筑安抚司舍人金如添调士兵协助杀贼"。

"将军本色是诗人"，对于这次"协助杀贼"，宋昂著有《贵阳出征》一诗。

> 金印垂鞍事远征，霜威凛冽路澄清。
> 寇公门下多英俊，范老胸中富甲兵。
> 旌节漫随霞彩动，戈矛争向日光明。
> 春风二月城南陌，伫听诗歌猃狁平。

## 四

《贵州图经新志》又载："从频读书好礼，事亲孝为谨，与其弟是居，友爱甚笃。"宋昂的胞弟"宋昱，性颖悟，好学善属文，诗格清丽，有魏晋风致。被服朴素，操行雅饬，尝注有《郁离子》，未脱稿而卒"。昂昱兄弟，自幼形影不离，情同手足，又同出一师门，同是诗人，唱和酬答，雅趣无限。宋昂袭任宣慰使后不久，儒雅谦逊的宋昱便来到了其兄治下的底窝马头，不禁感慨万端，诗兴大发。

> 猎猎狞波破紫烟，郊关一望满旌旃。
> 英雄已有周公瑾，倜傥宁无鲁仲连。
> 羌管落梅凄夜月，雕弓射雁堕秋田。
> 清歌妙舞家家醉，闲向新知说往年。

这便是宋昱的《过底窝呈友人》。诗人第一次到底窝马头（今开阳禾丰马头寨），面对那玉水绕金盆的"米窝坝"自然风光，凭着诗人的敏感，底窝马头那一桩桩一件件如烟往事，如浮云飘在眼前，似乎还能听到喊杀声，惊天动地。宋隆济、宋阿重等一个个前辈人物，总在脑海中闪现，那是自家的事情啊！不再说了，"英雄已有周公瑾，倜傥宁无鲁仲连"，何等的雄姿英发风流倜傥的周公瑾、鲁仲连，又怎样呢？亦如眼前的清河水一去不回头，这里早已是"羌管落梅凄夜月，雕弓射雁堕秋田"，一片平静安宁。况且，你看今年丰收了，底窝八寨人家喝着自酿米酒，"清歌妙舞家家醉"，太平盛世之景啊！这正是宋昱"诗格清丽，有魏晋风雅"的诗风体现。

## 五

昂昱兄弟唱和不断，诗稿存于家中，名曰《联芳类稿》。直到宋昂之子宋然袭任宣慰使时，于弘治三年（1490）从贵州进京参加殿试（考进士）的周銮将《联芳类稿》带进京刊行，并请时任翰林院编修的罗玘作序。

罗玘（1447—1519），字景鸣，号圭峰，时人称圭峰先生。其人官阶不高，却"文"名天下，号称读遍天下书，他能为《联芳类稿》作序，其分量不言而喻。在《序》中，他写道："嗣使君浩然（宋然，字浩然），从颛子也，绰有父风，痛二父（父昂，叔父昱）手泽之存于家也，间授于乡贡进士周銮来京师，请予序。以予所闻，贵州宣慰使从颎，则于文章诗赋，攘臂敢为之，间能流传四方，其意欲与中原大家相角逐，宁止通古今，取科第者之足言乎？其弟如晦，隐君也，秀而亦文，从颎与之迭为唱酬，积数十年遂成编帙。有所谓《联芳类稿》者，所以志其为兄弟之作也。"

令人遗憾的是今天已无法看到《联芳类稿》全书了，该书大约在清初或清中叶已散失，现能读到的是仅存于《贵州通志·艺文》中的宋昂诗八首、宋昱诗十五首。清人谢庭薰在贵阳花溪小碧乡（今双龙临空经开区）大地寨青山"是春谷"摩崖中，刻有昂、昱各一首。长期以来，在明清时期的中国文坛，文士们习惯将水东宋氏定位为"宋家苗"，视为"异族"、"苗酋"、"非汉人"等。明朝贵州虽然出过几位诗人，如与昂、昱二人同时的黄绂、周瑛等人，但官声压过诗名，故昂、昱二人的出现，的确让饱读诗书的罗玘以及众多的江南、中原文士耳目一新，为之一振。因为，他们认为贵州竟有如此人物和造化，简直是贵州文化异军挺进、孤峰突起，昂昱兄弟是贵州建省以来走出贵州、问鼎中原的第一诗人。罗玘在为《联芳类稿》写完序之后，很兴奋，"到处逢人说项斯"，使得昂昱兄弟之诗享誉大江南北。以至于一百多年后，清初的大学问家、著名诗人朱彝尊（1629—1709），在编辑《明诗综》时著的诗评《静志居诗话》里，称赞昂昱兄弟之诗为"埙篪叠奏，风韵翩翩，试掩姓氏诵之，固以雅以南也"。在诗词评论方面，一直坚持尊唐（诗）贬宋（词）的朱彝尊，能给予昂昱兄弟诗作如此之高的评价，实属难得。

　　昂昱兄弟的成就与影响，对于贵州诗坛文林不能不说是一种鞭策与激励，也正是在这样的刺激之下，才有"万马如龙出贵州"的浩瀚人才声势。

风韵翩翩昂和昱

# 漫话宋然功与过

一

在水东系列人物中，宋然是受了些冤枉的。

《明实录·武宗正德实录》载："正德八年六月壬寅（1513年7月7日），宥贵州致仕宣慰使宋然死。然分管陈湖等十二马头地方，贪淫科害，激变苗民阿朵等，而程番（贵州）宣慰使安贵荣复诱之，遂作乱，众至二万余，蜀立名号，攻陷寨堡，杀掠不可胜计，袭拒然所居大羊场，然仅以身免。"

此则"实录"，成了水东宋然的罪状，罪名是"贪淫科害，激变苗民"。此如"铁案"，五百年不变，以至于后世宋氏族人在叙述到宋然时亦道，由于宋然极为贪婪，在他所管辖的陈湖十二马头中横征暴敛，同时经常借酒滋事，用野蛮手段残害各族人民，激起辖地内土民不满和愤慨，引发民变。活脱脱的一"暴君"形象。

## 二

宋然真那么坏吗？宋然，宋昂长子，字浩然。宋昂亦同父亲宋斌一样，于去世前即完成了爵位的交接，故明成化中期，宋然袭任贵州宣慰使一职。《明实录·宪宗成化实录》载，"贵州土官宣慰使安贵荣世居水西，管苗（彝）民四十八族（则溪）；宣慰使宋然世居贵州城侧，管水东、贵竹等十长官司，皆设治所于贵州（贵阳）城内，衔列左右，而贵荣掌印，非有公事不得擅还水西，即还须禀知府臣乃听，……（贵荣）有事暂还水西，以（宋）然管之。"宋然任宣慰使时，水西袭任宣慰使的是安贵荣，此则"实录"正是明初朱元璋为了稳定西南局势施行的"安宋制衡"策略，也为宋然"另起炉灶"埋下了伏笔。

袭任宣慰使后的宋然越发意气风发、励精图治，当他走进他即将履职的衙署时，他百感交集。这座位于贵州城北门内（今贵阳城喷水池附近）的贵州宣慰司衙署，正是他远祖宋阿重当年的顺元宣抚司故址。明初，宋钦和安霭翠一起归附，一百年来在这衙署里演绎了多少动人心弦的故事，留下他们祖上多少人物的身影，经历了太多的风风雨雨。署衙尤如一位风烛残年的老人，不堪重负了。因此，宋然决定联手安贵荣以及宣慰同知安约重振宣慰司衙署雄风，从成化辛丑（1481）二月"肇工"，至弘治己酉年（1489）三月"讫工"，历时八年，对宣慰司衙署进行了彻底的翻修扩建，并请时任贵州都御使的孔镛作《重修贵州慰使司记》，"厅事、后堂、仪门、左右两庑仍其旧而为之也。如大门、牌坊皆改其旧而创之也"。孔镛感慨道："既新其治，要必使政令之一新，俾上德无不宣，下情无不达，吾之声名之起，功业之著，又将有以光前而裕后矣。不然，则徒为学时之观美，何以有益于民乎？居是官者，其勖之哉！其勖之哉！"宋然此举令饱学之士孔镛感动不已。

这是记载于《贵州图经新志·卷之一》的事，卷之二又载，又一件令都御史孔镛感动的事，即宋然修复贞松亭。

贞松亭，原为宋然之父宋昂建于南明河边城南的南庵旁，即今甲秀楼翠微园内，年久失修，宋然在维修扩建衙署的同时又修复贞松亭。弘治元年（1488）八月十二日，孔镛送朋友出城路过贞松亭，"爱其清而且幽，少憩其间。前挹江，后披崇冈，高山叠嶂，环列左右。亭之外，植松数株，岁久皆乔然，高数十寻，直而竦者，干云霄；曲而螭者，若虬龙偃盖。赤日当空，则其荫翳然，若烟云弥漫也。清风徐来，其声玲然，若笙竽之并奏也。……此亭乃前宣慰使宋昂所建，以为饯客之所，岁久倾圮。今年春，其子宣慰使然复新之，而贵之往来缙绅大夫经于是者皆歌咏之"。孔镛叹道："近朱者赤，近墨者黑。以其所习所染，故以今贞松之亭，壁之所书者皆诗，外之所植皆松，且松植物之中独禀贞刚之气，当一气之伸根而蕴者荄，而验者莫不振翘舒荣以逞妍于一时，及夫秋高气清，霜露既降，则皆凋零枯悴无存者矣。其能岁寒而不易者，非松也耶！是故昔之君子每托以自励，于其处也，与松为伍，则巍然有以自立，及其为时而出，则刚贞自持，不为物议之所移夺，卒能立事功而泽生民，亦未尝与之相

悖也。贞松之名亭，不亦可乎？然则父子以贞松名亭，亦可谓有志于君子而求励乎节操者也。"（录自《贵州图经新志》）

宋然这是在抓精神文明建设，近朱者赤，近墨者黑，近松者则"有志于君子而求励乎节操者也"！贞松亭修复十余年后，还感动了遭贬至修文龙场驿的王阳明，他受邀贵阳讲学，在游历了贞松亭后，特作诗《南庵次韵二首》以及《徐都宪同游南庵次韵》。在王阳明眼里，宋然父子所建贞松亭的景致神韵，令身为"贬官"的他"渐觉形骸逃物外，未防游乐在天涯"，区区一亭，竟成心安之处！

位于贵阳城中、始建于元至正年间的大道观，明洪武年间重建，但到宋然时代，大道观也是破败不堪了，于是宋然又联合安贵荣出资修复，时任贵州儒学教授的王训（1417—1497，字继善，号寓庵，贵州最早的举人），在《重修大道观记》称赞宋然"序有民土，勤以为政，法意作新"。难得王训如此评价！

《贵州图经新志》又载，"龙泉寺，在治城北八十里，地名大乖西，元大德辛丑（1301），安抚使苟彬卿建，名云泉寺，据高阜，自顶及址有三泉，混混不竭，俗名三台井。成化间，苟氏子孙重建，宣慰使宋然易今名"。三台井，即今开阳双流大龙井，苟彬卿所建云泉寺，故址即今双流镇政府办公楼所在地，一旁即宋然"二父"昂和昱读书的宋氏行台，故宋然不但全力支持辖地内的苟氏后人重建云泉寺，并将云泉寺更名龙泉寺。一字之差，寓意炯然，云从龙，能风起云涌者自然是龙。

宋然还在洪边（乌当新添寨）建通化寺，时间也在成化年间。

"贵竹路从峰顶入，夜郎人自日边来"这是王阳明眼中的贵阳交通，如此状况下架桥修路，无疑是为政者最受称道的政绩，而在王阳明到达贵阳之前的弘治年间，宋然架宣泽桥于洪边巷内。

在思想文化建设方面，宋然功不可没的还有将父宋昂、叔父宋昱二人的诗集《联芳类稿》送进京城刊印发行，得到大学者、时任翰林院编修的罗玘高度赞赏，"到处逢人说项斯"。这是贵州建省之后的首次亮相，其重大意义不言而喻。

## 三

宋然的所作所为，无不表明他的志向远大，有干一番大事业的构想。朱元璋实施的"安宋制衡"，到宋然袭职已是一百年了，犹如一条无形的绳索捆绑着宋、安两家，寸步难行。要大发展，必须打破这一旧格局，实施宋、安两家衙署分立，各立门户、各自发展。因此，迁移"贵州宣慰司"成了宋然念念难忘之事。这一点，自然逃不脱宋然的"同寅"安荣贵的眼睛，早有吞并对方、扩大领地的安贵荣，顺水推舟，将计就计，借故暂返水西处理事务，将"贵州宣慰使"大印交宋然代管。宋然以为时机已到，匆忙中将贵州宣慰使衙署迁至自己属下的底窝马头（今开阳禾丰马头寨），一段时间后，认为底窝马头格局过小，又将衙署迁至陈湖马头的大羊场（今开阳龙岗镇）。待宋然的迁移一切停顿之后，安贵荣开始"做手脚"了，即史籍所载："安贵荣欲并然地，诱其众作乱。"怂恿陈湖马头一带的苗族首领阿朵纠集两万多民众围攻大羊场宋然的衙署。这一"借刀杀人"之计，被王阳明识破了机关，看出了破绽。王阳明有感于安贵荣对自己的尊崇和关照，特别致信安贵荣，奉劝他赶紧出兵帮助宋然平息阿朵的叛乱，否则你性命难保。朝廷早有"改土归流"之意，苦于找不到机会，你们安、宋两家的窝里斗，正是给朝廷可乘之机。朝廷之兵朝发夕至，一箭双雕，易如反掌。安贵荣听取了王阳明的劝告，出兵协助朝廷的军队平息了叛乱。

## 四

据《明实录》记载："贵州乖西贼阿朵等倡乱，集数千功劫屯堡。……统兵攻破乖西等六百三十余寨，擒斩千余人，以捷闻。"宋然引发的是一场残酷的战争，有负国恩，应受死罪。逃回洪边寨的宋然没有坐而待毙。《明史·贵州土司列传》载："然奏：世受爵土，负国厚恩。但变起于荣（安贵荣），而身陷重辟，乞分释。因从末减，依土俗纳粟赎罪。"宋然向朝廷申诉，我家世代享有爵位和封地，荷蒙国家的深恩厚德，本无意为非作歹，阿朵之乱完全是因为安贵荣从中教唆而起，现在自己沦落到该处以斩刑的境地，万望朝廷重新查处，从轻发落。

对于宋然的申诉，武宗皇帝朱厚照是给予了公正处理的，认为"阿朵之乱虽然（宋然）所激，而（安）贵荣乘机煽惑，厥罪亦均"，免去宋然死罪，改为"依土俗，量纳米谷赎罪，仍革去官带为民"，宋氏宣慰使职仍保留，仍世袭。宋然向朝廷交纳粮食五百石以赎所犯之罪。这是典型的司法变通，其实是皇帝对水东宋氏的特别关照。

"厥罪亦均"，安贵荣亦难逃其罪，鉴于安贵荣在阿朵之乱平定后已死亡，朝廷仅作剥夺安贵荣生前所获的各种赏赐、荣誉、爵位等处理，安氏爵位承袭、领地等依旧。

"阿朵之乱"犹如关公手中的青龙偃月刀，一刀下去，将水东宋氏劈成盛衰两半，但是，罪责让宋然一人扛起的确有失公允。

# 以诗鸣世说宋炫

中国历史较多关注文化人的是官场身份、爵位高低，然而，当峨冠博带凋落成泥之后，那一管笔涂画出的诗文，却能镌刻人心，永不泯灭。宋炫即是如此。

宋炫，字廷采，号钝窝，宋昂少子，宋然的胞弟。"炫"从"火"字旁，有耀眼夺目之意；"然"字下四点为"火"的变形，烈焰炫目，故宋炫、宋然在命名上的紧密联系，表明二人的血缘关系。

"阿朵之乱"平息后，宋然获得宽大处理，"纳米谷赎罪，革去官职为民"，水东宋氏的宣慰使一职即由宋炫担任了。《明实录·武宗正德实录》载，"正德七年十月丁卯（1512年12月4日），贵州宣慰司应袭土舍宋储遣舍把宋炫等来贺万寿节，贡马。赐彩段，宝钞有差"。

这则"实录"称宋炫为"舍把"（土司头目）已有蔑视的意味了。宋炫当时的心情怎样？应该不会好吧，再不可能有长兄宋然袭职时的激情。从成化二十年（1486），宋然代管贵州宣慰司印（公章）、迁移衙署至大羊场、只身逃回洪边，这一长达二十五年的"折腾"，数百年的宋氏基业衰败迹象频现，朝廷对宋氏的"恩惠"也大不如从前，巡抚贵州都御使沈林等奏："乖西苗贼阿朵等之叛由宣慰宋然激之，今然既罢职，复其子（弟）佺承袭，恐夷民不安。宜将贵竹、平伐等七长官司并洪边十二马头地方、金筑安抚二司总设为府，洪边、贵竹各设县，皆以流官抚理。然佺储及长官宋炫改授军职。"（《明实录·正德九年九月戊辰》）这则奏章未被采纳，但皇帝下诏曰"夷俗有不可尽以常法治者，储、炫准仍袭原职，令与万钟（水西宣慰安万钟）等用心管束夷民，毋得科害激变，再有违犯者，刻奏罪之"（《明实录·正德九年九月戊辰》）。武宗皇帝朱厚照对水东宋氏仍有恻隐之心，但宋炫的积极性还是调动不起来。

《黔诗纪略》称宋炫"能承父学，以诗鸣于嘉靖初，著有《桂轩拙稿》"。原来如此，宋炫不善理政的原因，不仅是长兄留下的"烂摊子"令他无从下手，影响情绪，还因其性格使然。学富五车，才高八斗，心高气盛，不屑于政，完全继承了父亲宋昂、叔父宋昱的诗才，以诗鸣于世。宋炫应该如父亲宋昂一样好好地做他的宣慰使，发展壮大宋氏基业，造福水东百姓。但他却如叔父宋昱，做一个"中隐隐于市"的闲人。自号"钝窝"，钝，迟也，笨也；窝，巢也，穴也，完完全全一个迟钝笨拙之人。自我调侃，大智若愚，文人情怀，高士风格。水东元气大伤，想要再振雄风，太难！自己一介书生，还不如纵情山水，行吟为乐。

父亲宋昂建贞松亭于南庵，长兄宋然再行维修扩建，备受文人墨客赞赏，作为诗人的宋炫自然要特别关注那里，特作《渔矶》诗两首，借景抒情。

其一

水光潋滟接明霞，荡漾扁舟泛水涯。

峡口云封闲白昼，几行归雁夕阴斜。

其二

烟波常作画图看，尽日矶头俯仰宽。

罢钓归来天欲暮，笑呼稚子接鱼竿。

渔矶，即渔矶湾，在贵阳城南南明河畔。珠不圆者为玑，南明河畔的渔矶即后来建甲秀楼的那一方似圆非圆的巨石，如龟如鳌，浮于水中。此时甲秀楼、玉带桥都尚未修建，河面宽阔，洄为深潭。此时的渔矶湾，恰如大诗人苏东坡笔下的西湖，"水光潋滟晴方好，山色空蒙雨亦奇。欲把西湖比西子，淡妆浓抹总相宜"，这与宋炫《渔矶》的意境太像了。霞光洒在水面，波光闪闪，白云封锁住了流水的峡口，天生一个小西湖，归雁声声，翱翔于夕阳的天空，此时，轻摇扁舟一叶，荡漾其中，问茫茫烟水，我是谁?

最美处是立于渔矶石上仰观于天，俯察于地，心旷神怡，把酒临风，其乐无穷。抑或夕阳西下，独钓归来，饥肠辘辘，未进家门酒肉飘香，笑着呼喊："幺儿，快来收起鱼竿吃酒啰！"

两首"渔矶"绝句诗，以白描写意手法勾勒景物，点染环境，意境高远，富含情趣。我读出了陶渊明的韵味。"扁舟"、"孤云"、"归雁"、"夕阳"等皆为日常生活中常见的景物，更是隐士笔下常有的物象，是高洁性格的象征。在这些美景中，诗人获得一份自在的满足。如池中鱼、如堂前风、如天上月，自在随心，明净随意。正如梁启超先生在《陶渊明之文艺及其品格》中所说："自然界是他爱恋的伴侣，常常对着他笑。"

那一句"笑呼稚子接鱼竿"，力透纸背，活画了一位宠辱皆忘、纵情山水的文人隐士形象，极富生活情趣。宋炫很苦恼，他不可能如陶渊明"归去来兮"，做一个完全的隐士，也不可能如他的叔父宋昱做一个完全的诗人，他还得顶起水东的天，宣慰使一职还得干下去、传下去，但吟诗作赋他不但没有放弃，反而更勤奋，成绩斐然，终成诗集《桂轩拙稿》行世。

但遗憾的是，《桂轩拙稿》失传了，《黔诗纪略》、《贵阳府志》等文献仅传两首至今，即《渔矶二绝》。尽管如此，后人还是记住了宋炫，将其同父亲宋昂、叔父宋昱合称明代贵州享誉中国文坛的"水东三杰"。

# 进退两难宋承恩

水东宋氏的贵州宣慰使一职，在宋然、宋炫兄弟袭任之后，又经历了三代八十余年的传袭，到了明万历二十三年（1595），袭任者为年仅十七岁的宋承恩。然而，没想到的是宋承恩一出场就是一副倒霉样。

《明实录·神宗万历实录》载，万历二十四年（1596）八月，"贵州宣慰司安疆臣奏，副宣慰宋承恩以考较儒生，被该学教谕熊梦祥率诸生殴辱，并求更定祖制"。安疆臣此奏有"污名化"之嫌，堂堂宣慰使，居然遭受下属"率诸生殴辱"，是否属实？难说。

水东、水西，自从宋然与安贵荣的龃龉发生之后，两家关系一直各怀异志，心照不宣。万历二十五年（1597）贵州巡抚江东之在《参处安酋疏》中说："及臣到任，宣慰安疆臣宋承恩来见臣，因安疆臣听奸拨置，欲骗其洪边庄田及巴江马头地，故代为伸奏。"当年安贵荣想吞并宋然领地，暗中挑唆阿朵造反，一脉相承，安疆臣又想"欲骗其洪边庄田及巴江马头地"，连贵州巡抚江东之都看不下去了，向皇帝上奏本。水西从来强势，明初开国皇帝朱元璋即明令划定了水东宋氏和水西安氏的辖地，宋安两氏同任贵州宣慰使，合署办公。但直到宣德初年，宋斌才真正收回原本属于水东宋氏所辖的马场，设置马场马头，因其位于乌江边，又称临江马头。而今与马场相邻的"宅吉"（则溪）仍属水西。明代统治贵州的安、宋、田、杨四大土司除思南思州的田氏之外，安、宋、杨三家之辖地即交会于此。因为与马场、宅吉仅一水（乌江）之隔即是播州（今遵义）杨氏辖地。宋、安两家的关系自然不必说了，宋、杨两家关系怎么样呢？说他们之间"水乳交融"实不为过。明初，宋斌娶播州宣慰使杨铿之女、两家喜结"秦晋之好"以后，一百多年以来，相互关照、携手共进，不似宋、安两家时不时地剑拔弩张、明争暗斗。然而事物的发展，历史的进程，常常是不以人的意志为转移的，当我们再次从史籍上读到宋、杨两家的记载时，却是这样叙述的：

万历二十八年四月壬辰（1600年5月31日），贵州巡抚郭子章报："播酋掳去防御宣慰宋承恩。先是，承恩与应龙翁婿之情，安得不往来，其被掳也，顺逆之情尚未可知。所遗该司土民尚多，恐杨贼别生诡计，相应于亲族中择能抚驭之人，责令诏绥辑，不致贼收用。"上命巡按查奏。

又是宋承恩，怎么回事？这还得从播州杨氏说起。

与水东辖地马场马头一水之隔的播州杨氏，自唐乾符三年（876），山西太原人杨端入主播州，至明万历二十六年（1598）末代播州宣慰使杨应龙被"改土归流"，杨氏雄踞播州七百二十五年。杨氏积累了雄厚的物质财富，军事上也称为"播兵雄师"。杨氏一直忠于中央王朝，按时朝贡，服从征调。但是到了杨应龙任播州宣慰使后，各种矛盾显现并开始激化，加上杨应龙贪婪成性、欲壑难填，为巩固和扩大杨氏基业，不断挑起土司之间的战争，造成辖区内和周边社会的动荡不安。在政治上野心勃勃，欲成霸业，公然在海龙囤的宫室中以龙凤图案作装饰，命世人称自己为千岁，暗自将儿子杨朝栋立为"后主"。于是民怨沸腾，朝廷震怒。明万历二十五年（1597）三月，朝廷命贵州巡抚江东之、都指挥使杨国柱，率三千兵士前往播州"教训"杨应龙。哪知飞练堡一战，江东之的三千兵士全军覆没，江东之亦为此被罢免贵州巡抚。杨应龙也因此以海龙囤为基地公开反叛明朝廷。七月，朝廷命郭子章出任贵州巡抚，增加备战经费白银一百多万两，做平播战争的准备。同时，派遣贵州宣慰使宋承恩，率水东兵士驻守贵州城北大门——马场马头（今开阳楠木渡镇），严防乌江对岸的杨应龙叛军过江，确保省城的安全。

明万历二十六年（1598），朝廷命云贵总督李化龙调集四川、云南、贵州、湖广二十四万大军，兵分八路进剿播州杨应龙。其中，贵州巡抚郭子章率领的是以骁勇善战著称的水西兵为主，攻战乌江沿线，自称有"精兵四十万"的水西兵仍然不是杨应龙的对手。万历二十六年初，乌江防线的一次战役郭子章所部阵亡二万七千多人，尸横遍野，血流成河，染红乌江。中游河口渡（亦称河槽渡）岸边的"明征播战亡卒合冢墓"，就是那次战争的证物。

这次乌江之战后，杨应龙命将士趁势而行，分别从河口渡、茶山关过江，星夜将驻守在马场马头的贵州宣慰使宋承恩掳掠过江，挟持上了海龙囤，于是有了前述郭子章上的奏章。杨应龙与宋承恩，确系翁婿关系，只是未过门而已。女婿防守老丈人，不但没守住，反倒被老丈人掳掠而去，是顺情，是逆情？的确很难说清。平播战端一开，按理宋承恩应回避才对，非但不回避反而派遣宋承恩坚守第一道防线，是在考验宋承恩吗？骄横残暴的杨应龙，乌江一战，砍杀了郭子章二万七千将士，为何对代表明朝廷坚守在乌江防线上的宋承恩仅仅是掳掠而去，并没有杀害宋承恩，只是装腔作势而已，能说他们没有翁婿之情吗？

此时此刻的宋承恩呢？退乎？进乎？更是两难。宋杨两家，门当户对，几代联姻，情深谊长，故在宋承恩四岁时，便由祖辈父辈做主，与袭任播州宣慰使的杨应龙才三岁的长女杨贞惠定下了"娃娃亲"，能说宋承恩与杨应龙父女没感情吗？宋承恩被"掳掠"过的乌江，还是顺势"情愿"过的乌江？也很难说。总之，水东宋氏又留下了一个说不清道不明的历史之谜。

万历二十六年十月，经过近半年的准备，李化龙亲率二十四万明军，经过一百五十二天的激战，攻破了杨应龙固若金汤的海龙囤大本营，杨应龙自缢而亡，平播战争画上了句号。次年，明朝廷将杨氏领地实施"改土归流"，设置遵义府和平越（今福泉）府，遵义府隶属四川省，平越府隶属贵州省。清雍正年间又将遵义府划归贵州。平播战争后，总督李化龙在《献俘疏》中写道："贼女一口杨贞惠，酋长女，年一十九岁。许聘贵州洪边宣慰宋承恩，愈时未婚。贼婿两名，宋承恩，酋长女婿，年二十二岁，系洪边宣慰使，世袭。马千驷，酉次女婿，年一十八岁，系石砫宣慰司宣慰马斗斛次子。"

平播战争虽然结束了，但朝廷对宋承恩被掳往海龙囤是否归顺杨应龙一事极为重视，万历皇帝特命四川、贵州两省巡按使查实上奏。调查的结果是：平播后于海龙囤俘获的宋承恩确系贵州宣慰司袭任宣慰使、"杨逆"应龙未过门的女婿，杨应龙反叛时，宋承恩多次提出解除婚约，未果。宋承恩奉命防守乌江南岸马场马头，被杨应龙掳去监禁于海龙囤也是事实，但宋承恩绝婚于前，被俘于后，从未随杨应龙反叛。所查属实，万历皇帝恩准，宋承恩放还原籍（回到乌当新添寨），削职为民，其贵州宣慰使一职，鉴于宋承恩未婚无后，由堂弟宋真相袭任。

这个结果，宋承恩极像其高祖宋然，削职为民，但性命保住了，世袭爵位也保住了。

# 末代宣慰宋万化

公元1621年，是明天启元年，这一年宋万化袭任贵州宣慰使。

宋氏族谱载，宋万化，名承甫，字万化，宋德贤之子，宋承恩之弟。平定播州杨应龙之后，宋承恩被削职为民，宣慰使一职先后由宋承恩堂弟宋真相、宋师相等人代任。大约过了二十年，宋万化正式袭任宣慰使职。而宋万化一登场就遇上了新旧交替的非常时期。

发端于汉唐"羁縻州县"、成熟于宋元两朝的土司制度，到明朝达到鼎盛，但到了明朝后期暴露出许多问题，日趋没落。明朝廷由于"改土归流"的逐渐实施，与各大土司的矛盾日趋激化，纷纷拍案而起，与朝廷分庭抗礼。宋万化袭职的第二年即明天启二年（1622），水西宣慰同知安帮彦挟持已袭任贵州宣慰使的侄子安位，与四川永宁（今叙永）宣抚使奢崇明一起反叛明朝廷。《明史·贵州土司传》载："安邦彦者，位之叔父也，素怀异志，阴与崇明合，及崇明反，调兵水西，邦彦遂挟安位叛以应之，位幼弱，不能制。邦彦更招故宣慰土舍宋万化为助，率兵趋毕节，陷之。分兵破安顺、平坝、沾益，而万化亦率苗仲九股陷龙里，遂围贵阳，自称罗殿王，时天启元年二月也……奢崇明自号大梁王，安邦彦自号四裔大长老，其部众悉号元帅，悉力趋永宁。"

这是一场有预谋、有组织的大反叛。从明初一路走来的贵州宣慰使司，此时水西袭任宣慰使是安位，即安尧臣之子，安尧臣同安邦彦同为安疆臣之弟。安疆臣同水东宋承恩同在平息播州杨应龙的战争中受到了重创。宋承恩被削职为民遣回原籍。安疆臣遭糊弄，因为当时贵州巡抚郭子章曾答应安疆臣，只要水西协助官兵剿灭杨应龙，即还播州所侵占水西的乌江地六百里以酬功，故安疆臣竭尽全力，调集二十万精兵以助官兵平播。如今尚能看到在开阳马场镇辖地的乌江边上"明征播阵亡士卒合葬墓"，埋葬的二万七千余士卒骨骸即是水西子弟。但平播战争结束后，播州改土归流，分为两个府，郭巡抚对安氏的承诺落空。安疆臣死后，其弟安尧臣袭职，安尧臣死后，其子安位袭职。安位年幼，朝廷命安尧臣之妻奢社辉摄政。对此，安邦彦怀恨在心，故"素怀异志，阴与奢崇明合"。因此，当奢崇明反叛，作为贵州宣慰使司同知的安邦彦，不但自己积极响应，还挟持自己年幼的"上司"安位一同反叛，这是何等胆大妄为？其实这是水西安氏集团内部矛盾激化之反映，安位之父安尧臣曾入赘镇雄土司（做了镇雄土司的上门女婿），改名陇澄，后因陇氏争嗣（袭爵位），安尧臣被勒令回到水西。这应该算是安尧臣人生中的"污点"。而后来安尧臣还是袭任水西贵州宣慰使，比安尧臣"纯洁"的安邦彦仅做了低一级别的同知。安尧臣死后，安邦彦该升任宣慰使吧，不行，宁愿让还是娃娃的侄儿安位袭任，让嫂子奢社辉摄政。如此这般行事，安邦彦岂能不反？挟持安位反，等于是篡位夺权。

在水东贵州宣慰使位子上坐席未暖的宋万化早已结怨在心，兄长宋承恩在平播战争中的遭遇，给宋氏以沉重的打击，并且处处受贵州巡抚等流官的限制。现在"同寅"安氏反了，自己也脱不了干系，独撑贵州宣慰使司已不可能，不如应了安邦彦之招，一起反了，来个痛快！于是，宋万化自封为"罗殿王"，于天启二年（1622）二月，率苗（苗族）仲（布依族）组建军队，从洪边寨（乌当新添寨）出发，分兵九路，攻陷龙里，会合安邦彦军，围攻省城贵阳。又是一场惨烈的战争，《明史·贵州土司传》是这样记载的："巡抚李枟方受代，闻变，与巡按御史史永安悉力拒守，贼攻不能克。则沿岩制栅，断城中出入。镇将张彦方将兵二万赴援，隔龙里不得进。贵州总兵杨益懋、推官郭象仪与贼战于江门而死。外援既绝，攻益急，城中粮尽，人相食，而拒守不遗余力。……贵阳被围十余月，城中军民男妇四十万，至是饿死（逃亡）几尽，仅余二百人。"

新任贵州巡抚王三善，于天启二年（1622）十二月初三日，亲自率兵收复龙里，斩首百余级，俘获安邦彦之弟阿伦。十二月初四日，又大破安邦彦、宋万化兵十万，斩首万余级。安邦彦逃遁。十二月初七日，王三善进兵谷脚铺，直抵老鸦关，斩获众多，遂解贵阳之围。十二月初八日，王三善率兵进贵阳城，首先捣毁安氏建于贵阳宅溪坝的安氏家宅。

此时，宋万化位于洪边寨的宋氏衙署和住宅无疑难保，宋万化只得迁衙署往自己辖地的大羊场，重建自己的根据地。历史又开了一个不大不小的玩笑，一百多年前，宋万化的祖先宋然是别有所图，悄然迁衙署于大羊场，而今宋万化是迫不得已，愤然迁衙署于大羊场。一样举动两样情，万千感慨油然而生。

天启三年（1623）四月，王三善率兵围剿宋万化于大羊场，宋万化已不堪一击，四月二十九日，王三善奏报：大水塘（大羊场附近地名，今仍称大水塘）之捷，阵擒宋万化，掳其妻丁氏及其子女，歼宋万化军师刘洪祖。五月，捣毁洪边寨宋宅，斩宋万化、丁氏等。

宋万化自袭任水东贵州宣慰使至大羊场被擒斩仅两年时间，犹如一颗一闪而过的流星，来得匆忙、去得悲壮。宋万化被王三善斩杀后，迫于当时的形势，只得就地收葬于大水塘附近的姑荡革（又称八姑荡）。改朝换代后的清乾隆五十二年（1787），宋万化幸存于开阳禾丰底窝坝的后人，将宋万化墓迁至禾丰典寨村杨方寨后山，至今还能看到山坳里那方坟墓，大青石碑正中楷书阴刻："明故贵州宣慰宋公讳万化墓。"落款："孝男嗣英、嗣豪、嗣杰及底窝八寨宋氏合族。"碑联曰："乔木发千枝宁非一本，长江分万派总是同源。"

位于开阳县禾丰乡典寨村杨方寨后山的宋万化墓

# 盛衰成败皆自然

　　我喜欢春天的底窝坝，满田满坝的油菜花，流光溢彩，微风阵阵，香气袭人。此时，立于马头古寨后山的观景台，玉水绕金盆，青山护八寨，无限风光，尽收眼底。看见马头寨炊烟袅袅，千年水东往事飘浮眼前，脑中又蹦出人们耳熟能详的那首《三国演义》的开篇词来。

　　观景台右面那座高大的山下，地名岩桑寨，宋世杰的坟墓即在那里，墓碑是乾隆五十一年（1786）立的。《宋氏世系本宗图》载，宋世杰，字高塘，红边（乌当新添寨）街人，为宋万化与妻刘氏所生的第三子。宋万化遭擒斩后，宋世杰辗转隐居很多地方，清初定居底窝坝，成为底窝八寨宋氏族人的直系祖先。

　　千古江山，英雄无觅。四百年前，随安邦彦反明的宋万化，被贵州巡抚王三善擒斩于羊场大水塘之后，水东宋氏抗击明军的战争并没有结束，宋万化长子宋嗣殷（族谱为世英），掩葬埋好父亲的尸首，扛起父亲的旗帜又继续战斗。《明史》载，明天启三年（1623），宋嗣殷"擅袭"水东贵州宣慰使一职后又叛。所谓"擅袭"，即明朝廷没有正式文告，不予认可，是伪职。而对宋嗣殷来说，为保水东宋氏基业，为报杀父之仇，哪管认不认可，反叛、抗击、获胜才是目的。

红边寨衙署、住宅已被明军捣毁，并没有难倒英勇顽强的宋嗣殷，他率部到达禾丰马头寨，将马头寨再次作为宣慰使临时衙署，以及继续抗击明军的指挥部。

天启三年（1623），王三善率部解了被围困的贵阳城，水西的安邦彦逃跑到修文陆广河，在那一带的险要之处"掘堑屯兵"，自守不出。王三善派遣使者晓谕水西宣慰使安位及摄政的安位母亲奢社辉，只要押送安邦彦来投降，可既往不咎，获得宽大。此计肯定行不通，当时，反叛首领奢崇明被四川兵打败，逃往水西，与安邦彦会合。宋嗣殷亦率部会合于水西。兵力的重新组合，战斗力自然增强，已经深入水西，占领了水西老巢大方县城的王三善，遭到安邦彦的重击，断了王三善的兵马粮草通道。王三善一气之下，烧了大方县城，打道回省城贵阳。谁料在回省城的路上，王三善遭遇埋伏而阵亡。"邦彦率数万众来追，总理总兵官鲁钦力御之，大战数日，大军无粮，乘夜皆溃，钦自刭而死。贼烧劫诸堡，苗兵复助逆，贵阳三十里外樵苏不行，城中复大震。"（《明史·贵州土司传》语）这又是一场十分激烈的战斗，贵阳城再次被围困。宋嗣殷心情舒畅，擒斩其父的王三善阵亡，终于出了一口恶气。王三善死后，安邦彦、宋嗣殷等人得以生存壮大之机。

崇祯元年（1628），朝廷派兵部尚书朱燮元督贵州、云南、广西诸省军务，并兼任贵州巡抚。崇祯皇帝亲赐尚方宝剑，征讨

"奢安之乱"。此时，安邦彦、宋嗣殷等向奢崇明的大本营永宁（今四川叙永）聚集，以图"大事"。与永宁相邻的赤水，即是他们的必争之地。朱燮元授意赤水守将佯装败北，诱敌深入，"度贼已抵永宁，分遣别将林兆鼎从三岔入，王国桢从陆广入，刘养鲲从遵义入，邦彦分兵四应，力不支。罗乾象复以奇兵绕其背急击之，贼大惊溃，（奢）崇明、（安）邦彦皆授首。邦彦乱七年而诛。……而前助邦彦故宣慰宋万化之子嗣殷，亦至是始剿灭，乃以宋氏洪边十二马头地置开州，建城设官"（《明史·贵州土司传》语）。

朱燮元（1566—1638），字懋各，号恒岳，一号石芝，浙江山阴（绍兴）人，进士出身，不愧为明朝后期的著名军事家、名臣。他用了诱敌深入、集中兵力、各个歼灭的作战法，彻底平息了"奢安之乱"。而那王三善的"孤军奋战，进退路穷，腹背受敌"的战法只能导致失败。宋嗣殷在那场战争中被朱燮元的部下活捉了，不久被问斩。作为水东贵州宣慰使最后"营垒"的底窝马头寨自然难逃厄运，末任底窝总管府马头（总管）宋显坤受株连，罢职免爵，总管府遭毁。至此，宋氏结束了对水东的统治，宋氏基业画上了句号。

看过太多的胜败残杀，体会无数的悲欢离合，也许会得出这样的结论：历史中没有绝对的胜者，任何一个王朝都无法逃脱兴衰更替的命运。在朱燮元平定"奢安之乱"、擒斩宋嗣殷之后的十六年，即明崇祯十七年（1644），李自成率军破了北京城，崇祯皇帝吊死煤山，统治中国二百七十六年的大明王朝也画上了句号。中国成了清朝的天下。

宋万化与前妻刘氏生育了三个儿子，长子嗣殷（世英）、次子世豪、三子世杰，世豪不知所终，唯三子宋世杰成了红边宋氏的传人。

与观景台隔河相望的那一横亘大山即是祖阳坡，水东宋氏基业最重要的奠基人宋阿重就安葬在那里。如果从黔中宋氏的入黔始祖、北宋初年的宋景阳算起，至元代的宋阿重为第十四代，往下脉络传序、爵位继承，更为明晰。第十五代宋居混；第十六代宋钦；第十七代宋诚；第十八代宋斌；第十九代宋昂、宋昱；第二十代宋然、宋炫；第二十一代宋仁、宋储；第二十二代宋镐；第二十三代宋天爵、宋德隆、宋一清、宋一润等；第二十四代宋承恩、宋真相、宋师相、宋万化等；第二十五代宋嗣殷（世英）、宋世豪、宋世杰。这一路走来，横跨宋、元、明三朝，历时七百五十七年。假如再把唐朝"疏族远祖"宋鼎算起，千年水东宋氏，果然名不虚传，发祥兴启于开阳，落叶归根亦开阳。

又是一阵清风过，耳边这厢果真响起了歌声："滚滚长江东逝水，浪花淘尽英雄。是非成败转头空。青山依旧在，几度夕阳红。白发渔樵江渚上，惯看秋月春风。一壶浊酒喜相逢，古今多少事，都付笑谈中。"

是谁在引吭高歌？唱得不错。

# 首任知州黄嘉隽

一

这里，虽然早已是高高低低的房屋，鳞次栉比，参差错落，人来人往，好一派繁忙热闹之景象。但老一辈的开阳人还是管这里叫"黄坟"。

北京城里亦有地名"公主坟"，那是一则传说故事所致，而开阳城的"黄坟"则无半点虚构。黄坟者，首任开州知州黄嘉隽之墓地也。《贵阳府志·卷六十》道："黄嘉隽，字子英，（浙江）鄞县人，以贡生起家授官。崇祯四年（1631）新设开州，以嘉隽为之；时又设河防佥事于开州，以沈翘楚为之。"

这，是近四百年前的事了。

二

明崇祯二年（1629），时任云、贵、川、湖、桂五省总督朱燮元平息了"奢安之乱"，擒斩了随安邦彦一同反明的宋嗣殷，宋氏统治水东的历史就此画上了句号，朝廷对宋氏所辖的十二马头实施"改土归流"，设州治，由朝廷派遣知州管辖。

派谁任知州？并非小事，这可是地处"蛮夷"的新建州（县级），非能人不可。自古江南出人才，于是浙江鄞县（今浙江宁波市鄞州区）人黄嘉隽登台亮相了，这位以贡生起家后又中进士的江南才子出任开州首任知州，他于崇祯三年到开阳，与先期驻防开阳的河防道佥事（统管一地的军事长官）沈翘楚，在风水大师谌文学的指点下，筑城建州。民国《开阳县志》载："沈翘楚，江南进士，崇祯三年（1630）初任河防道佥事。（同黄嘉隽）督建城垣，监修衙署、祠宇，课士教民，政声卓著，未几奉载去任。"经过一年有余的艰苦努力，一座形似"太师椅"的山城拔地而起。黄嘉隽才华初展，这里原来仅是十来户人家的山野小寨，叫杨黄寨，他同沈翘楚将其建造升级为开州州城。

这座新城取什么名字呢？还颇费一番周折，黄、沈二人虽是此城的缔造者，却不敢擅自做主，只得报请朱总督，总督大人亦拿不准，特向崇祯皇帝上《督黔善后事宜疏》，"洪边开科地方，（黄嘉隽）与该河防道佥事沈翘楚亲督筑石城一座，乞请皇上俱新名"。崇祯皇帝接奏后，思量再三，这里既然是原水东宋氏的十二马头之一的开科马头，不如即取"开科马头"的"开"字作州名，简洁响亮。于是，奉天承运，皇帝诏曰：赐黔省新建州名为"开州"，隶属贵阳府。

首任知州黄嘉隽

# 三

开阳这艘历史航船正式扬帆起航了。

这在黄嘉隽胸中是何等激情满怀，信心百倍，作为首任知州，开阳这片土地对他来说如一张白纸，等待他描绘最新最美的图画，这一方的百姓等待他引领他们摆脱贫苦，发展壮大。一切都是新的，一切都得从头开始。当时朝廷"改土归流"实施方案，以水东宋氏十二马头置开州。其实并非十二马头都归属开州，研究证明，现在能查证的只有六个马头在开阳县域内。开州下属十里二司，这十个"里"也得有名称啊。为十里取名，这是知州分内的事。于是黄嘉隽将他管辖的十里分别命名为：孝里、弟里、忠里、信里、礼里、义里、廉里、耻里、思里、清里。这十里之名不是水东宋氏入黔始宋景阳七子一女的名字吗？正是。皇帝不也是以开科马头之"开"作了州名吗？历史不能割断，宋氏开创的水东辉煌不能忘掉。二司之名不改，仍是乖西长官司正司杨氏和副司刘氏，杨、刘二氏世袭亦不变。

接下来的任务更是繁重，先抓"课士"，包含两方面的内容，即学校教育和民众教育。《开阳县志稿》载，建州之前"凡隶吾邑籍之以科贡显者，代不乏人"。如叶榛、何图呈、何兆柳等人是在建州前考中举人的，但都不是从开州考出去的，开州未建州学，开州"学附于敷勇卫（今修文县）"。黄嘉隽必须为建州学做准备。民众教育，"治人之道，莫急于礼，礼有五经，莫重于祭。盖从来祭为先如此"（《开州火神庙碑记》语），即今所谓的"精神文明建设"，州城为全县之首善之区，得为一州之百姓做出表率。因此，黄嘉隽在州衙署左侧建孔庙，祭祀孔子，弘扬儒学；在州城中正街（今县医院址）建关帝庙，祭祀关羽，倡导忠义勇武；在中央衙建城隍庙，祭祀城隍，护佑全城安宁；在城北金袍山上建北极观，又称祖师观，祭祀道教中的真武大帝，以企开州政治清明、社会进步、人才辈出，等等，无不表现出首任知州的政治智慧和治理才能。

要使一地长治久安，百姓能安居乐业，发展是第一要素，无商不富。黄嘉隽亲自编定州城和十里二司的赶集（场）日期，设定六天为一场期。这种集场商贸至清中后期"咸同战乱"前，全县共有三十三个大小集市。司马光在《资治通鉴》中说："神农日中为市，致天下之民，聚天下之货，交易而退，此立市始。"这是农业文明时代，集场贸易是发展地方经济行之有效的办法。

## 四

正当开州城蒸蒸日上，州属十里二司驶入发展正轨的时候，战乱又爆发了。

崇祯十六年（1643），明王朝已进入绝境，李自成在陕西建立大顺政权，称大顺皇帝。张献忠在四川建立大西政权，称大西皇帝。崇祯十七年（1644）四月，张献忠所部大西军流入黔中地区，攻城略地，杀害官员，惊扰百姓。开州仲家苗（布依族）首领王阿辛率众趁势而起，围攻开州城。《贵阳府志》载：有州人前守备汪明试之子汪泽民，自幼熟读兵书，知兵法，当他察觉王阿辛将围攻州城时，立即密告黄知州，赶快备战。"阿辛知事泄，侦知为泽民所觉，使其党七人夜抵（汪）泽民寝，刺其腹，肠溃将死，呼其妻纳纸笔于腹中，曰：'且死，当书贼罪状诉之于天'。逾旬，七贼者各遇泽民（魂魄）追遂至峻阪（高大的山坡），肌肉尽裂而死。七贼之死，咸乎'汪爷爷'不绝口，人以是知其神云"。这虽是一则传说，但却反映了这场战争的惨烈。

黄知州虽听从了汪泽民的告诫，做了充分守城准备，守御州城近四个月，虽英勇抵抗，但终因寡不敌众，开州城被起义军攻破，黄嘉隽与吏目（掌管刑狱及州署内务的吏，从九品）皆战死，黄嘉隽之妻及两子一女殉难，州衙内还有三十六人一同殉难。同时，开州城墙多处被毁，州衙、庙宇等主要建筑亦被毁。黄知州嘉隽为保卫开州城而死，士民哭祭三日，因为当时"仲苗方盛，不克棺殓，藁葬之北极观后"（《贵阳府志》语）。没过多久，开州人谌文学协助总兵官开州人傅一鹭、副总兵开州人杨德胜收复开州城。清雍正五年（1727），开州知州冯咏重修黄嘉隽坟墓，从此，北极观（今开阳三中址）后一带即称黄坟。

悠悠四百载，物是人非境未迁，开阳不会忘记首任知州黄嘉隽。

# 永历太师张登贵

张登贵给永历皇帝朱由榔当老师，是三百七十年前的事了。这与地处"天末"的开阳有什么关系呢？话还得从明末清初的改朝换代说起。

明朝与贵州极有渊源，在明王朝统治中国二百七十多年的时间里，许多事情都与贵州脱不了干系，从第一代皇帝朱元璋为了一统天下，攻打云南元代残余小梁王而设置贵州都指挥使司开始，几乎每隔几十年，就有一桩大事与贵州这片土地相关。好多时候，一向被人们视为"蛮夷之地"的贵州，在明朝扮演了举足轻重的角色。到了明末，穷途末路的朱由榔被孙可望从广西接到贵州黔西的安龙，在那里继续过着残明皇帝凄苦悲凉的生活，鲜为人知的"安隆所"摇身一变，成了南明永历王朝的首都"安龙城"。朱由榔在安龙的时间虽然只有四年，却让贵州第一次也是唯一一次做了王朝的皇都。

南明时期，继弘光政权、隆武政权、绍武政权之后，建立了最后一个政权——永历政权。前后建立的四个政权时间都不长，绍武政权仅存在四十天，唯永历政权坚持了十六年。永历皇帝朱由榔的父亲朱常瀛是明万历皇帝的第七个儿子，赐封在湖南衡阳当桂王，张登贵、莫宗文等在其麾下，从莫宗文撰写的中坪《关帝庙碑记》中看出张登贵、莫宗文不仅晓畅军事，还饱读诗书，是难得的文武全才，因此成了少年朱由榔的老师，按当时的惯例，称为少保太师。南明弘光元年（清顺治元年，1644年）十一月，桂王朱常瀛病逝于广西梧州，朱由榔继位。后又由南明两广总督丁魁楚、广西巡抚瞿式耜等拥立朱由榔称帝，建立永历王朝。

生长在王侯之家的朱由榔，生性懦弱寡断，昏庸无能，还贪生怕死，虽有莫宗文、张登贵这样的能臣辅助，却无能为力，从登基的那一刻起，朱由榔过的就是亡命生涯。他于清顺治三年（1646）十月当上永历皇帝，十二月就听说清军已进入广州，便慌忙避敌于梧州，接着又先后逃往桂林、全州、柳州、贵州安龙、昆明，最后从昆明逃到缅甸。五年时间里，这位永历皇帝就逃亡了十六次。

正当永历皇帝被清军追得东逃西窜之时，张献忠部下孙可望、李定国、刘文秀等人率领一支几万人的大西军南进贵州，占了省城贵阳。他们很快站稳脚跟，还迅速扩充势力，在"共襄勤王，恢复大明天下"的口号下，不但出兵占据云南，还纷纷称王。孙可望更是"挟天子以令诸侯"，称起了"国主"。孙可望看准了永历皇帝君臣走投无路的窘境，趁势派人敦促永历皇帝移驾贵州。这时，永历皇帝身边除了一群手无缚鸡之力的文臣之外，真正能保护他的武士不足百人，想不听孙可望安排都不行。

于是，在永历六年，即清顺治九年（1652）二月，永历朝廷移至贵州安龙。

永历元年（1647），地处黔中腹地、清水江沿岸的苗族首领蓝二投清反明，率众攻占了瓮安、余庆、黄平三座县城，同时福泉被困。湄潭、凤岗等县又被清兵占据，情况十分危急。永历皇帝只得派遣他靠得住的张登贵、莫宗文两位太师率部出征，平息叛乱。并赐封张登贵为余庆伯、莫宗文为安化伯。在中坪《关帝庙碑记》中莫宗文写道："此时四面皆敌，几难措手。文计必靖内逆，乃可得志外虏。遂遣马步兵，兼程黄丝大道，阳欲解平越围以牵制之，而阴以奇兵渡棉渡小江，掳逆妻若子，连捣逆穴。蓝逆知家破，乌合者尽散，以孤身奔窜被擒，平越之围解，而内逆亦消矣。"

面对"黔逆"蓝二投清叛乱，并且已攻占了瓮安等几座城池、"外虏"清军亦占领了湄潭等县的局面，莫宗文、张登贵采取声东击西、出奇制胜的战略战术，直捣蓝二老巢中坪，一举拿下，大获全胜。讨蓝二之计，不过"攘外必先安内"。蓝二被擒，服而舍之，大有诸葛亮七擒孟获之遗风。今之开阳高寨乡平寨蓝氏一族仍为当地小花苗中之望族，此乃蓝二之后也。

蓝二失败后，莫宗文、张登贵所部士气大振，乘胜追击，捷报频传。就在这一年的六月，驻守各地的南明将士先后收复了被清军占领的湄潭、龙泉、遵义、绥阳等地，清军败退，"黔播悉安"。为了收复被清军占据的思州、铜仁等地，莫宗文、张登贵会同川督郑元、范矿、程源，巡抚郭承汾，监军刘济宽、饶崇品

永历大师张登贵

等永历朝廷的高级将领，于打败蓝二的次年，在余庆召开誓师大会，收复贵州境内的失地，巩固云贵战略基地，以图复明兴邦。为建立"根据地"，莫宗文将家眷及其所属部下移居中坪（今瓮安县中坪镇），还在"前筑田坪地址建关帝庙，庄严其像焉"。张登贵镇守于开阳与中坪交界的乌江边龙坑场（今开阳县龙水乡），也将家眷移居龙坑场，在龙坑场建关帝庙（原龙水小学校址）。堪称"清代方志之上乘"的《贵阳府志》对此事有如下记载：

> "开州城北八十里，曰营坪，俗呼雷盆。残明时，总镇张登贵屯兵于此。有石城，可六七里。而笔架岩、大坡顶、大圆坪、泡木林据其东北，化龙岩、小岩顶、大岩顶、天生桥据其西。城中最高处为营经顶。数十年前，绝少民居，怪石阴林，嵯峨亏蔽。今则居人鳞次，榛莽尽除。
>
> 登贵在桂蕃时晋爵太子太师，封余庆伯。时平越苗蓝二叛，开州小牙磴、白岩磴、鸭蛋磴诸苗应之。登贵与莫宗文督师进剿。贼平后，请以龙坑、高楼、羊耳寨、窄溪贼绝田三百九十四亩为安顿家口之资。桂蕃亡，遂家于州，殁后，葬小河口，曰太师坟。弟正乾，同时亦官总兵，营坪山下，张家桥是其所建，殁葬龙坑。"

我曾有过在开阳县龙水乡政府工作的经历，读到雷盆、龙坑、张家桥、小牙磴、白岩磴、鸭蛋磴、高楼、羊耳寨、窄溪等地名，倍感亲切，"宇宙之江山不改，古今之称谓各殊"，然而在这里不但没有"各殊"，而是一直沿用至今。雷盆山下的石城不见了，但此处地名仍叫"城头"，现在是一个村民组。数百年的风云变幻，历史却在这"怪石阴林，嵯峨亏蔽"之处悄然传承，绵绵不断。

张家桥全景

为什么张登贵、莫宗文在驻防地建关帝庙呢？因为关羽可称得上是中国人的精神支柱，生前为将为侯，死后封王封帝、成圣成神，他们是借关老爷的威灵作护佑，实现他们辅佐永历皇帝抗清复明、一统朱家天下的目的。然而，大厦将倾，无可奈何，永历皇帝一行在安龙驻了四年之后，又迁往云南。最终于南明永历十六年，即清康熙元年（1662），永历皇帝朱由榔在云南惨遭吴三桂杀害，南明王朝的历史结束。张登贵、莫宗文等重臣，"不甘降清，潜踪此土，以死以葬，亦宜也。以龙坑地太师坟数颗推之，则知当时与登贵同调，宁死则葬蛮貊中者，尚有多人，待清朝据有中原二百六十八年，无人敢为之表彰，渐就湮没。民族正气，系于忠义，社会人心亦系于忠义"（民国《开阳志稿》语）。政权更替，改朝换代，大势所趋。

正如唐代诗人孟浩然《与诸子登岘山》一诗所道：

人事有代谢，往来成古今。
江山留胜迹，我辈复登临。
水落鱼梁浅，天寒梦泽深。
羊公碑尚在，读罢泪沾襟。

# 堪比周郎谌文学

## 一

说到开阳历史，不能不说谌文学。

如何评说这位四百年前的开阳名士？《贵阳府志·卷七十六》曰："拟之周瑜，号曰小周郎。"周瑜家喻户晓，那个"谈笑间，樯橹灰飞烟灭"的千古风流人物形象是定格于人们头脑中的。西晋史学家陈寿在《三国志》中说"瑜，时年二十四，吴中皆呼为周郎"，以周瑜作喻，谌文学定是非凡之人。

谌文学，字幕游，开州乖西司（今开阳双流）人，清康熙元年（1662）恩贡（科举制中，由地方贡入国子监的生员之一种，与举人相当），"幼通经史，精易数及舆地之学，言多奇中，精于预测"。谌文学自幼饱读诗书，不足为奇，奇的是他通《易经》，懂风水。因此，"明崇祯三年（1630），宋氏削平，初以十二马头地置开州，（首任知州黄嘉隽）河防道金事沈翘楚主营建之务，闻（谌）文学贤，延之使办正城门州署，甚得阴阳向背之宜"（《贵阳府志》语，如下引文皆出于此）。

# 二

　　开阳建制建城的时间较早，如西晋初年，在开阳双流老董场附近置万寿县、建城池；东晋时，在开阳境内置安州、建城池，但时间都不长，无迹可寻。唐初置蛮州，州治所在地同知衙已变为一个小村寨的名称，亦不见城池遗迹。《元史》载："乖西军民府，皇庆元年立"，指的是被宋隆济烧毁后重建的乖西军民府。《贵阳府志》亦载："乖西军民府即大乖西，今开州城北（东）云峰山，明初水西苗据此，于峰侧集市，名开科龙场。"开阳之"开"在这里始见，也是建开阳城的开始，但城址不在今天的开阳城，在云峰山侧（今开阳一中附近）。仍然寻不到城池遗迹。到了明末沈翘楚、黄嘉隽急于建开州城，在这两位江南饱学之士的眼里，在云峰山侧的旧址上建新城，肯定不行。于是他们找到了谌文学。

　　在遵义未划入贵州之前，开阳与四川只一江（乌江）之隔，为贵州省防第一门户；到遵义划入贵州之后，开阳一变而为腹地，然仍不失为省城的重要屏障。作为一方政治、经济、军事、文化中心的开州城，"设险防卫"是谌文学向沈、黄二人提出的第一问题。因为，城无论大小只要一出现，首先面临的即是军事攻战防卫问题，《淮南子》等先秦著作中说："鲧筑城以卫君，造郭以守民"，"若造都邑，则治其固与其守法"，"若有山川，则因之"。择地造城，除了考虑生态环境之利外，必须重视设险守城之用。于是，在谌文学的指点下，沈、黄二人选定了与开科马头近在咫尺的杨黄寨作为新造开州城地址。

如果将开州城塑为"沙盘"，以谌文学风水家的天上星象来区分环绕开州城四山的话，前朱雀，即面朝三台山（今仍称三台山）；后玄武，即背靠鳌山（今开阳一小后山）；左青龙，即金袍山（今开阳老三中所在地）；右白虎，即米阳坡（今县医院后山）。此为假借四方之星宿以别四方之山，非谓山之形皆如其物。即开阳城三山环抱，朝面平畴，四象分明，气象万千。形似一把太师椅立于天地间。"太师椅"的正中即开州衙署正堂。城内几乎每条街道都有泉井，清澈甘洌，居民靠井而居，依井兴市。水井遗迹少数尚存，如东门井等。环城之山，古树参天，竹木成荫，溪水绕城，四水汇于城东，龙主水，水兴龙，四水汇于一流，如四龙相聚一处，故于此地建龙会寺庙（今开阳一中操场靠山之教学楼处）。

城门是关系一城居民安居乐业的大事，不可掉以轻心，要以迎山纳水为主，故东南西北各建城门一道，并命名，东曰布德，南曰贵阳，西曰永迎，北曰茶山。清光绪七年（1881），知州梁宗辉修复被咸同战乱损毁的城墙时，改西门为"挹爽"门，民国元年（1912）开州最后一任知州简协中修葺四门时，又更名，东曰"黄鹂唤晴"，南曰"紫水澄波"，西曰"白马拥瑞"，北曰"清江稳渡"，此时开州城最完美，但却是它最后的时光。西门和北门建有瓮城，有轩昂的门楼。城墙长共计五百十丈二尺，城墙高一丈二尺。从二十世纪五十年代至八十年代，城门城墙被陆续拆毁。

# 三

开州城的建设，应该是谌文学风水理论和自然美学的一次最好的实践，贯注了他的太多美好愿望。然而令他痛心的事终于发生了，就在开州城建好后的第十三个年头，即明崇祯十六年（1643），开州城遭受布依族首领王阿辛的"义军"围攻，城陷，知州黄嘉隽、吏目聂禁等战死，一同殉难者三十多人。

面对他心爱的开州城遭毁，所敬重的黄知州嘉隽战死的残酷现实，谌文学没有灰心，没有气馁，而是毅然决然地投笔从戎，加入了收复开州城的官兵队伍，总兵官傅一鸶、副总兵杨德胜都是开州人，十分敬佩谌文学的才华，对于他的加入，非常欢迎，并特别聘请谌文学做了高级参谋，一同率兵作战。由于谌文学自幼熟读兵书，其军事才能即刻展露，"所筹无不奇中，一军倚之"，屡战屡胜，很快收复了开州城。谌文学"小周郎"的美称亦因此而得。

开州收复后，副总兵杨德胜奉命随总督李若星东进，讨伐张献忠的大西军。这次杨德胜聘任谌文学做军师，谌文学欣然而从。但是没想到，他们的部队刚到辰州（今湖南怀化市北部地区），"闻北京陷，乃还"。即指收复开州城的第二年、李自成攻占北京、逼迫崇祯皇帝吊死煤山的事。

# 四

进入清朝后，鉴于谌文学的学识才干，特授予秀才资格参与进取。康熙元年（1662），"以国恩贡于国子学"，谌文学成了举人。独霸西南的吴三桂公然反叛清王朝后，吴三桂多次派人寻访谌文学，许以高官厚禄，"遣使征之，不至，强以伪官，不受，因削其国子学籍，将中以罪，文学逃之仙人洞以免"。仙人洞，当地称神仙洞，位于开州城东，今开阳一中附近。一百年前，开阳名士钟大昕作《三洞游记》："神仙洞者，开阳之名洞也，予少时即闻人称其胜"。

康熙十七年（1678），吴三桂在湖南衡阳称帝，但登基八个月后吴三桂死了，其长孙吴世璠继位，不久吴世璠也被清朝灭掉了，清王朝完全统一了西南。谌文学从洞中出来了，从此后，该洞即被称为"神仙洞"，因为在开阳方言中"谌"与"神"是同一个读音，何况谌文学确有"神奇"之处。出洞后的谌文学受到清廷的关注，恢复其恩贡的资格，并授湖北陨阳知县。他的才华又一次得以展现，政绩突出，极受人敬仰。

告老还乡的谌文学回到了开阳，他将多年来薪俸节余散给急需帮助的人和邻里，自己过着清贫的生活。

八十五岁那年，一天，"忽闻天乐奏于空中"，谌文学自知大限已到，即将辞世，自己穿戴整齐，先入家庙祠堂拜别祖宗及父母神位，后进堂屋端坐于香案前，招呼子孙及弟子门人跪于面前，谆谆教诲，激励奋进，安排后事，留下遗训。言毕而卒。

其长子谌会溟，居丧尽礼，当他哭拜祭奠父亲时，天降两只仙鹤，飞于其父灵柩前哀鸣，久久不离去。人们说这是谌会溟的忠孝所感而至。

谌会溟，秀才，在其父逃避于神仙洞时，伪提学（吴三桂当政时的提学）"欲置之优等，以慰藉其家难。会溟闻之亦逃"。这还了得，他父子二人是明显与吴三桂政权作对。因此，其弟谌会瀛、其子谌预等皆受株连置于云南的狱中。直至"吴逆平，始出狱，复学籍"。

## 五

"故垒西边，人道是，三国周郎赤壁"，只可惜，年仅三十六岁的周瑜竟在呼天抢地喊着："既生瑜，何生亮"的凄惨中而亡。这与八十五岁的"小周郎"谌文学从容驾鹤西归，无法相提并论。

"小周郎"应为"胜周郎"。

# 传奇人生何人凤

## 一

何人凤出生时，正是年仅十九岁的明崇祯皇帝朱由检登基的那一年，即明思宗崇祯元年（1628）。朱由检一登台就危机四伏，内外交困，内有李自成等"流寇"步步进逼，外有努尔哈赤等满人大举来犯，又遇连年灾荒。崇祯皇帝也不禁悲叹："朕非亡国之君，事事皆亡国之象。"于是乎，崇祯成了明朝的末代皇帝。

何人凤生逢乱世。

位于开阳顶兆村的何人凤墓

虽是乱世，何人凤出生时，何家却是贵阳名望极高的官宦世家。何氏一族，原籍安徽凤阳，明正统六年（1441），入黔始祖何济川随军进入贵州，因军功，任进义校尉（武散官，正八品），并世袭。驻守贵州前卫右千户所格六小旗（今修文六屯乡都堡村）。从何济川的曾孙何锐升任总旗、忠翊校尉（正七品）开始，几乎每一代都有做官的。第五代何木中武举后，升百户所长官（正六品，世袭军职）。格六从此升为贵州前卫右千户驻地，更名为格都堡，作地名沿用至今。第六代何彬、何极皆为贡生（秀才中出类拔萃者，有做七品及以下品级官的资格，贡生和举人、进士一样被视为读书人的正途），外出做官，后迁居贵阳城。同时何彬还出资为在格都堡的祖坟立碑修墓，至今仍可见。

何人凤祖父何图呈为第七代。何图呈，字起易，万历甲午年（1594）中举人，先后任知县、广西太平府永康州知州，民国《开阳县志稿》为其立传，评说其"所至，德惠及民"，是一位一心为民的好官。何图呈极富文才，与著名诗人谢三秀（字君采，又字元端，贵阳人，有诗集《雪鸿堂诗集》等，有明末贵州第一奇才之称）是挚友，当何图呈再度赴广西上任时，谢三秀作《送何起易刺史之粤西》：

斗酒送君秋欲暮，经术兼饶经世具。

七载离家昨始归，又听寒猿啼别路。

粤西之西风候殊，千峰万壑烟模糊。

到来五马行春处，桂海应还明月珠。

诗中可见二人交情之深。何人凤叔祖何图出，字起替，明万历庚子（1600）年中举人，先任云南楚雄推官（正七品），后升四川潼川（今三台）知州。廉政，爱民如子，当地百姓为其立"德政碑"。

## 二

何人凤父亲何兆柳，字星如，明崇祯三年（1630）中举人，由于家学渊源，武将之后，自幼喜读兵书，深通兵法，曾任蓟辽总督洪承畴所部的监军。崇祯十年（1637），水西化沙、杓佐两土目反叛，围攻大方，正在大方执行军务的贵州副总兵方国安被围困，情况危急。总督朱燮元点了何兆柳的将，命他速解大方之围。于是，何兆柳捐家资作军饷，招募乡勇组建军队，奔赴大方前线。谁料何兆柳所部尚未到达大方，方国安已弃城溃逃，大方城失守陷落，由于方国安与时任贵州总兵陶洪谟私交甚笃，一口咬定何兆柳私通土目，勾结流寇，致使大方城失陷。遭此诬陷，何兆柳百口难辩，满朝文武无一人替何兆柳申辩。于是，何兆柳遭受了"满门抄斩"之刑。行刑当日，何兆柳家有一年轻的苗女佣人，即年幼的何人凤的保姆，家住今开阳双流快下寨。眼见主人何兆柳及人凤的两位哥哥东凤、鸣凤等被杀，何家即将灭门绝后了，这位苗族妇女急中生智，用自己亲生的、与何人凤一般大小的儿子换取了何人凤。苗妇忍受着常人无法忍受的巨大悲痛，眼睁睁地看着自己的亲生儿子惨遭杀害。当官兵离去后，苗妇毅然决然地背着幼小的何人凤，在月黑星稀之夜，逃至今快下寨家中。她视何人凤为自己的亲儿子，细心为何家抚养这幸存的独苗。这位令人敬佩的苗族妇人，人们至今也不知她姓甚名谁，但对何人凤来说却是恩重如山。苗妇去世后，何人凤即在堂屋神龛上和家庙祠堂里，摆挂起苗妇的牌位和画像，与列祖列宗同享供奉。后来供奉苗妇牌位画像成了何人凤的家规，世代相传，永世不忘。

## 三

没过几年，李自成率军攻占了京城，崇祯皇帝被逼上煤山（今北京景山公园）自缢，明朝宣告结束。接着清军又击败了李自成，进入北京城，顺治做了清朝入关后的第一任皇帝，但南方并未统一。这之后的近二十年里，崇祯皇帝的子侄们为明朝官员们拥立于南方，继续在各地与起义军和清军作战，史称南明。这一时期，贵州、云南作为南明的根据地显得极为重要，急需政治的清明和地方的和谐，因此，何兆柳"满门抄斩"的冤案得以平反昭雪，被抄没的家产一律归还给年轻的何人凤，何人凤受到南明朝廷的起用。南明永历二年（1648），永历皇帝朱由榔任命年仅二十岁的何人凤为监纪（监军），参加贵州总兵皮熊征讨拥兵自重的遵义（当时为四川辖）总兵王祥，这场战争的结果是，皮熊终于夺回了被王祥占领的贵阳城。虽是永历朝廷"下属内部"战争，却给何人凤一个很好的历练机会，立有军功，何人凤升任游击（次参将一级的武官）。两年后的永历四年（1650）转任开州知州（从五品）。何人凤墓志铭是如此记载："及冠，以监纪讨川寇王祥有功，乃左迁而为游击，以游击转知开州事，年甫二十二也。"

## 四

何人凤任开州知州遇到的最大问题是没有办公的地方。因为，在开阳设州建城十三年后，开阳爆发了仲家苗（布依族）王阿辛起义，攻毁州城，烧毁了州衙、庙宇等建筑，开州城内一片狼藉，空城一座，无法立足。于是，新任开州知州何人凤上奏永历皇帝，请求将他的私宅（快下寨，他的成长之地）扩建规整为开州临时衙署。"建私衙"这对朝廷命官来说是有违祖制（法律）的事，是犯忌，但当时的永历皇帝已逃往广西，正受清军和义军的夹击，自身难保，哪还管得了那等事，只要你支持我、拥护我，一切准奏。

得到永历皇帝恩准后，何人凤用了开州三年朱砂赋税，加上自己的积蓄和官俸等资金，把私宅改扩建成了占地三千多平方米的临时开州衙署。这组建筑包括三道大门（州衙头门、辕门和仪门）、照壁（州衙甬壁）和两个大院落。第一个院落为办公区，即大堂五间、左右厢房各三间；第二个院落为生活区，住房五间和左右厢房各三间。高大的围墙又将两个院落围成一体。遗憾的是，三百七十余年的风风雨雨已吞没了何人凤亲手建造的开州临时衙署。不过基地尚存，大门外的空地处两个拴马桩还在。

拴马桩即两根石柱，不高，敦敦实实地立在地上，石柱长满青苔，看上去很沧桑，有故事。当年州衙建好后，原本一个平平常常的小山寨一下子变得威严起来，大门处设了门卫，立有规矩，凡来访者，到大门外拴马处，必须"文官下轿，武官下马"。门卫是年轻气盛的小伙子（当时何知州也很年轻，才二十多岁），一见来访者，无论官大官小，总是高声喊道：快下！快下！时间一长，人们就把这里叫作"快下"了，直到今天这个山寨还叫"快下"，还分为快下上下两寨哩。

## 五

清顺治十八年（1661），清朝廷彻底灭掉了南明永历政权，统一了南方各地。此时坐镇省城贵阳的是经略湖南、广东、广西、贵州、云南总督洪承畴，此人正是何人凤父亲何兆柳当年的顶头上司，本为明廷重臣名将，明末屡立战功。崇祯十五年（1642）松山坡战役被清军俘获，归顺清廷后，极受重用。洪承畴的清军接管贵阳后，何人凤带着南明永历皇帝颁发的开州印信等叩拜洪承畴，主动上交开州大印。洪承畴非但没有责难何人凤、没收州印，反倒大动恻隐之心，给予何人凤许多的关照，并命何人凤继续任开州知州。

清康熙壬寅年（1662），朝廷任命江西东乡人徐昌为开州知州，何人凤同徐昌十分友好地进行了开州政权的交接。

# 六

　　也正是这个"壬寅"年，因战乱而废的开阳永兴场（今双流镇街），在何人凤等人的努力下，重新开场。何人凤特邀南明永历朝旧臣、著名诗人、自己的亲家公吴中蕃参加永兴场的开场典礼。吴中蕃，字滋大，贵阳人。吴中蕃祖父吴淮，举人，官至户部郎中；父亲吴子琪，举人，曾任兴宁知县。这与何人凤家情况基本相同，又同住贵阳城，两家是世交。吴中蕃年长何人凤十岁，二人同年升官，即何人凤升任开州知州那年吴中蕃升任遵义县知县。吴中蕃后又升任重庆知府，转任南明永历朝廷的礼部仪制司郎中，后因直言上疏，开罪于朝廷当权者，被罢官归家，奉母入真龙山（今花溪天河潭）隐居，以写诗为乐。据《何氏族谱》载，何人凤与吴中蕃是双重儿女亲家，即何人凤的五子何子溶、六子何子泓分别娶吴中蕃的两个女儿为妻，何人凤次女嫁吴中蕃长子吴皋为妻，这等联姻实属少见。吴中蕃欣然接受何人凤的邀请，因此，吴中蕃写下了《壬寅过光斗河》一诗，写的是开阳白马光斗河（光堵河）一带朱砂开采，在光斗河中淘砂的艰辛。实质上是在表示诗人心中的极大愤慨和悲哀，因为那一年吴中蕃得知吴三桂杀害永历皇帝朱由榔的噩耗，极为伤心。吴中蕃自那次过光斗河到快下，与何人凤一同参加永兴场重新开场仪式之后，再没有出过家门，隐居山林，直至终老。何人凤也一直闲居快下，不再外出，潜心于儿孙的教育培养。

清康熙十六年（1677），何人凤病逝于快下私宅，安葬于开阳顶兆何氏祖茔地内，如今尚能看到"明奉直大夫羽候何公之墓"。何公，名人凤，字羽候。朝廷追封奉直大夫，正五品文散官，比开州知州从五品高一级，算是对何人凤的褒奖。原碑的落款时间为"周丁巳年"，是吴三桂称帝时的年号。何人凤去世那年，正是独霸云贵的吴三桂于湖南衡阳称帝的时间。立碑时间不用清康熙丁巳年，而用周丁巳年，兴许另有一番用意吧。

# 特殊时期开阳人

在梳理开阳文脉时，我认为，明末清初对开阳来说，是一段特殊的历史时期。

开阳设州建城已经颇费周折，而开阳城建好后的第十三个年头，布依族首领王阿辛趁张献忠的大西军余部"流寇"入黔，一举攻下开州城，首任知州黄嘉隽等殉难。正当夺回开州城之际，京师政变，明朝被推翻，中国成了满族人的天下。然而，开阳与贵州其他地方一样并不属于清王朝，而是进入了南明永历政权的治下。由于地理位置的特殊，开阳又成了各路大军的必争之地。清王朝命明朝降将吴三桂为平西王，率部征剿永历王朝。任务完成后，吴三桂独霸贵州、云南。随即吴三桂公然叛清，自立为王，开阳又成了中国历史上所谓的"三藩之乱"中"吴逆"叛乱的重要据点，备受关注。直至清雍正初年，开阳才算风平浪静又驶入正轨。

在这一特殊的历史时期，开阳涌现出了几个特殊的人物群体，灿若星辰，永存于历史长河里。

# 一、六块碑

明崇祯三年（1630）择地建州城之初，沈翘楚、黄嘉隽在谌文学的指点下，选准了建州的地盘，但那片地并非"公产"，是好几户人家的祖茔地和居住地，叫杨黄寨。

"州治旧号杨黄寨，即（杨）华远祖杨黄三所居，子孙世守之。水西之乱，杨氏被贼杀害略尽，惟华存。及开州之设也，华以其世业献于官，又迁其祖墓十三于他所，州置始得立。当事以屯田一顷予之，华亦不受，遂优免其子孙徭役。"（《贵阳府志·明善行传第十四》语）

"国之大事，在祀与戎"，一国的大事只有两件——祭祀与战争。祭祀是为了不忘祖宗先烈，激励人的心志；战争是为了保家卫国，为了和平与发展。一家之大事就在于祀，因此祖先坟墓即显得尤为重要，迁徙祖坟是犯忌之事，切不可随意为之。然而，世居杨黄寨的杨华为了支持建开州城，他不但让出世代居住的老宅，还迁十三座祖坟于他地，特别让出祖茔地作建州衙署之地，"州署始得立"。实在令人感佩，《贵阳府志》称赞杨华"为古今伟士矣！"

知州黄嘉隽当即从州署公产中划出一顷（100亩）良田作补偿给予杨华，但杨华辞让不受。黄知州实在过意不去，发出公文：免杨华子孙的徭役。

"卢学益，洪边十二马头（开科马头）人。以岁贡生官遵义府教授，擢梓潼知县，宾川知州，咸有治声。已而乞归。时初建开州（城），学益祖坟五规在城内当迁，上官难之，学益知其意，即择善地改葬焉，今开州城隍庙即其地也。又让打铁庄田二十六亩为北城基，上官义其所为，酬田值，又以谷寨官田七亩予之。"（《贵阳府志·明善行传第十四》语）

让杨华迁祖坟、出地盘似乎好说一点，杨华毕竟是开州"臣民"。让卢学益迁祖坟、出地盘，实在不好说，卢学益可是与黄嘉隽平级的知县，并且是"前辈"，黄嘉隽很为难。而深明大义的卢学益主动将祖坟五所迁出，择善地改葬，州城隍庙才得以修建。又让出打铁庄的良田二十六亩作为北城城基、城门等。

《贵阳府志》载，为建开州城迁祖坟献地的还有：

周能让迁祖坟三座，得建州学学宫；

简居瞻迁住宅及祖坟，建北门及水府庙（龙王庙）；

李海山迁住宅及祖坟，得建南门朝阳街（南街）；

赵奇迁住宅及祖坟，得建北街街道。

为了表彰建开州城，迁祖茔、住宅，让出土地山林的善举，开州知州署特为：杨华、卢学益、周能让、简居瞻、李海山、赵奇等立"功德碑"于开州城西门外，一人一块，共计六块。渐渐地开阳人就管那里叫作"六块碑"，一直到今天"六块碑"仍是开阳一个响当当的地名。

## 二、南明重臣名士隐居地

南明政权最后一个王朝——永历王朝始于清顺治三年

（1646），两年后，清水江边（今开阳高寨乡平寨）的苗族首领蓝二投清反明，很快即攻下了瓮安、余庆、黄平等县城，形势危急。永历皇帝只得派遣他最信得过的张登贵、莫宗文等率部平乱。蓝二的老巢即瓮安中坪、开阳龙水一带，在遵义还未划入贵州之前，这里恰是四川与贵州的交界，战略位置重要。因此战乱被平息后，他们便驻守在这一带。没过几年，吴三桂奉旨追剿永历王朝，至缅甸杀害了永历皇帝父子。这一年是永历壬寅年，即清康熙元年（1662），莫宗文在这一年写下了中坪《关帝庙碑记》，落款是："皇明永历壬寅之帝诞日"。分明是永历皇帝的遇害日，却写着"帝诞日"，尤见作为永历皇帝所倚重的老臣心中之悲愤和无奈。

"永历诸臣，国亡尽命"，他们又不愿降清，只得隐居于他们驻守的那一带，课耕课读，静观其变。"以龙坑（开阳龙水乡）地太师坟数颗推之，则知当时与（张）登贵同调，死则葬蛮貊中者，尚有多人，特清朝据有中原二百六七十年，无人敢为之表彰，渐就湮没"（《开阳县志稿》语）。今尚能查证者，除龙水张登贵墓与其弟总兵张正乾墓、中坪莫宗文墓，尚有金中洋水玉皇观大钟上铸录永历四年四月十七日，川督范矿的批文，证明范矿即隐居于开阳。《开阳县志稿》还录有永历时川黔总兵官都督金事李宪荣墓"官诰残碑"碑文，也证明李宪荣也隐居在开阳。

开阳双流余家湾，有熊氏祖坟，碑帽上书"万古佳城"。碑文落款时间康熙甲午，即康熙五十七年（1718）；又有四坪上，有王氏祖墓，碑上文字与熊碑酷似，时间亦是康熙年间，两碑碑文，字画生动，如飞如舞，非欧非赵，自成一体，即为随永历王朝南奔的学士名人所书。他们是不甘降清、"通诗文书画，有傲骨"的名士，隐居开阳。

当官衔、身份、家产等都化为乌有时，剩下的只有生命和才华，他们中好几位都被永历皇帝尊为太师、授太子少保的精英，或是才华横溢的文人学士。如李宪荣"官诰残碑"所说"雷霆精锐，冰雪聪明，将军览黄石之符，剑摇边月，战士瘁青丝之络，旗掣罡风，允矣万里长城，奚止一方巨镇？……行踏贺兰山之缺，以膺凌烟之图"。"尔杨氏乃李宪荣之妻，玉姿淑圣，天性柔嘉，月篚霜筐，每增剑戟之寒，篝灯邻火，偏生旌旗之焰。贤声允益崇，徽音引之勿替。兹覃恩封尔为尚仪一品夫人，锡之诰命"。（《开阳志稿·名胜古迹》语）。

没有任何文字记录这一群南明朝重臣隐居开阳的情况，以及他们后代传人的情况，但我敢断言，从某种意义上说，开阳的文化与文明程度，是与这群永历遗老分不开的，是他们在逆境中树立起了人格标杆，点燃了尚在"百貊"中的开阳的文明火种。

## 三、大清七生

清顺治十五年（1658），吴三桂从四川出兵，于乌江边打败明贵州总兵杨武，占领开阳，随即攻取开州城，永历皇帝逃往昆明。康熙二年（1663）春，清廷命吴三桂总理云贵事务。自此，开阳进入吴三桂独霸云贵的时代。

说吴三桂"独霸",实不为过,吴三桂受封平西王,灭掉永历王朝之后,坐镇昆明,获取了自行铸造发行钱币的特权,并将原明黔国公沐氏(土司)庄园七百余顷和原明军在云南的卫所屯田强行霸占。在贵阳玉田坝霸占田地。同时,吴三桂还搜罗党羽,安置亲信。其财政收入,户部不得核查,相反,却以"边疆未靖"为由,每年向清廷索取俸饷若干。凡此种种,清朝廷早有觉察。康熙十二年(1673)吴三桂公开反清,康熙十七年(1678)三月,吴三桂在衡州称帝,建立大周国。接着干的第一件事,在云、贵、川、湘举行乡试(举人考试),以图"士子"的认可。

此时的开阳读书人中出现了另一种景象,当吴三桂的"狼子野心"大白于天下后,他们便以大清国民自居,视"大周国"为伪政府。他们都是秀才,一群青年读书人。参加乡试,考举人,再考进士,本是他们梦寐以求的事。然而,吴三桂举行的"乡试",他们不但不参与,还以前辈谌文学为榜样,"遣使征之,不至;强以伪官,不受"。"伪有司迫之应试,皆逃",远遁于野,其奈我何!等到吴三桂之孙吴世璠继帝位又被平息之后,他们出山了,重新参加清王朝的乡试。表现出了读书人的气节和情操,时人称赞他们为"大清七生"。他们的名字是:简应时、卢学新、卢应龙、卢应凤、卢应奎、卢国贤、王之林。后来他们都被供奉于开州乡贤祠。

## 四、州学四杰

新近读到朱启钤先生编纂于一九三八年的《紫江朱氏家承》，在"先世传略"叙述到他的入黔（到开阳双流）二世祖朱珍（字儒玉）的两位夫人时说，"公元配卢氏，族居开州属之高粱调，来归后无出（未生育）。公继配卢氏，为开州属之上光西世家，与元配卢孺人同族，雍正二年（1724）甲辰十月二十四日生于本州耻里（今城关镇）上光西"，"按开州志，自前明（明末）建州以来，即为本郡大姓。雍正五年（1727）知州冯咏编《开州志略》序云，有上舍生卢灿手一册来，载州故事，自言家此百余年，世读周孔书，列胶庠（学校）者多有人，于州为故家"。

果然如是，朱启钤的入黔二世祖妣卢氏不但与卢灿是一族之人，还与建州城时迁祖坟、献庄田的卢学益、"大清七生"中的卢学新、卢应龙、卢应凤、卢应奎、卢国贤等都是同宗一族，他们都生长于那段特殊的时代，唯年龄、辈分之差而已。与《紫江朱氏家乘》编纂于同一年的《开阳县志稿》对卢灿是这样记叙的：卢灿，州人，雍正中岁贡，幼颖异。年十三入泮（学校），博览群书，工于诗赋。为州学斋长，经理斋租，修葺文庙，为功学校不少。雍正五年（1727），州牧冯咏委同修志，舆论首推重焉。

卢灿以诗文著称，与州内的简承绪、周士哲、王廷槐同称"州学四杰"。县志记载如下：简承绪，居州城北，岁贡。性耿介，读书守正，不入公门，博学能文，长于诗赋，以教授自娱，从游者甚众。与建城献地的简居蟾、"大清七生"中的简应时同为一家。

周士哲，州人，岁贡，即献土建学周能让之孙。性豪迈，孝友，诗文尤工。

王廷槐，州人，岁贡，安雅恬静，持正端方。居城东，非公不至衙署，州署人咸矜式之。

# 大行无愧惊天地

徐昌执掌开州真是难为他。

徐昌，江西东乡（今江西抚州市东乡区）人，学历为贡生，即秀才中品学兼优的层级最高者，与举人一样，可以直接做官。因此，《贵阳府志》载：徐昌"以贡生起家，顺治末授开州知州。时贵州初入版图，当兵乱之后，城郭、宫室多毁，官吏无衙署，寓寺观中"。开州，还来不及医治战争的创伤，又进入了改朝换代时期。

开州人何人凤任开州知州时，州城仍是废城一座，州内大小官员无法立足、无法办公。年轻气盛的何人凤将离州城不远的私宅改为州衙办公场所。这在历史上不说绝无仅有，至少也算实属罕见。

徐昌来了，他是受清王朝委派、前来接管南明永历政权治下的开州的。由于何人凤与当时坐镇贵州的清朝重臣洪承畴的特殊关系，开州政权的交替，不但没有血雨腥风、刀光剑影，反倒是温情脉脉、充满情义。对于徐昌的到来，何人凤以礼相待，鉴于开州城当时的状况，何人凤诚恳邀请徐昌在他的临时州衙办公居住，待城里衙署修复后再迁移过去。而对于徐昌来说，他与何人凤毕竟是改朝换代时的新旧交替，对于何人凤仁义善待，他心存感激，但要继续将何人凤的私宅作为州衙，不但"上方"无法交代，他的内心也过意不去啊。于是，移交办完后，徐昌及其随行官吏，带着何人凤移交给他们的文档资料和印信离开了何人凤的私衙，开州临时衙署之使命结束。

徐昌等人离开之后去哪儿呢？堂堂正五品州官，总不能露宿街头吧。城里的州衙、文庙、武庙、城隍庙等被毁了，金袍山的北极观、火神庙、龙王庙还在，就暂住在那里吧，还有神灵的护佑。

安顿下来后，要做的第一件事：紧急向上级报告，请求划拨修复开州衙署以及被毁城墙等的经费，以解燃眉之急。一介书生的徐昌，想得太简单了，刚刚从永历政权收复过来的贵州处处急需资金，怎能顾得上你开州区区一州呢？"请帑修葺者多被驳，州县率多派其费于民间，昌乃捐俸修城池，葺衙署。学校祠庙，以次修复，捐廉五百两修武庙，民不知役"（《贵阳府志》语）。

上级的态度很明朗，遭毁的都应该修复，也必须修复，怎么修？修复资金从何来？那是你知州的事情。按惯例和其他州县的做法，经费一律从治下老百姓中收取。而当时的开州百姓情况怎样呢？徐昌在开阳宅吉《新建莲花寺碑记》中写道："开州，黔之僻壤也。其初为正内地，山高水驰，林木深阻，环而居者，雕题跣舌，椎髻文身，是不一类。王化渐摩，垂廿十余年。甲申（明崇祯十七年，1644年）以后，兵燹燎原，征敛狼藉，骸骼遍野，啼号载道，几于草昧矣"。如此状况下的开州百姓，还能从他们身上收取什么费用吗？徐昌下令，不得惊扰开州百姓，他捐出自己的薪俸银作修复城墙州衙署等的费用。在徐知州的表率作用下，其他官吏及当地士绅亦慷慨解囊，学校、祠庙等逐次修复。徐昌再捐廉银五百两修关岳庙（祭祀关羽和岳飞的庙，也称武庙），他是希望"使此方之人，一入塔庙，生恭敬心，愚夫愚妇，即不明于理，而孝悌忠信之心，可以油然而生矣"（《贵阳府志》语），他深爱这一方百姓，所作所为，足见其用心之良苦。

徐昌当年是如何的艰苦卓绝，他面对的是一座几乎成了废墟的开州城，修复一栋纯木结构的建筑，兴许不太难，但难的是资金的筹措，他将自己及同僚们的工资都捐献了，拿什么养家糊口？除了修复建筑、医治战争创伤、关心百姓福祉，他们是如何做的？没有经费，一穷二白，如何兑现承诺，有多难！然而徐昌他们居然挺过来了。史籍的记载没有过多的褒奖表扬，但在《贵阳府志》却有一则关于徐昌近似神话的故事。

"白沙井，在开州城北，康熙二年（1663），井中龙见，知州徐昌祀之乃去"。

寥寥二十四个字，包含着不少信息。如果从文学的角度看，这是一篇完完全全的小小说，时间、地点、人物等小说要素俱全。因为徐昌在经过近两年的努力，到了清康熙二年（1663），开州城的修复基本完成，又恢复了建城时欣欣向荣的景象。城北

大行无愧惊天地

门一里许，有水井，因井底沙细且洁白如雪，故称白沙井（今天仍叫白沙井）。正当开阳人正在庆贺州城修复完工的时候，白沙井的龙现身了！不声不响地来了，只是静静地等待着知州徐昌。正在州衙忙碌的徐昌得知后，立即率下属整装赶至白沙井边，点烛焚香，一番祀拜之后，井中之龙点头示意，渐渐隐去。

此龙并未出井，也没有云从雨助，兴师动众，而是静静地现身，见过徐昌后，又默默地隐去。莫不是受了上天的指派，前来看望艰苦卓绝、一心为民的开州知州徐昌，表示慰问！

没过几年，徐昌升迁离开了开州城。大行无愧惊天地，人们将徐昌列入开阳名宦祠，以示不忘。

# 思茅坪那一家

## 一

哪一家？

何家，开阳冯三思茅坪的何家。

思茅坪，亦写作司毛坪或丝茅坪，地处乐旺河（这一段称新兰河）南岸。二十世纪九十年代中叶，我作为下派驻村工作队员，在思茅坪一带开展"长江防护林"植树造林工作，整日走村串寨，对那一带算是熟悉了解的吧，那个叫着"思茅坪"的寨子，并没有什么特别，普普通通，在开阳乡间随处可见。

由于自己的疏忽，我将开阳历史上考中举人以上的何姓人士一律归为开阳双流快下何氏。新近再读《贵阳府志》，在《耆旧传》中细读了《何梦熊传》、《何锦传》以及《二何传》等，才明白原来开阳历史上有两个何氏望族，一个是以何人凤为代表的双流快下何家，另一个是以何梦熊为代表的冯三思茅坪何家。据何氏族人提供的有关资料记载，两家曾于清康熙年间联宗叙谱，即在何梦熊为侍奉母亲"卜宅于开州思茅坪"隐居时，与同时期辞官回故里开州为母亲守孝的何子澄联宗，结为同宗同族的兄弟，两支何姓之后，人才辈出，至清后期有何氏闻名遐迩的"一榜三进士，五代七翰林"之说。细分应该是何梦熊一支六名，何人凤一支三名。其中，何人凤一支中的何学林即是"一榜三进士"之一，又是"五代七翰林"之一。

## 二

先说何梦熊吧。

何梦熊，字渭飞，祖籍安微庐江（今安微合肥市庐江区），其祖先取得功名之后，被派往重庆长寿为官，于是何氏一族居长

位于开阳冯三镇思茅坪的何梦熊及其夫人蔡氏残墓

寿。何梦熊出生不久即遇上了明末战乱，尤其是明崇祯十三年（1640），大西军首领张献忠攻陷四川，三年后，在成都称帝，自立为大西皇帝。此时长寿县实难居住，何况何梦熊祖上是明廷授封的地方官员，正是大西军"革命"的对象，于是举家迁徙至贵阳的小高寨（今花溪桐木岭）。

少年何梦熊慷慨有奇志，"天资英敏，博览群书，默识一过辄不忘。工诗文叠韵，长篇援笔立就。尤善钟太傅及二王书法，寸简尺牍，人争宝之"（《贵阳府志》语，以下引文均出自此）。但是他却没有参加当时的科举考试，为什么呢？因为"学既成，值吴逆乱，不乐进取"。

何家自重庆长寿迁至贵阳也没过上几年的安生日子，又遭遇了吴三桂的叛乱。清兵入关称帝后，原明朝降将吴三桂、耿仲明、尚可喜为清统治者在消灭南明政权和镇压各种抗清力量的战斗中，立下了汗马功劳，均受封为藩王，后又纷纷反清叛乱，即史称"三藩叛乱"。吴三桂授封平西王坐镇云贵。

康熙十二年（1673）十一月二十一日，吴三桂杀了云南巡抚朱国治，自称"天下都招讨兵马大元帅"，蓄发，改换衣冠，发布檄文，打出"兴明讨虏"旗号，迅速攻入湖南。吴三桂公然叛清，清朝廷必然派大军征讨。战火又一次燃烧在云贵高原，此次受害最深的是贵阳。如此背景下的何梦熊还能参与科举考试吗？

康熙十七年（1678）三月，吴三桂在湖南衡州（今衡阳）称帝，是年八月，吴三桂病死衡州。其长孙吴世璠袭位，清军更是加紧对他的围剿。此时的何梦熊虽"不乐进取"，但早已学成，"常往来滇黔间，纵观山川形势，经历要隘，并熟察贼势强弱"。当清廷派遣的征讨统率贝子章泰、湖广总督蔡毓荣领兵到达贵州安顺时，何梦熊决定"为万民请命"，至安顺求见主帅，陈进取征讨之策，"谓宜分兵为二路，大师自安南攻其门户，另遣奇兵北出乌撒捣其不备，彼必溃。溃而乘之，贼可尽也。时（蔡）毓荣已密定此计，梦熊言适与之合，大喜，留置军中"，依此计，果然旗开得胜。

在蔡毓荣的队伍里，何梦熊成了不是军师的军师，大小战事必依何梦熊之计。平息吴世璠之后，贝子章泰、督师蔡毓荣多次举荐何梦熊入朝为官，而何梦熊均以母亲大人年事已高，不忍远离为由谢辞。

贵州巡抚杨雍建对他说"若不欲官，不以强。惟黔甫定，正需干才整理，助我者惟子。且子，父母之邦也"。何梦熊终于同意了，做了杨雍建的幕僚。"凡文移题奏悉出公（梦熊）手"，"凡平反冤滥者数十案。且兵役方罢，地方一切利弊，知无不言"。后阎兴邦任贵州巡抚，再请何梦熊复入幕襄事，他协助解决了黔西"奸孽为害百姓"的事件，提出"奉行不善，扰农累官，为害滋甚"的为官之道。

怀抱济世安民的何梦熊还是"以母老辞，卜宅于开州之思茅坪居焉。闭门养亲课子，自是，足不履城市。年逾七十七。子孙遂为开州人"。时人称何梦熊为"白衣宰相"。

# 三

史籍评说何梦熊辞官隐居，属"以遂其高尚之志，自非厌世者流，以肥遁自适者比也"。高论！他不但不厌世疾俗，心灰意冷，而是积极入世，主动为平乱献计献策，只是不做官，不求闻达，在思茅坪这块远离城市、远离纷争的世外桃源"养亲课子"。那么儿孙辈如何？

何锦，字鹤川，梦熊之子，生长于思茅坪。时人袁侣元著有《赠翰林院检讨鹤川何公传》，"好读书，弱冠有文名"，清雍正二年（1724）中举人。在云贵总督鄂尔泰主持的滇、黔、蜀、粤"名宿主校文事"的考试中，何锦两次均考第一。雍正八年（1730）中进士，授浙江仙居县知县，到任后，何锦遍察民间疾苦风俗利弊，事事悉心求治。与其他知县不同的是，他经常组织县域的乡绅、名士亲自授课，与诸生论史讲道，讨论安邦兴国之大事，孜孜不倦，人称"儒吏"。他还著有《吏治论》，以兴利除害并举。这正是居家时，父亲何梦熊给他讲的"此是正论，顾兴利不如除害，蟊贼去而苗自兴，积弊除而民自顺，理固然也"。

何锦在仙居知县任上，锄奸刑暴，以安善良，为老百姓做了许多好事实事，调离后，当地百姓为之立生祠纪念他。

何锦从仙居县调浙江归安县仍任知县，到任之初，即发现乡霸蔡某与县府书吏朋比为奸，上下舞文，蟠结索贿，横行乡里，欺压百姓。他初到佯装不知，暗察实情，向知府如实禀报。等到知府派员核查时，他"尽发其前后关通状，均按如法，积弊立除"，当地百姓无不拍手称快。几年之后，何锦的长子何德新中举，这给他巨大的鼓励，他的心血没有白费。当儿子到浙江省亲时，他决意效仿其父辞官回乡，以著书立说、培养儿孙为务。何锦告归的那天，"士民感泣而送者，情难笔述也"，回乡后，他暂居贵阳。

贵阳城东有螺蛳山，东山障其南，相宝障其北，登高一望，犹如"插天一朵秀芙蓉"，故又称芙峰山。在堪舆家眼里，芙峰山是贵阳城的龙脉所在，但有唯利是图者在山腰开山凿石，办石厂，出售石碑以此获利。何锦看在眼里、急在心里，找到贵阳的主政者，建议他立即叫停，不能"渔利伤脉"，干蠢事。于是，乾隆二十年（1755），何锦在芙峰山原开山凿石处建扶风寺，改芙峰山为"扶风山"，即扶植培配风水之意。寺中建关圣殿、观音殿、清淑阁和昙云精舍，即今国家级文物保护单位的"阳明祠"的前身。

四

何家自何梦熊起即奉母居于开阳思茅坪，何德新中举后，为何要到浙江省亲呢？因为，在德新十二岁那年"父母远宦东海（浙江），携家以往，独留德新守家园"，并受祖父"堂训"。何德新，字晖吉，何锦之长子。"性通警，十岁能诗。稍长，博览群书，豪侠不羁，好谈兵，论天下大事，能拓五石弓"。不但能文，还能武。乾隆六年（1740）中举人，乾隆十年（1745）成进士，选庶吉士。授翰林院检讨，从七品，位仅次编修（正七品），由是进入了"士人群体"中的最高层次。

在京时，一次独自一人游北京西山，迷路，有胡僧导出，出来后，再仔细观看时胡僧却不见了。这莫非是西山雾气形成的"海市蜃楼"一样的幻影，但又确确实实地导引他出了迷途啊！很是神奇，于是何德新自号为"西岚子"，并作《西岚赋》和《西岚子传》。文人伎俩，《西岚子传》即"何德新自传"。后又更号为"笠庵"，又号"云台山人"。

乾隆十四年（1749）的冬天，何德新出任凉州（今甘肃武威市）知府，正四品。凉州即汉代苏武牧羊地，是羌族、回族、藏族等民族杂居地。"虎踞河西，阻绝中外。雍正三年（1725）始设郡县，至乾隆十四年（1749）为时未久，诸制多阙。上（皇上）知公（德新）贤而使之守。莅任年余，庶事具举，翕然称治"。

乾隆十八年（1753）何德新调任甘州（今甘肃张掖市）知府。参与平定准噶尔的战争，何德新负责"买驼马运米面供给官兵"。运送军粮急需毛袋装载，但河西无此物，要到河东才能买到，而此间往返数百里，定会耽误时间，影响战事。何德新急中生智，在当地民间购买粮袋，折旧补新。于是军需物品及粮草准时准点运到。此属创新之举，理应受表彰，但监督大臣却视为"玩视军储"。何德新因此遭弹劾罢官。乾隆二十五年（1760）准噶尔叛乱平息，乾隆皇帝将拜谒伏羲、黄帝二陵，命何德新为"词臣"，于易州之秋兰村迎驾乾隆皇帝，为皇帝写《圣武平西赋》作祭二陵祝辞，鸿辞巨制，二千余言，龙颜大悦。"召见询罢官由，公（德新）据情以对。上曰：'军储误乎？'曰：'无。''然则袋值增乎？'曰：'无。'上笑曰：'军需所重粮，非裹粮之物也。若粮运迟误，虽锦包秀裹何用？如其未误，毛袋何妨？'越日，赏还原官。"

是年，何德新调湖南永州知府，还未到知府衙署即得知永州天大旱，"四月不雨，赤地千里"，零陵等六州县灾民"叩府仓求食。摄知府某弗为之请，亦弗谋赈，民大哗，且掠于市"。何德新"疾驰至永州，许以赈而慰散之，民大悦"。

到永州衙署的第二天，何德新带一仆一隶（秘书），遍察灾情，还装扮成商人至所属州县了解实情，将调查情况如实禀报湖南巡抚。得到的答复是，之前从未听说过有灾情，赈灾粮食暂不发放。何德新"争之甚力，上官不得已而从之。又言于上官，先拨长河仓谷二万石，岳州、常德仓从六万石，帑银二万两分赈六县，上官亦许之，饥民如活"。

何德新到永州任上，由于操劳过度，加上水土不服，病倒了，数月后，永州灾民得救了，知府何德新却病逝于任上，年仅四十四岁。"其生也，甘、凉之人赖之，其卒也，永州之人哀之，可不谓贤欤？公生平著作甚多，文齐韩(愈)柳（宗元），诗宗工部（杜甫）。所著有《五湖》、《燕南》、《甘泉》各诗集，并所献《平西赋》、《永州赈荒纪略》，及在甘（州）所陈诸策，其显著者也"。

# 五

何德新死了，最悲伤的是其弟何德峻。

何德峻，字鲁瞻，自号白岳。何锦第三子。自幼随父母宦居浙江。何德新中举后，到浙江归安省亲时，兄弟二人才相识，当时何德峻才八岁。德新性友爱，最喜欢的是其弟德峻，时常关心德峻的饮食起居。"稍长，与之论学，质正诗文，俄而德峻亦大著声称"。乾隆十八年（1753），年仅二十岁的何德峻中举，是年，何德新从凉州调甘州任知府。乾隆二十一年（1756）何德新"丁忧"回归，兄弟二人又得以相聚于家中。为父亲守孝三年后，德峻随德新离家进京赶考，德新赴湖南任知府。这才过了四年，兄长德新死于永州任上。德峻千里奔丧，其哀恸悲伤，感天动地，人们无不称赞其兄弟之间的情深意切。

德新之死，对德峻打击太大，《贵阳府志》评介道："家居，肆志著述，为诗古文若干篇，其悱恻忱挚者，有文《祭伯兄西岚先生文》及《云台山人年谱》、《中宪大夫永州知府西岚先生传》，皆有法度榘则，叙事赅详，非挈小挈大，详所不宜详，而略所不可略者。此清初以来贵阳之能文章者，盖以德峻为最云。"

父亲何锦于扶风山建扶风寺，何德峻特为扶风寺南侧的东山编撰《东山志》。"东山在贵阳城之东，一名栖霞山，为一省之名胜。前世之游咏者盈篇累箧，德峻家居多暇，编次而为志，人咸称其赅洽谨严，有良史才"。这是乾隆三十年（1765）九月的事。

乾隆三十四年（1769），何德峻中进士，同长兄德新一样选庶吉士，授翰林院编修。但没有多久"以病告归，卒于家，年三十九。德新之卒也，年仅四十四。昆弟咸不永年，人甚惜之"。

## 六

瞧，这一家子，祖孙三代皆为名士，而这一家并未终结，在德新、德峻后辈儿孙中，人才辈出。德新之子，何泌，字邺夫，一字素园。乾隆五十二年（1787）进士，改庶吉士，授翰林院编修。后乞归，主讲贵阳贵山书院。"泌持躬严整"，与同榜进士当时的书院监院（校长）翟翔时是好友，再加时任贵筑知县、素以"励儒立治"著称的王湛恩，"三人极相得，于是教法修明，学校整饬，士人之不肖者惟恐两先生知。士行蒸蒸日上，文学科名亦日盛，贵阳人士遂冠于西南"。

德新之孙、何泌之子何应杰，字子凡，嘉庆七年（1802）进士，改庶吉士，亦授翰林院编修。

何德峻有二子，即何灏、何澧皆在乾隆年间中举人，侄何沅举人官石阡府教授。何德峻孙何应权举人，官至知县，何德峻曾孙何鼎进士，官至知县等。子又有孙，孙又有子，子子孙孙无穷匮也。

这，就是开阳冯三思茅坪何家。

```
                        ┌─────┐
                        │ 何  │
                        │ 梦  │
                        │ 熊  │
                        └──┬──┘
        ┌──────┬──────┬────┴──────────────────────┐
     ┌──┴──┐ ┌─┴──┐ ┌─┴──┐                    ┌────┴────┐
     │ 何  │ │ 何 │ │ 何 │                    │  何     │
     │ 钲  │ │ 钧 │ │ 钜 │                    │  锦     │
     └─────┘ └────┘ └────┘                    │  △     │
                                              └────┬────┘
                    ┌──────────┬─────────┬─────────┼────────┬────────┬────────┐
                 ┌──┴──┐    ┌──┴──┐   ┌──┴──┐  ┌──┴──┐  ┌──┴──┐  ┌──┴──┐  ┌──┴──┐
                 │ 何  │    │ 何  │   │ 何  │  │ 何  │  │ 何  │  │ 何  │  │ 何  │
                 │ 德  │    │ 德  │   │ 德  │  │ 德  │  │ 德  │  │ 德  │  │ 德  │
                 │ 新  │    │ 扶  │   │ 峻  │  │ 荣  │  │ 捷  │  │ 修  │  │ 明  │
                 │ △  │    └─────┘   │ △  │  └─────┘  └─────┘  └──┬──┘  └─────┘
                 └──┬──┘             └──┬──┘                      │
            ┌───────┴──────┐      ┌─────┴─────┐               ┌───┴───┐
         ┌──┴──┐       ┌──┴──┐  ┌──┴──┐   ┌──┴──┐            │ 何    │
         │ 何  │       │ 何  │  │ 何  │   │ 何  │            │ 沅    │
         │ 树  │       │ 泌  │  │ 灏  │   │ 澧  │            └───────┘
         └─────┘       │ △  │  └──┬──┘   └─────┘
                       └──┬──┘     │
              ┌───────────┴──┐   ┌─┴───┐
           ┌──┴──┐       ┌──┴──┐ │ 何  │
           │ 何  │       │ 何  │ │ 应  │
           │ 应  │       │ 应  │ │ 权  │
           │ 杰  │       │ 常  │ └──┬──┘
           │ △  │       └──┬──┘    │
           └──┬──┘     ┌────┴────┐  │
        ┌─────┴────┐ ┌─┴──┐  ┌──┴──┐│
      ┌─┴──┐  ┌──┴──┐│ 何 │  │ 何  ││
      │ 何 │  │ 何  ││ 其 │  │ 其  ││
      │ 鲁 │  │ 其  ││ 诚 │  │ 章  ││
      └────┘  │ 馨  │└────┘  └─────┘│
              └─────┘            ┌──┴──┐
                                 │ 何  │
                                 │ 鼎  │
                                 │ △  │
                                 └─────┘
```

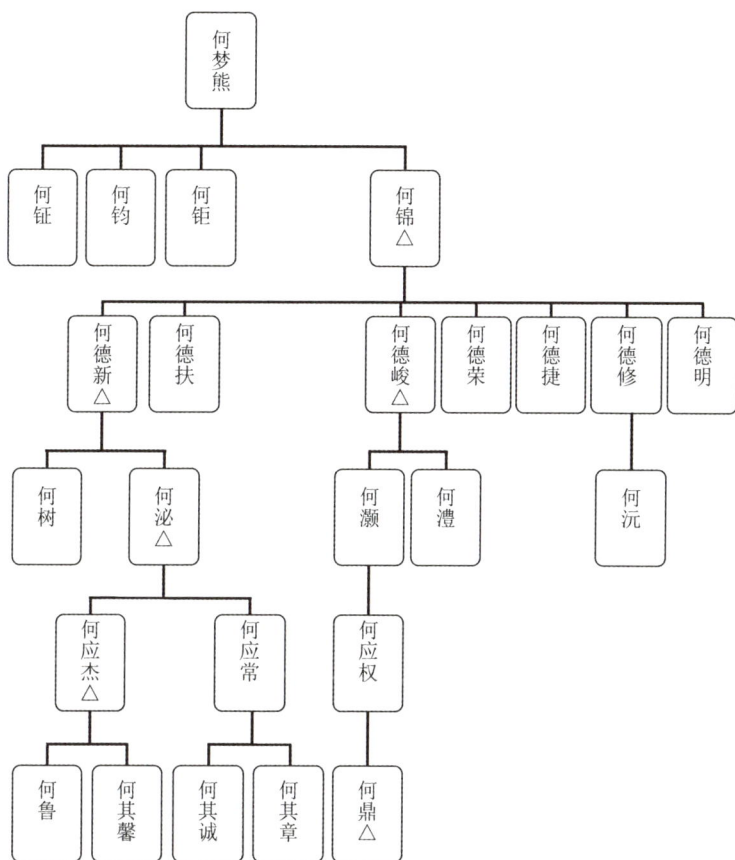

开阳思茅坪何梦熊世系图

（注：△符号为中进士点翰林者）

# 周师皋的尴尬

一

周师皋对开阳的最大贡献，是留下一座长庆寺。成了开阳为数不多的省级文物保护单位。"深山游古寺，河边品贡茶"，长庆寺更是今天人们旅游打卡地。

然而，周师皋的一生却有着说不清道不明的尴尬。

我一向以为详实可信的民国《开阳县志稿》，在记叙周师皋时却是语焉不详，含混不清。在"开州知州表"一栏里，将周师皋列入明末建州后的第三位，即黄嘉隽之后徐昌之前。这里排序时间上的错误史为明显。周师皋之前的第二开州知州为"王□□，洪化二年，见朝阳寺钟"（《开阳县志稿》语），"洪化"即吴世璠年号，洪化二年就是清康熙十八年（1679），而徐昌任开州知州的时间是康熙元年（1662），其间相差十八年的时间。即是照《开阳县志稿》的排序，周师皋任知州应在王□□之前，因为"大周"是吴三桂称帝后的年号，"洪化"是吴三桂孙子吴世璠称帝后的年号。

也许周师皋所处的年代就是一个尴尬的年代吧。

二

周师皋，四川铜梁（今属重庆市）安居乡人。据清光绪年间，安居乡周氏十六世孙周肇模纂修的《安居乡周氏宗谱》记载，周师皋出身于名门望族，周氏始祖发源于楚地麻城（今湖北黄冈市西北部），元末战乱，始祖周重文携家迁徙入蜀，定居于铜梁月宫山下，开荒种地，置业于安居乡，遂为发达，故称月宫山周氏。月宫山有古刹波仑寺，

位于开阳南龙乡翁朵村的周师皋夫妇墓

始建于唐初武德年间，但规模不大，只有观音殿，并遭战乱兵灾，已是荒芜，周文重"悯其颓而思有以新之"，于是出资增修扩建波仑寺，新建大悲殿（大雄宝殿），古刹波仑寺异彩重放。周氏捐资建庙宇的善举情结一直传到周师皋。

周师皋之父周南，字长孺，明天启年间举人，生于明万历十八年（1590），卒于清康熙六年（1667），寿享七十八岁。曾于明崇祯元年（1628）任广西宜山知县、广西左江兵备道，诰授中宪大夫。

周师皋之子周贞，字继飞，贡生。生于清顺治四年（1647），卒于康熙五十九年（1720），寿享七十三岁。曾任贵州思南府监军道，诰授中宪大夫。

　　《安居乡周氏宗谱》明确记载了周师皋父亲及儿子的名号、生卒年月、功名以及安葬地等，而对周师皋的记载仍然模糊不清。

三

　　《周氏宗谱》记叙了一个故事，可以窥见周师皋的踪迹。

　　一日，已闲居在家的周南听夫人说，一枚金戒指在家中丢失了，怀疑是一丫鬟偷的。周南一听，这还了得，竟然出了家贼！准备次日拿"家法"问罪丫鬟。晚间，刚刚入睡的周南便梦见波仑寺大悲殿的佛祖现身相告，夫人的金戒指并非你家丫鬟所盗，金戒指在你家饲养的鹅群中最大的那只鹅的肚子里哩。同时还告诉周南，要尽快藏好你家的房契、地契，携家逃离蜀地避难，蜀中将有血光之灾。周南惊醒很感蹊跷，清晨便命管家将大鹅杀了解剖查看，果见金戒指在大鹅肚中。原来是夫人洗脸时不慎将手上戒指掉在盆中，鹅群来喝脸盆中的水时，大鹅将金戒指喝进了肚中。

　　周南很惊诧，相信了佛祖的现身相告，赶紧用两面铜锣装了房契地契，扎紧包好，再用蜡密封，藏于自家一块大田里。随即率夫人及儿子师尹、师文、师濂、师召及侄儿以政等来到次子周师皋任知州的贵州贵阳府开州避难。

故事的真实与否，无法考证，况且周师皋任开州知州的时间还是不准确。依据现存于长庆寺对面山周师皋夫妇合葬墓（县级文保）碑上的文字，可获得一些信息。石墓，方形，双柱墓碑，悬山顶碑帽。墓碑正中阴刻：故始祖考周公讳师皋、始祖姚周母汪淑人之墓。碑右书刻："皇明朝议大夫候补道即补思南府特授正堂"、"紫江本里官庄户长庆祠住持僧性先徒侄相文等协同祠主经理培修坟茔重建石碑"。墓为重修，时间是民国十八年（1929）二月二十八日，墓碑文也是重修时镌刻的。照理说，已经进入民国了，周师皋在开阳任职情况应该镌刻于墓碑之上，但没有，只记载了在贵州思南所任职务。依据《周氏谱》及墓碑记载，可作如下推测：

周师皋为周南的次子，大约生于明万历四十八年（1620），卒于清康熙三十四年（1695）。周师皋有儿子周贞，墓碑有"祀裔孙汝长、汝寿"，并非《开阳县志稿》所说无后人。

周师皋的学历《开阳县志稿》记为举人，《周氏宗谱》记为"崇祯年间进士"，应为进士。

周师皋中进士后，从政大约始于二十五岁之后，即在明崇祯末年。其任职始于思南府监军道按察司副使，后升任正堂，在思南的时间大约十四年，即明崇祯十七年（1644）至清顺治十五年（1658，南明永历十二年）。

由此可见，进士出身的周师皋一出道，即遇上尴尬的时代。也许周师皋还未到任贵州思南，京城已经政变了，崇祯皇帝吊死煤山，大明王朝结束。他到任后，即在南明朝廷的统治下，弘光、隆武、绍兴等政权，走马灯似的一晃而过。最后一个永历政权，完全被孙可望掌控。贵州、云南名誉上在南明王朝的统治下，其实各地方官员处于各自为政、自生自灭的状态。此时开州即是何人凤设私衙于快下的时期。

## 四

清顺治十四年（1657），清廷封吴三桂为平西大将军，从四川向云贵进攻，能征善战的吴三桂于次年先攻占了作为省会贵阳北大门的开州，随即占领贵州全省，将永历皇帝逼至昆明。在思南任上的周师皋作为永历王朝地方官员被罢职。康熙元年（1662），吴三桂杀害永历皇帝，南明政权彻底结束。从此，吴三桂独霸云贵。康熙十二年（1673）三月，吴三桂在衡州（湖南衡阳）称帝，国号为周，年号为昭武，改衡州为定天府。吴三桂还大封他的部下为国公、郡公、侯、伯，同时在云、贵、川、湘举行乡试，授封各地方官员。周师皋也因此再度出山，授任大周国开州知州。同年八月，吴三桂病逝衡州，传位其长孙吴世璠。世璠自昆明奔丧衡州，行至贵阳即迫不及待地宣布继位称帝，改元洪化，随即迎柩返滇。三年后，吴世璠被清兵剿灭，"吴逆之乱"被平息。

"有所为，有所不为"，实难所从。这正是周师皋尴尬的原因。当吴三桂打出"兴明讨虏"旗号时，作为明朝旧员，周师皋认为实现理想的机会到了，顺从了吴三桂，为了兴复朱明天下，愿效犬马之劳。但当吴三桂是自己要做皇帝的"狼子野心"大白于天下时，周师皋没有像谌文学父子那样，宁愿逃避山洞、旷野，甚至坐牢，誓死不与"吴逆"政权合作，而周师皋却欣然做了"大周国"治下的开州知州。吴三桂引清兵入关，被视为"汉奸"，后又反叛清朝成了"叛逆"，一变再变，寡廉鲜耻，不忠不义，为人不齿。周师皋跟从了这样的人，岂能不尴尬。

## 五

好在周师皋早有打算，发现他治下的开州竟有一处"世外桃源"。群峰簇拥的半山腰，参天古树环绕，背靠连绵起伏的青山，面向旱涝保收的田园，田园中一条四季长流的清溪，一路欢腾而去。太理想了，于是倾其积蓄，置办田地，建造房舍，因此这个原本仅几户人家的地方被称为"官庄"（今还叫官庄）。周师皋想到他祖上修建的波仑寺，想到了那个被他周氏一族津津乐道的故事，原本就有佛教情结的周师皋把庄园改为寺庙，田地作为庙产，名为"长庆寺"。至清中叶，长庆寺成了庙产极丰、香火极旺的西南地区的著名禅院。后人为了纪念周师皋，在长庆寺为周师皋夫妇立神位，故又称长庆祠。

《周氏宗谱》载，长庆寺有《开州周公祠碑》，但遗憾的是《开州周公祠碑》至今尚未发现，还是尴尬。

# 奇才何学林

说到何学林，让我想起小时候常听老一辈人讲过的一个故事：一个成都人和一个贵阳人在一起争论，成都人炫耀道，"四川有座峨眉山，离天只有三尺三"；贵阳人毫不示弱地说"贵州有座钟鼓楼，半截还在天里头！"

何学林，字茂轩，其墓位于开阳双流快下

每次听完，我都忍不住地开怀大笑，因为我觉得是我们贵阳人"赢"了。

儿时的无知是短暂的，巍峨峻秀的峨眉山虽然不可能"离天只有三尺三"，但却实实在在地矗立在那里。而一半入天的钟鼓楼纯属子虚乌有。然而，在这虚构与夸张中却体现出一种贵州人必不可少的自信。两百年前，从开阳双流快下走出的何学林所经历的一件事，与故事有异曲同工之妙。

何学林，字茂轩，号昌林。清乾隆五十八年（1793）进士，选庶吉士，任编修，后改任御史。他是快下何人凤后人中又一位中进士点翰林的人物。嘉庆五年（1800），何学林出任江南省副考官。

何学林出任的是科举考试中乡试副主考官，级别不高，但却备受关注。科举制到了明清两代，在各省省会城市每三年举行一次考试称乡试，因为是在秋天举行，又称秋闱。考生考试合格后即是举人，具备做官的资格。举人可参加次年春天在京城举行的会试，考中者叫进士。每次的乡试必由皇帝亲自在翰林或者进士出身的官员中任命正、副考官主持各省乡试，总阅应试人的试卷、核定名次、推荐优者给朝廷任用等。考试任务完成，正副主考官之职务自动解除。对正、副考官的要求十分严格，雍在皇帝曾经说："凡属考官，皆择人品端方，素行谨恪者为之。"

科举制度是维系古代中国大一统结构最重要的组成部分，被历代帝王视作江山稳固的基石，更是读书人出人头地的唯一途径。而乡试在科举制中是最重要的一环，主持乡试的正副考官即成了一省或一地秀才们命运的掌控者和仲裁者，被举人们视为"再生父母"。清末"中兴四大名臣"之一的李鸿章，虽然官至文华殿大学士，却因为没有当过主考官和学政而抱憾终身。梁启超评价李鸿章"不学无术，不畏谤言"，因而做不了主考官和学政。

如果说中进士、点翰林是读书人士大夫生涯的第一阶段，借以完成"学而优则仕"，那么外放考官、当一地的学政就是理想的终点，因为只有通过这两个职位，才能建立强有力的人脉关系网，才有做大官、享厚禄的基础。况且还有一个在当时被视为公开的秘密，即考官意味着一夜暴富。翰林是对中进士后进了翰林院任编修、庶吉士、修撰、点簿等的统称，属于品级不高的京官，一年俸银不过百两，但是外放正副考官一次即可获银千两，胜过翰林十年的辛苦。这还不算路费、盘缠费、地方官员所赠的"程仪"费（辛苦费）、中举者的拜师费等。曾国藩在其《日记》中，记有出任四川考官那一次，共获利银六千两。

如此肥缺美差，嘉庆五年（1800）那一次，竟花落边远的贵州贵阳府开州人氏何学林，这让翰林院的同人们怎么想？更何况出任的是江南副考官。江南人才辈出，名人学士批量产出，而何学林来了，同主考一同来主持江南的举人考试。遥想当时的江南"才子"们会是怎样的心情？用当下流行说法，真可谓"羡慕嫉妒恨"。于是如下情景出现了。

地点：地方官员为本次乡试的考官们的接风宴席就餐大厅。

人物：宴会主持者，当地名士陪席者数人，以及何学林等一行乡试考务工作人员。

时间：一个风和日丽、丹桂飘香的中午。

当气宇轩昂的何学林领着一行数人步入宴会厅时，迎接他们的是陪席者们的一阵窃窃私语。何学林等刚一落座，宴会的主持者还未发话，陪席者中的一位便站起身来，面向何学林高声道："早闻何主考大名，如雷贯耳。都说你的才华好生了得，在下等想讨教一番，我们对副对联如何？"

"好啊，请吧！"何学林亦起身拱手道。

"山旮旯水角落主考从何来？"对面那位，摇头晃脑地朗声念道。

此时，席间鸦雀无声，众人的目光聚焦于何学林，同行者担心他对不上来丢丑，陪席者希望他对不上来出丑。而此时的何学林不慌不忙从容镇定，眉头一皱，便一字一句地对道："云蒸腾雾缭绕翰林自天降！"

"山旮旯水角落主考从何来？云蒸腾雾缭绕翰林自天降！"

陪席者中一位白髯长者拈须复念一遍之后，惊雷似爆出一声："佳对，绝对！妙！妙！妙！"

随之而起的是掌声一片，何其热烈。

实在出乎江南才子们的意料，他们用事先拟好的、带蔑视意味的上联来要求毫无准备的何学林对下联，本意就是为难他，让他出丑。而棋高一着的何学林视此为雕虫小技，根本不在话下。下联是信手拈来随口即出，不仅对仗工整，而且气势磅礴。何学林想：你们以为我的家乡是"山旮旯水角落"贫穷落后之地吗？错！那是"云蒸腾雾缭绕"的仙境，"江南千条水，云贵万重山，五百年后看，云贵胜江南"！

何学林在不经意间让名不见经传的开阳扬眉吐气一回。这场乡试完成后，何学林随即出任湖南学政，读书人理想的职位他获得了。后来又做了杭州、嘉兴等地道台，官至浙江布政使，诰授中宪大夫。《贵阳府志》评论何学林"恪慎供职，而内无惧心"。

一方水土养一方人，同时一方水土养出不一样的人。大山就是这样，山里的人要么蛮憨、目不识丁，要么是奇才、怪才、鬼才，把一切做到极致。何学林即是后者。

清嘉庆九年（1804）何学林书"主静延禧"题赠松圃老人，贺其九旬高寿

# 扬威将军梅仕奇

**梅仕奇之墓**

在开阳，现存两位"扬威将军"墓，均为县级保护文物，一是马场（今楠木渡镇）谷阳村的杨立信墓，一是南龙乡南贡村的梅仕奇墓。两墓相距不过百里，却时隔八百余年，两位墓主人的军衔名号一样，而内涵却迥然有别。杨立信已另文叙述过，此处单表梅仕奇。

出开阳城，沿东南方向，大约一小时的车程，就到了最著名的绿茶产地南龙乡南贡村，抬眼望去，这里并没有想象中碧浪翻涌、铺向远方的茶园景致，而是茶垄向树林里延伸而去，树与茶相互交错、联袂出场，一起用生机和曼妙注释着姿势夸张的绿。

来到这里的人，都努力在印象中寻找这里曾经的辉煌，当年作为茶叶集散地的南贡场却难见踪影，如今几十户人家的房屋或新或旧，闲闲散散地处在那"绿"的包围之中，哪还有"集市赶场"模样。不过往后山茶园中，即看到"皇清特授扬威将军祖公梅仕奇墓"，墓碑是梅氏后人于道光二十八年（1848）仲春所立。这里不仅是梅仕奇的安葬地，还是梅仕奇的生长地。只是当时这里不叫南贡场，而是叫马桑坪。

马桑坪梅家算不上名门望族，但却是课耕课读、殷实富足人家，梅仕奇自幼即受到良好的教育，不仅饱读诗书，还喜舞枪弄棒、飞鹰走狗，一心想做文武兼备的有用之才。乾隆四十三年（1778），开阳出了第一个武进士谢绍尧，轰动一时。这更加激起梅仕奇的习武激情，于是邀约了有共同兴趣的好友徐占魁（开阳双流人），同拜谢绍尧为师，学武考功名。谢绍尧亦被两位有志于"武"的青年才俊所感动，欣然应允。三年的学武生涯，梅、徐二人不仅学力大增，武功大长，还成了情同手足的异姓兄弟。但遗憾的是，当徐占魁于乾隆四十九年（1789）高中武进士时，梅仕奇竟连武举人都没考上，连连落第，使得他心灰意懒，蛰居马桑坪家中。

徐占魁一路顺风，中武进士之后，不久又当了御前侍卫，成了乾隆皇帝的"身边人"。徐占魁可谓"居庙堂之高"，而他没有忘记"处江湖以远"的梅仕奇。鸿雁传书，邀梅仕奇进京一晤。接到徐占魁的来信，梅仕奇很兴奋，决定择日进京。带点什么礼物呢？梅仕奇思来想去，就带些马桑坪出产的茶叶，虽说样子不是很好看，但茶香诱人，是远近闻名的抢手货，而且正是清明前的新鲜茶。马桑坪的茶即如此这般随梅仕奇进京城了。

二人在京城相见，把酒话旧，情深意长，那不必说。只是当徐占魁喝了梅仕奇带给他的茶时，他首先想到的是他的"主子"，因为他不止一次听到过乾隆爷对各地进贡的茶叶评论，那杭州西湖龙井茶，正是乾隆皇帝六下江南品尝之后，推崇备至，使之成为贡茶。龙井茶得以名扬天下，乾隆爷是真正的品茶高手。不如也将此茶呈给皇上，让他老人家品评一下这来自"天末"的马桑坪茶。

果然不出所料，当乾隆喝了徐占魁呈送的马桑坪茶后，赞不绝口，评论道：如将此茶同杭州西湖龙井茶相比较，形不如龙井茶美观，而味却胜于龙井茶，茶汤色泽醇厚，闻之清香醉人，品之余味无穷，"西湖龙井甲天下，此茶又甲龙井茶，此乃茶中奇品！"

如此好茶，乾隆爷要见见这位远道而来的送茶人，想进一步了解此茶产地情况。当梅仕奇出现在乾隆皇帝面前时，乾隆爷不觉眼前一亮，果真一条好汉，不高不矮、不胖不瘦、气宇轩昂、对答如流，还会武功。于是龙颜大悦，当即赐授梅仕奇"扬威将军"衔，令其专办家乡绿茶进贡事宜。

扬威将军，唐代之前均为统兵打仗的将军名号之一，四品实职。清代即演变为武官的"荣衔"，仍为四品。而把"扬威将军"衔赐予专办贡茶事宜的"皇商"，前所未有。梅将军扬的并非军功武威，扬的是西南贡茶美名。金口玉言，一言九鼎。从此，落第"武人"梅仕奇成了专办贵州贵阳府开州马桑坪进贡茶叶的"扬威将军"，每年往来于京城和开阳之间。马桑坪茶成了"南贡茶"，马桑坪随即改为"南贡场"，离马桑坪不远的南江河亦改称"南贡河"。南贡场商贾云集，买卖兴隆，获利的商人们纷纷捐资造桥修路，打通通往南贡场的每一条道路，一时间，南贡场成为远近闻名、热闹繁华的集市。

数年之后，梅将军告老还乡，终老于家乡。至今在南贡场除了能看到梅仕奇同诰命夫人的墓之外，还能看到建于南贡河上的石拱桥残桥一洞，古驿道近千米，古驿道连接南贡场的小石拱桥一座。

"南贡茶"，早已不是"贡茶"了，进入寻常百姓家。当年乾隆爷那般高妙的评价，在当今找到了理论依据，现已探明南龙乡也同开阳其他乡镇一样属于富硒地带，地表土壤、水源等富含硒元素，此等地域内出产的茶即为富硒茶，加上南贡场一带地理位置的独特，基本达到专家们说的产香茶好茶的九个标准，即原始生态圈、海拔、土壤、温度、温差、光照、云雾、水分、空气等均在理想数据内。

试看今日之开阳，专办"南贡茶"的何止一个"扬威将军"，因为此茶果真一奷茶。

# 何鼎其人其事

对于网络，我达不到"玩"的程度，不过偶尔亦打开电脑看看。无意间看到一条信息，标题是"历史往往在寻找中复活"。好奇，翻看下去。

说的是在美国加州大学洛杉矶分校东亚图书馆，馆长陈肃从浩如烟海的馆藏资料中，发现五百多份清代殿试（举人考进士）试卷，其中六十七份是贵州籍考生的。六十七份中又有五份即是开阳何氏家族中应试者的试卷。于是陈馆长邀请散居于贵阳、大连，以及加拿大等地的何氏后人聚集美国洛杉矶，在东亚图书馆美美地观赏了一天他们祖上留下的珍贵遗迹，并取回了相关的电子档案资料。

无独有偶，前年，我在写作《开阳故事》一书查阅资料时，看到2020年7月23日《贵阳日报》刊载的贵州文史学者庞思纯的"文化讲座"。他也介绍了2018年冬，在美国加州大学洛杉矶分校图书馆，看到那六十七份清朝贵州籍进士考卷的事，并重点介绍了何鼎殿试时的那一份，试卷长2米多，宽0.3米左右，封面以墨笔写着："应殿试举人臣何鼎"。

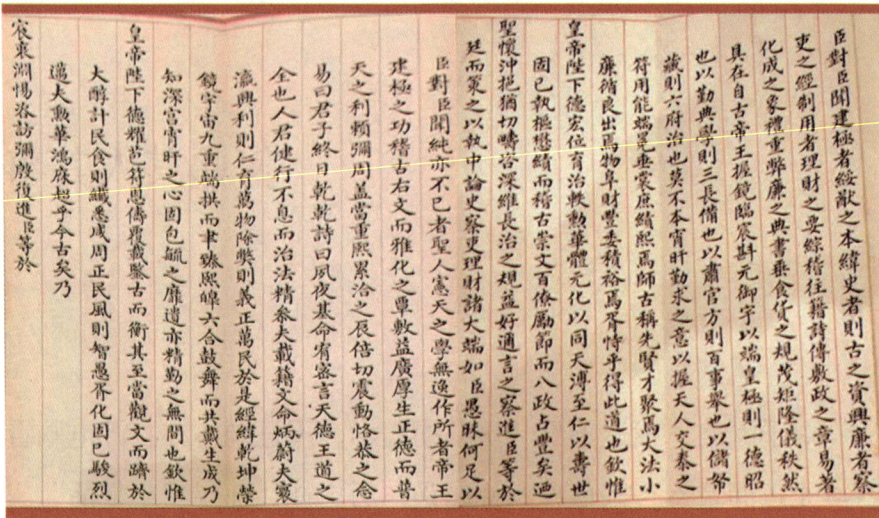

在美国加州大学洛杉矶分校东亚图书馆发现的何鼎考进士的考卷

　　主考官用大红笔书写："第贰甲第柒拾陆名。"

　　在试卷扉页上，写着何鼎个人简历以及其曾祖父、祖父和父亲的名讳等，但"名讳"姓甚名谁却没有说明。

　　网络信息的撰稿者评述道："那些闪动着灵光的字迹端正俊美，历史档案不再寂寥不说话了，它将与来者缀合美丽的叙事，而随之发生的待续"。

　　说得妙！如果继续着档案中何鼎的"美丽叙事"的话，历史会告诉你：

　　何鼎，字梦庐，贵州贵阳府开州人氏，咸丰庚申年（1860）中进士。其远祖何梦熊，人称"白衣宰相"，自贵阳迁居开州思茅坪，从此儿孙均为开州人；高祖父何锦，进士，选庶吉士，官知府；曾祖父何德峻，进士，选庶吉士，官翰林院编修；伯曾祖父何德新，进士，选庶吉士，官知府；祖父何灏，举人，官知县；父亲何应权，贡生，官知县。这，即是我在另一篇文章所讲述的"思茅坪那一家"。

之后何鼎中进士出任河南叶县知县。

叶县，别名昆阳，现隶属于河南省平顶山市，春秋时期属于楚国领地。公元前524年，著名的政治家、思想家、军事家沈诸梁受封于叶地，因楚国封君皆称"公"，故称沈诸梁为"叶公"，后便以"叶"为姓氏。叶公是今世界华人叶姓始祖，叶公也是中国历史上有文字记载的叶县第一任行政长官。叶公治理叶县期间，励精图治，兴水利，劝农桑，率民众修筑的东西二陂，可灌溉农田数十万亩，是堪与李冰父子修造的成都都江堰媲美的农田水利工程，而修筑的时间早于都江堰。

公元前489年，孔子率众弟子游列国时，专程到叶地拜访叶公，多次和叶公谈论为政之道，并称赞叶公治叶经验为"近者悦，远者来"。叶公到了晚年还自率军队平定了战乱，因军功，官至令尹、马司二职，集军政大权于一身，而叶公功成身退，永归叶县。

饱读诗书、满腹经纶的何鼎，去到具有那般厚重人文历史的叶县任职，不难想象他当时的心情，两千多年前那位首任"老领导"就是他的榜样。于是，何鼎到任之初就从修缮县衙入手。这其实是对叶公的缅怀，学习叶公的为政经验，一切从百姓出发，做到"近者悦，远者来"，造福叶县百姓。

然而，满怀一腔济世安民热情的何鼎却生不逢时，正好遇上了太平天国和"捻军"的暴动，河南、安徽一带成了重灾区。

何鼎其人其事

又加上这一时期的黄河、淮河时常泛滥，导致这一地区生态环境恶劣，民不聊生。而此时的清王朝已经走入了末世，"扶得东来西又倒"，已无回天之力。在叶县任上的何鼎由于各种矛盾的交织，才华尚未展现，便于同治八年（1869）因"才不称职"被"请降职开缺"，何鼎不得不辞官而去。去哪里呢？家乡"咸同战乱"爆发，贵阳、开阳烽火烛天，其惨状胜过叶县。不得已，何鼎蛰居于古城开封。

何鼎曾是大学问家、书法家何绍基的弟子，难怪今天看到他殿试考卷上的字迹，是那么的端庄俊美。辞官隐居的何鼎，当年跟老师研习的学问、学的书法派上了用场，读书作文、写字成了他晚年的每日必修课。据有关资料记载，何鼎有著作《蔬香小辅漫录》、《游终南太乙小记》、《游嵩日记》等。光绪年间的《叶县志》录有他的《游黄石山》诗五首。

何鼎终老异乡，一百六十余年来默默无闻，然而历史没有忘记他，家乡开阳更没有忘记他。

# 兴利除弊第一人

## 一

冯咏到任知州时，开州置州建城已逾九十年，经历了大西军残余的"流寇之乱"和吴三桂的"逆藩之乱"，州署陈规陋习积沉过多，尤其是各种莫明其妙的摊派，百姓苦不堪言。冯咏到任即从废除摊派入手，革除各种陋习，堪称开州兴利除弊第一人。

冯咏，字夔飏，江西金溪（今江西抚州市金溪县）人，清康熙六十年（1721）中进士，后改庶吉士，雍正初年到任开州知州。他在《开州志略》序言中写道："其疆土风物，利弊兴革，考而志之，岂非其职也哉？"他把新制定的制度规章"立碑于州署门，使民知所遵守"。相关史料记载，先前州署"每年派水火马夫银三十两，需用马夫皆派之各司里（州辖二司十里），短夫派之四门，打扫围墙夫派之耻里（城关镇），每岁纳生硝百斤派之弟里（南龙），衙门所用柴薪派之耻里，又派职事例银三十两，迎春扮演故事银十两有奇，器皿各项银三十余两于境内"。而基层乡保，"胥吏"又以一派十，横征暴敛，老百姓早已不堪其苦，怨声载道。冯咏一一核实，认为此等摊派皆为百姓额外负担，统统革除。同时，以州署所属的"乒乓山、二堰山"等"国有资产"的租银，作为州"义学"的办学经费，州署所属土地租银为州名宦、乡贤祠的祭祀经费，田产租银为"养济院"（敬老院、乞讨流浪人员）费用。加强州署资产管理，资金用于公益事宜。

## 二

为纪念开州首任知州黄嘉隽，冯咏到任后立即重修"黄坟"，将八十年前为保卫开州城而殉难的黄嘉隽夫妇合葬墓（土墓）重修为石墓，树碑立传，供州人瞻仰祭祀，并亲自捐资购买祭器。

冯咏还自筹银两，于县城东门外龙会寺（今开阳一中教学楼一带）前建先农坛，建造正殿三间，东神仓一间，洗牲所一间。用以祭祀先农、太岁及天神（风、云、雷、雨）、地祇（岳、镇、海、渎）诸神。这与其他神庙寺宇不同，体现的是"国以农为本，民以食为天"的中国传统理念。中华文明的起源形成与发展，同农业发展紧密相连，农业生产与农神崇拜有机结合，在中国传统文化中占有极其重要的地位。因此，礼为天下先的敬农场所——先农坛，上至京城、下至穷乡僻壤的小县城一般都必须建。至今北京的先农坛旧址尚存，可惜冯咏建的先农坛早已不见踪影，作为试验"藉田"的"一亩三分"地已作了他用。

# 三

开州"虽地近会城，而僻处一隅，交通不便，开化较晚。商贾编氓，流寓为多，簪缨望族，卜居绝少，世之名公巨卿高轩固未枉顾，即骚人墨客，旅屐亦难履及，其鄙也、陋也、宜矣！然以一县之大，其典章文物，体制不殊，沿革疆域，变迁代有，山川形胜之险易，物产品类之丰啬，风俗习尚，孝节忠烈，苟无志以志之，其何以供国家之采辑、士夫之稽考耶？"（《开阳县志稿》序之语），若大一州，居然无志？这是作为知州的冯咏，在到任几年之后的强烈感受。于是，雍正五年（1727），他决定修编"开州志"，聘请开州"州学四杰"之一贡生卢灿主编《开州志略》。

卢灿之子卢师裔在《重修开州志序》中说："冯公委裔父采访合州山川、土田、城池、户口、厄塞、宦贤、人物，汇集成册，冯公笔削为志，分为上下二卷，赴省镌刊。"虽仅成二卷，且记载甚简，体例未备，故称为"开州志略"，但毕竟这是首次为"开州修志"。乾隆四十五年（1780），知州王炳文在雍正《开州志略》的基础之上主持再修《开州志》，委任卢师裔任主编，修成志书四卷。此后一百六十余年再未修志，这其间经历太多的战乱，尤其是"咸同战乱"，州城两次被攻破，城中十室九空，百姓流离失所，册籍遭毁，荡然无存，乾隆《开州志》亦不见踪影。1935年，朱启钤不经意间在北京"冷摊"（极少有人光顾的书摊）上发现乾隆《开州志》，成为今天能看到的民国《开阳县志稿》文本的基础资料。这虽是后话，但尚能见冯咏修《开州志略》的深远意义。

四

改善民生，造福一方百姓，大力发展乡镇集市贸易，是必不可少的重要抓手。三百多年前冯咏就强烈地意识到这一点。到任不久的冯咏，全力支持建造开阳冯三镇集市。因为，这里地处"黔蜀周道"干线，又有朱砂、煤矿等资源，建设这个乡场集市极为重要，能起到极好的示范辐射作用。

雍正三年（1725），乡人黎昂（号霞轩，官湖广麻城、汉阳、安陆等县知县）回到家乡，正遇上家乡的乡场坝建设，他不但捐建设资金四十两白银，还积极出谋筹划参与建设。这里原先有一个集市，位于今冯三上场口坪上，名猪场（以十二生肖为序取的集市名），由于选址欠妥，管理无绪，一到市场赶场时，常有打架斗殴，以致死人的事件时有发生。故此场必须搬迁，择吉地重新建场坝。这一决定获得冯知州的高度认可。因此，当一条全石镶砌路面、总长七十四丈、宽一丈七尺、街道两边商铺林立的新街建成时，冯咏十分满意，他择定了新场的开场日期，亲临开场仪式现场，并给予场上的经商者、赶场的乡亲们以鼓励。随即在场的黎昂当众提议，将此新乡场命名为：冯公场。顿时掌声雷动，欢声一片。因为，冯，开州知州冯咏的姓氏；公，对冯咏的敬称，表达谢意。"冯公场"这一乡场名称一用即是三百多年，1929年，改冯公场为冯公镇，1930年合冯公镇与三合乡（今冯三镇三合村）为冯三区，1992年，撤区并乡建镇，冯三区为冯三镇至今。

金杯银杯，不如老百姓的"口碑"。不管怎么改，冯咏的"冯"字还在。

兴利除弊第一人

# 尽忠尽孝何子澄

"学而优则仕"，可谓中国传统知识分子的人生目标、理想追求。然而，三百年前已中举人，官至广东崖州知州的何子澄却辞官归故里，为母亲守护坟墓，过着平头百姓的生活，实在令人感佩。

位于开阳高寨平寨小学后山的何子澄墓，即在其母何王氏墓前

何子澄，字恂伯，清顺治十年（1653），出生于开州快下，何人凤长子。家庭的影响，父亲的管教，自幼聪明的何子澄饱读诗书，于康熙二十年（1681）考中举人，他是快下何人凤后人中第一个中举之人。康熙三十九年（1700），何子澄出任广东琼州府昌化县知县，次年以知县身份代理崖州（今三亚市崖城）知州。何子澄为官清廉，爱民如子，敬重士人，政声卓著，后被供奉于崖州名宦祠。

康熙四十三年（1704），何子澄在海南主持修建苏东坡祠堂，当地称"苏文忠公祠"，供奉何子澄十分崇拜的北宋大文豪苏东坡。

因为乌台诗案，苏东坡遭到朝廷的一贬再贬，已六十一岁的苏东坡又被贬到海南，这对苏东坡来说，苦不堪言，生活都成问题，他只得自己种地，自己酿酒，自己制造写字用的墨。但是，苏东坡并没有在艰难困苦中消沉，而是抬起了高昂的头，认真审视"天涯海角"的海南，他发现了海南的生机与美丽，寻找到了海南的灵魂。于是，苏东坡喝着自己酿造的酒，返老还童，美滋滋地生活着，激情灵感又出现了，作诗道：

> 寂寂东坡一病翁，白须萧散满霜风。
>
> 小儿误喜朱颜在，一笑哪知是酒红。

春天来了，他感觉海南的春天美得有特色，又忍不住哼出了一阕《减字木兰花》：

> 春牛春杖，无限春风来海上。
>
> 便丐春工，染得桃红似肉红。
>
> 春幡春胜，一阵春风吹酒醒。
>
> 不似天涯，卷起杨花似雪花。

这哪是身处逆境，这分明是在游春。这是何等情怀！正是苏东坡的这种"情怀"，深深地感动着何子澄。他们之间相距六百年，但并没有影响他们心之"灵犀"，一点即通，一触即发。从大山里走出的何子澄当上了苏东坡遭贬流放地的"父母官"，为东坡建祠堂，与其说是何子澄分内之事，不如说何子澄是在表明其心志。

康熙四十五年（1706），正当何子澄在崖州任上如日中天，充分施展才华时，他接到家书，母亲病重，他心急如焚，立即告假还乡，回家侍奉母亲。而崖州开州，路途遥遥，正在赶路的何子澄得到了母亲病逝的噩耗，他悲痛万分。回到家的何子澄不顾旅途劳顿，首先择定离双流快下一百多里外的蒲窝新阡作母亲的安葬之地。

蒲窝新阡即今开阳县高寨乡平寨苗族村，何母墓地在今平寨苗族小学后山，当地称椅子山。这里地处清水江边，为开阳、贵定、福泉三县交界，是苗族中小花苗的主要聚居地。这里沟壑纵横、山川险峻，无论是曾经的农业文明时代，还是科技迅猛发展的今天，这里都算是偏僻边远之地，而在何子澄的心目中，再怎么边远偏僻总没有苏东坡遭贬海南时的艰苦。于是他不但选择作了母亲的安葬地，还将家小迁移至此，在母亲坟山前平坝中置地造房，与苗族同胞为邻，永久居住，实现他尽忠尽孝的目的。按照清王朝的规制，父母去世丁忧时间（最长为三年）完后，仍然官复原职，继续为官。但何子澄放弃了，永远离开了官场，在这远离城市的边远之地课子教孙，耕读传家，以致后来平寨何氏一脉成了名门望族。

定居在这绿水清山间的何子澄，本可以如其他官场退居者做起隐士来，纵情山水、垂钓江边、品茗饮酒、吟诗作画，过闲云野鹤似的生活。他不但没有如此那般，而是十分关注当地苗胞的疾苦，竭力解决亟须解决的问题。在修建母亲坟地时，何子澄即发现，椅子山前平寨一带地势低洼，未雨即旱，久雨成涝，苗胞们的辛苦劳作收成极低，有时甚至颗粒无收。一番调查研究之后，何子澄决定捐银修造蒲窝大沟，解决平寨大坝的排洪和灌溉的问题，并告诫儿孙这是一件"功在当代，利在千秋"的大事，希望一代接着一代干。因此，修造蒲窝沟渠的未尽事，又传给了何子澄的儿子何昂。

何昂，字青云，雍正十三年（1735）中举人，曾任福建武平县丞（相当于副县长），由于父亲的言传身教，卸任后也回到了蒲窝平寨，再次捐银，继续修沟渠。苗胞们十分感激何子澄父子，主动投工投劳参与修造沟渠。最终一条长达5.6公里既排洪又引灌的蒲窝大沟建成。其中，有两段约3公里，既是沟坎，又是贵定、平越（福泉）通往贵阳的道路，成了今天难得的"古道遗迹"。新中国成立后，人民政府于1967年在平寨北8公里处建老山水库，沟通蒲窝大沟，古老的沟渠焕发了青春。

康熙五十三年（1714），何子澄病逝于蒲窝平寨，遵其遗嘱，葬于母亲墓前，永远侍奉母亲。康熙皇帝得知何子澄的事迹之后，特敕封何子澄为儒林郎（文散闲职，六品），嘉奖其孝行。

尽已之心谓之忠，忠于国家；尽亲之望谓之孝，孝于父母。何子澄在知州任上尽职尽责，一心为民，辞官尽孝，感人至深。

谁说忠孝难两全！

# 苗族汉子蓝阿秧

从清水江边小花苗山寨里走出了一条汉子，令史家不得不刮目相看。

汉子叫蓝阿秧，清康熙初年，出生于水东宋氏所辖十二马头的清江马头蒲窝寨（今开阳县高寨苗族布依族乡平寨村），阿秧幼年丧母，从小即跟着父亲在当地汉人何家（何子澄后人）当帮工。其先祖明末揭竿而起的蓝二的"气血"在他身上似乎要继承得多一些、完美一些。在同龄的苗家孩子中，他总是领头人的角色，很

蓝秧碑

有号召力，秉性刚直，机敏过人，好打抱不平。田间地头的农活他自是一把好手，并且在他们苗家的斗牛节、杀鱼节、跳园吹芦笙等节日活动中他也是主角。他是多少苗家姑娘心中的白马王子啊。

那一年的秋天，他和寨上苗民们一起挑着新打下的稻谷到

开州城（开阳县城）替何家缴纳皇粮，从蒲窝到州城一百多里的山路，还挑着一百多斤的稻谷，累得疲惫不堪。他和同伴们都坐在自己挑担的扁担上，等着收粮官照着纳粮簿一家一家地传唤，纳粮者一担一担地挑过去检验、过秤、进仓。阿秧与同伴们的稻谷都入仓完毕了，一直都没有听到传唤他们东家——何家的任何一个人的名字，听到的倒是他熟悉的名字，"蓝阿三"、"宋阿五"、"王阿联"，等等，这些人名都是他们蒲窝八寨苗民的名字，有的甚至是死去好多年的长辈的名字。于是，从州城回家的路上，大家一直没听到蓝阿秧的歌声和笑声。他心里正犯疑惑，因为自他懂事起，一直听说的蒲窝八寨大部分的田地都是何家的，何家是地主，他们八寨的苗民是佃户是帮工。可是今天的收粮官喊到最后也没有喊到何家老小任何一人的名字，这是为什么？

回到家的第二天，阿秧带着疑问，跑遍了八大苗寨，向各寨的老人寻根问底。何家入住蒲窝的时间与蓝二被莫宗文"擒而舍之"时间相距不长，蒲窝八大苗寨世世代代居住在清水江边，谁也说不清有多少年多少代，经过一代接一代勤劳善良的苗民开垦耕种，这大片土地都变成了良田沃土。最初入住蒲窝的何家与八寨苗民关系甚好。何家毕竟是贵阳府辖地区内的望族，深得八寨苗民的信任。由于何家是做官的，是识文断字、知书达理的人家，每年秋季开征缴纳皇粮时，苗民都把自家的地契交给何家，由何家按每户地契上所定的田地亩数到开州府代办纳粮手续。因此，何家逐渐地代管了各户苗民的地契。

悠悠岁月如流水，总把新人换旧人。一晃几十年的时间过去了，何家到了何暹管家的时代。当阿秧追问到八寨苗民的田土所属权时，得到的回答是：八寨各户苗民都没有地契，故八寨田土属于何家所有。

一股无名之火在蓝阿秧心头燃烧，阿秧决定到开州府衙状告何家霸占苗民田土。谈何容易！阿秧由于没有足够证据，被何暹反告蓝秧诬陷，结果被开州知州以诬陷罪判了阿秧五年监禁。

五年的冤狱生活，不但没有磨灭阿秧的意志，反而增强了斗争必胜的信心。在牢中，他一直都在思考，他突然想起了两件事，一是他在走访八寨老人时，老人们都说当年划定每户田地"四至"界线是用鸡毛、石灰、木炭埋在地下作标识的，这些标识物肯定还在；二是几年前他曾看见过何家人翻晒几箩筐字纸，然后又将字纸卷成筒放进坛子里，埋藏起来。因为不识字，自己也不知道是什么东西，莫非那些卷成筒的字纸就是人们所说的田土契约？

五年刑满释放后，阿秧仍随父亲到何家做帮工，他变得沉默寡言，似乎比过去憨厚诚实，干活也比从前卖力。何家对他也渐渐地放松了警惕。其实他是想得到何家信任之后，好找那坛字纸。功夫不负有心人，一天他果然在何家后院墙角掘出了那坛字纸，随手抽出一卷筒，打开一看，那红手印还很清晰。他如获至宝。小心地折叠好藏在衣服里。余下的再原封不动地埋回老地方。那些埋有鸡毛、石灰、木炭的田地"四至"标识也找到了多处。这下蓝秧充满了信心，充满了希望。他决定再次告状，并且

• 以人物承载历史

要直接告到巡抚衙门去!

颇费一番周折后,阿秧来到了省城贵阳,他直接去了贵州巡抚衙署,击鼓喊冤。他并不知道大堂之上坐着的是一个多大的官,一番跪禀陈述之后,还出示了他在何家后院找到的一张契约。只听到堂上坐着的"大人"说道:"你且退下,本官自会为你做主。"他忐忑不安地退出了大堂,小心翼翼地走出了巡抚衙门,庆幸自己这次没有被抓起来。

回到蒲窝八寨的阿秧对告状的事并不抱什么希望,堂上那位大人也许只是说说而已,哪里会为我做主?然而,阿秧哪里知道,他告状时大堂高坐着的那位大人,正是当年在湖南主政以平反冤案著名的周人骥,其刚就任贵州巡抚,就遇到了贵阳府开州蒲窝苗民蓝阿秧鸣冤叫屈,状告汉族人何暹霸占蒲窝八寨苗民田土。刚正不阿的周大人立即责成贵州按察使司尹大人和贵阳府知府胡邦佑,迅速查办此案。尹大人和胡知府又责成开州知州吕正音现场查处办理此案。

就在阿秧从省城告状回到家没多久,开州知州吕正音即带上衙役赶到了蒲窝现场办案。事实证据确凿,何暹不得不认输,答应把田土归还给蒲窝八寨的苗民。以何种方式归还?吕知州很费一番心思,一则这案件不但时间久远,还事出有因;二则何家的声名不得不顾。吕知州想,用调解的方式处理为好。于是吕知州作出调解意见,何家自愿将原八寨苗民的田土,以出售的方式退还给苗民,计算出买卖银两,标出"四至"界线,八寨苗民不需实际出银购买。同时八寨苗民也不找何家清算数年来的田土占用费。地归原主，从此两清，和睦相处。双方同意，皆大欢喜。空口无凭，立碑为证。立碑人甲方何暹，乙方为八寨总头人蓝阿秧，每寨立一通，共计八通石碑。二百六十余年经风历雨，现仅存的三通石碑分别位于平寨村的新寨、蒲窝寨和后寨。蒲窝碑碑联："一子蒙承圣恩福，万民抱住月边星"。后寨碑碑联："一碑保众千年盛，万古流芳永世兴"。三块碑碑额均题："抚部院阁周，按察司徐，布政司尹，贵阳府胡"。落款时间为清乾隆二十六年（1761）。三碑内容一致，语言朴实无华，数据朗然明了，堪称汉苗和谐第一碑。

一位著名的文化学者在黔东南参加"吃新节"时，与苗族姑娘们一番交谈后，惊叹：实在无法把这番美丽与"蚩尤的后代"联系起来！如果他知道了蚩尤后代中蓝阿秧的故事，又会有怎样的感叹呢？

# 布依族贤人莫文达

莫文达建的大荆惜字塔

假如蓝阿秧是开阳这一地域内苗族的代表的话，莫文达则是布依族的代表。

这里是开阳龙岗镇大荆村，重峦叠嶂，山水相依，田地平旷，鸡犬人家，与其他布依族山寨并无二致。然而，当你看到那红旗招展处的学校校园内，一塔高耸，蓝天下，田野中，在四周隐隐青山的映衬下，熠熠生辉，你一定会有不一样的感受。

这石塔叫惜字塔，亦称惜字楼、敬字亭、焚纸楼、字库、圣迹亭、文风塔、文峰塔等，称谓各异，殊途同归，即"敬惜字纸"。《淮南子》里说："昔者仓颉作书，而天雨粟，鬼夜哭。"仓颉造字，惊天地，泣鬼神，故字是神圣的，写有文字的纸亦是神圣的，不能随意亵渎，即使是废字纸，也必须诚心敬意地焚化，灰飞烟灭，过化存神。正如古代小说《二刻拍案惊奇》

卷一开篇诗所道："世间字纸藏经同，见者须当付火中。或置长流清净处，自然福禄永无穷。"接着叙述了这样一个故事：

有一个叫王曾的人，他的父亲十分爱惜字纸，见地上有丢弃的字纸，他就拾起来焚烧，哪怕是落在粪池中的字纸，他亦捞起，用水洗净，或投之长流水中，或烘干晒干，再用火焚烧。如此举动，数十年如一日，不知收拾干净多少字纸。某年一日，他的妻子怀娠将产，晚上忽然梦见孔圣人来到他家，对他说："你王家爱惜字纸，阴功甚大，我已奏过玉帝，特派遣我的弟子曾参来你家，保你家荣华富贵。"说毕孔圣人飘然而去。梦醒后，他的妻子生了一大胖小子，因感孔圣人梦中之语，王家就给刚生的儿子取名"王曾"。王曾长大后果然不凡，竟连中"三元"（科举制中，乡试第一名为解元、会试第一名为会元、殿试第一名为状元。吉祥图案由荔枝、桂圆、核桃三种圆形果实象征"三元"），官至宰相，后晋封为沂国公，因此称王曾为王沂公。

这故事自宋代以来一直流传着，影响极大。因此，莫文达在道光十年（1830）修建大荆书院时一同建造了那座惜字塔于书院内，以"壮风水，盛科举"，寄托着他的美好愿望。"一等人忠臣孝子，两件事读书种田"，尊师重礼，绝不可随意践踏字纸，更不能揩拭污秽，凡有文字废纸必须送到惜字塔焚烧。至今在惜字塔的正南面还能读到这些文字："从来珍文惜字，圣有明箴，敬典崇书，皇书挽近，天平庶人，敬惜字纸者，先后同揆，无贵贱"。此塔建造时颇具匠心，全石，坐北朝南，三层，通高5.4米，第一层八面八角。第二层六面六角，第三层四面四角，葫芦

（福禄）塔顶，塔身除了前述阴刻文字外，尚有前述象征"三元"的果实图案。一见此塔，对莫文达的崇敬之意油然而生。

据莫氏《族谱》载，莫文达于清乾隆年间，出生于贵筑王潘里所属的布依族山寨大顶卡，即今开阳县龙岗镇大荆村。自幼习文好武，至今在当地还留有叫"马道子"的一段跑马道，那是每天早晚供莫文达跑马射箭的专用跑道，练习百步穿杨的技艺；还可见他当年训练臂力的石墩一尊，重约100公斤；他使用过的重10公斤左右的大马刀和每支重约4公斤的铜锏一对等。因此，莫文达于清嘉庆年间（1796—1820），曾考中黔北武举人。按常理，中武举之后，那应该是外出做官的。然而，莫文达却选择居家不仕，不愿为官，不取朝廷俸禄，甘于清贫。他将满怀的激情，化为了对家乡的报答，创建大荆书院，供布依族子弟读书、研习学问，此等善举，实属罕见，实在可钦可佩。莫文达还于创建大荆书院的第二年特意开通脚渡河的义渡，这里是黔南的龙里和贵阳的乌当、开阳交汇处，这不仅极大地方便脚渡河两岸三地的老百姓出行，更是传播儒家文化之需要。

金榜题名后的莫文达居家不仕，其实尚有隐情。因为莫文达是南明永历皇帝朱由榔的老师、永历朝廷的重臣莫宗文的直系后人。

当年莫宗文率部追剿蓝二时，对同处清水江流域的大顶卡（大荆书院一带）留有很深的印象，这里地势险要，易守难攻，东西两边是大山，中间是一条通往龙里和乌当的要道，设关卡，有一夫当关、万夫莫开之势，故名曰"大顶卡"。而且这里不仅民风淳朴，还山美水美，气候宜人，特别宜于人居住。所以在平定蓝二后，莫宗文迁家眷于中平时，便遣其胞弟莫应元携家眷到大顶卡居住。由明入清，改朝换代。这一住，一百多年的时间过去了。到莫文达出生时，原本祖籍湖南麻阳的莫宗文后人，已同当地的布依族融为了一体，成了布依族。

一切都可以变，但是在莫家，"反清复明"的思想却是根深蒂固代代相传的。因此，清嘉庆年间，莫文达即使金榜题名，也终身不为官，不为清廷效力。

莫文达不是隐士，与那些结庐荒山、独钓寒江的隐士不一样，他没有故意地标榜着孤傲，也没有愤世嫉俗的狂放不羁，而是踏踏实实地报效生养自己的故乡。科举制度废除后，大荆书院改为大荆学堂、大荆学校。新中国成立后改称大荆小学，一直到今天还叫大荆小学。

"子在川上曰：逝者如斯夫！不舍昼夜"。一晃快两百年了，一代接一代的山乡子弟从这里走出，成了于国于家有用之才。当年的大荆书院只能看到柱础、石台阶等基址，唯惜字塔却朗然天地间，供人们观瞻，亦如布依族贤人莫文达永远让后人敬仰。

# 赤胆忠心石虎臣

一

古代中国有一特别有趣的事情，主政一方的官员，人还活着，还在任上，当地百姓即为其立生祠，享受香火的供奉。这是老百姓给予"父母官"的一种"殊荣"。不多见，而在开阳历史上，石虎臣就是一个。

石虎臣，号寅谷，云南昆明人，原籍浙江会稽。清道光二十九年（1849）中举人，咸丰二年（1852）中进士，随即授知县职分发贵州，咸丰五年（1855）任开州知州。石虎臣到任之初，遇到的第一个问题便是粮价飞涨，不法粮商囤积居奇，百姓苦不堪言、怨声载道。于是石知州下令整治不法奸商，在开州城集市赶场的日子，当众宣布政策，粮价立减，百姓奔走相告，拍手称快。

由于各种原因，石虎臣到任时，开州监狱人满为患，积案太多，到州衙鸣冤叫屈的人络绎不绝。石知州昼夜审案，当机立断，重犯严惩不贷，冤错平反昭雪。

开州城内，虽然井多，但由于年久失修，沟渠不畅，人畜饮水和排污都成了问题，而当时州署财力薄弱，无能为力。石虎臣即将其俸禄银两捐出，修井疏泉，保障了居民饮水，解决了排污问题。

咸丰六年（1856），省府调石虎臣任安平（今平坝）知县，开州士民得知，选派代表到省府"请愿"，要求留任石虎臣，陈述石知州虎臣任开阳知州一年的政绩，桩桩件件无不是为老百姓干的好事实事，开州不能没有石虎臣！最终感动了巡抚大人，决定安平知县改任他人，石虎臣仍留开州知州。

留任后的石虎臣更是殚精竭虑，一心为民，开州士民感动了，于咸丰七年（1857），为石虎臣立生祠于开阳书院旁。

## 二

此时的开阳，早已是险象环生，都匀、麻江、凯里、瓮安、福泉、贵定等地"苗教义军"纷纷攻城略地，杀害官员。以何得胜为首的"黄号军"已攻占了本县花梨的一些地方。当时的各级政府，根本无力顾及，在佘士举等人的带动下，石虎臣号召州内士绅出资出力，组织自己所在地的百姓开办"团练"，训练青壮年，组建自卫团，拿起刀枪自保自卫，并于各地险要处筑营盘，作老百姓避难所。这就是历史上著名的"开州二十八营"，至今遗址尚存。二十八营中著名的是南龙佘家营（今为市级文保单位）和鼎兆何家营，因为二营营主即佘士举与何正冠分别被推举为二十八营总团首和副总团首。在石虎臣的领导下，开州为最早在贵州形成全县一体、各地联动的防范体系。

开阳作为省城之北大门，黔之腹地，倚平越（今福泉）、瓮安为屏障，平、瓮失，开阳之灾将接踵而至。开阳失，省城贵阳难保。咸丰七年（1857）六月，平越被"义军"围困，知州高本仁急请开州知州石虎臣解围。石虎臣立即率佘士举、李树德等部过落旺河，进扼瓮安中坪，堵死匪贼逃窜。然后旋进瓮安建中一带，从背面袭击匪贼，平越之围遂解。于是，咸丰八年（1858），朝廷令石虎臣以开州知州兼理平越、瓮安军务。

石虎臣深知，这是要他不惜一切代价死守省城北大门。石虎臣令乖西长官杨永观等在开瓮交界的花梨十字（石至）修筑三道防线，设置三个关卡，从全县二十八营中选拔精干"团练"驻守，三个关卡均设于地势险要处，"一夫当关，万夫莫开"。从西向东依次为虎奋关、虎威关和虎视关。因为是石虎臣亲自指挥参与所建，故时人称"石家卡"。三关取石虎臣的"虎"字，结合地势命名。石虎臣在《虎奋关碑记》中写道："余承乏开州，于兹三载，凡山川形势，周流殆遍，如二三父老为坚壁清野计，于形势险要之地，筑关凡三，虎奋其一也。关成，扼平瓮之冲，裖苗教之魄，既得地利，复仗人和。新场一带，可以言守与战矣。"三关建成后，"黄号军"几次攻关均未攻破，并且损兵折将不少。"黄号军"对石知州恨之入骨，呼之为"石老虎"。然而在当时，石虎臣这样的清官将才，又能为老百姓办事的官员实在太少了。相反软弱无能、尔虞我诈、中饱私囊、欺上瞒下、鱼肉百姓等怪相充斥官场，面对起义军滔天巨浪般的势头，只有知州头衔的石虎臣，再能干也无济于事。

三

三关建成后，本该有一段时间的养精蓄锐、休养生息，尤其是兵马粮草、刀枪器械尚欠完备。但是何得胜的"黄号军"大本营筑于玉华山，距花梨仅60余里，敌巢逼境，敌势逼人，不能等！咸丰九年（1859），大年刚过，石虎臣便急招佘士举、周国璋、李树德至州衙商讨征剿之计。石虎臣力排众议，拟定于正月十五元宵节前，趁敌不备，破其老巢。于是石虎臣率佘士举等先行，行进到瓮安中坪艾州时，正遇上敌人的粮草运输队，一举拿下，初战告捷。又令后续队伍急行军至瓮安高枧，死守开瓮通道，堵住敌人出入要道，据形胜，图进取。正月十二日，令李树德部进入花梨五勺梅花，与高枧形成掎角之势。又令周国璋的一心团绕道坤伏玉华山脚，遏制敌人的退路。部署既定，石知州率佘士举等取中路进攻。正月十三日，转战至瓮安枫坪五道河，至十二拐时，早有准备的何得胜军大队人马突然冲出，前后奔击，石知州与佘士举所率队伍被冲散，首尾不得相应。众敌听说开州知州亲自临阵冲杀，认出后，便围之数匝。石知州知道很难突围，必死无疑，便奋力挥刀拒敌，毙敌三百余人。由于援兵无法进入，终因寡不敌众，石知州力竭阵亡。一同阵亡还有石知州二十八名干将及四百余名兵练。尸横遍野，血流成河，敌兵并不罢休，挖去石知州双眼，割其肾脏而去。直到佘士举、周国璋等部攻下十二拐，才在当地百姓的帮助下找到石虎臣的遗体，这已经过了七天。当石知州灵柩回到开州城时，哭声震天，百姓自发地披麻戴孝，公祭三日。

《开阳县志稿》是这样记载："棺殓扶归州城，士民迎哭道左者数千人，无异赤子之丧慈亲。复请准大府（省府），将公忠榇葬于城内北极观后黄公（黄嘉隽）忠墓之下。"

## 四

时光的流逝，使得那场残酷的战争永远丢在历史长河里，当年石知州修的"石家卡"已成了地名，成了旅游打卡地。

一百七十余年过去了，开阳人没有忘记石虎臣，他还"活着"，因为他生为开阳百姓，死也为开阳百姓。

赤胆忠心石虎臣

# 感天动地戴鹿芝

## 一

走进开阳历史，让我佩服的人多，让我感动的人少。这既牵动历史，又牵动我泪眼的人是谁？

戴鹿芝！

一百六十年前，当我们的祖国母亲遭受到列强蹂躏时，是他，向帝国主义强盗动了第一刀，毫无畏惧地砍下了为非作歹、飞扬跋扈的法国人文乃耳的人头，悬于城门示众。

当开州百姓处于战乱中，无法做农事，眼看这一年的春耕将废，是他，置生死于度外，亲赴轿顶山贼穴，以他浩然正气撼动了匪首何得胜，不但完成了当年春耕，还迎来近三年的安宁。

当开州城破，匪兵蜂拥至州衙，是他，喊出："可速杀我全家，请勿动我开州城百姓一人！"自己于大堂之上吞金自杀，取义成仁！

<h1 style="text-align:center">二</h1>

一次，我出差杭州，特意跑到西湖边拜谒俞楼，想在那里寻到一点关于戴鹿芝的资料，因为那是他情同手足的同乡、同榜举子、同为进士的俞樾当年修筑在杭州西湖的一处寓所。一栋中西合璧的建筑，两层小楼，靠孤山，面西湖，比邻楼外楼，现在是俞樾纪念馆。

那是一个深秋的上午，走进俞楼的我，第一感觉是，这里太静了。楼内除了两名管理人员，并没有其他人，这与西湖的其他景点形成了鲜明的对比，尤其是旁边的楼外楼，人声鼎沸，食客如云，与俞楼的反差太过明显。

我的想法落空，在俞楼没有找到关于戴鹿芝的只言片语。

俞樾（1821—1906），字荫甫，晚号曲园居士。清末著名学者、国学大师。辛亥革命时的著名人士、大学者章太炎的老师，当代著名红学家俞平伯的曾祖父。我读到《开阳县志稿》载有俞樾为戴鹿芝写的《墓志铭》，而且还记叙了《墓志铭》是他取义成仁后，戴鹿芝在老家的儿子亲自找到俞樾，并向俞樾讲述了其父取义成仁的经过，以及在贵州任职的情况。听后，已是大学者的俞樾备受感动，特别为戴鹿芝写下了《墓志铭》。俞樾满怀深情地称戴鹿芝是当代之魁士名人也！

戴鹿芝，字商山，浙江兰溪人。清道光十九年（1839）与俞樾一起考中举人，道光十四年（1834）中进士。道光二十七年（1847），以知县分发贵州，先是补印江县知县，升郎岱同

感天动地戴鹿芝

知，历任修文县令、定番州知州、开州知州、代理安顺府知府等。俞樾评叙说，戴鹿芝"才识明练，勇于任事，不畏缰御，不避艰阻"。

## 三

石虎臣阵亡后，开州告急，省城贵阳告急。咸丰十年（1860）本已接令到平越州任知州的戴鹿芝，朝廷"飞檄"重新委任戴鹿芝任开州知州。临危受命的戴鹿芝，执法严而慈惠爱民，故军民乐为效死，同守开州危城。大本营已移至花梨轿顶山上的何得胜，知道新任知州有备而来，对开州城不敢轻举妄动，但是骚扰临近地方如故，使得老百姓人心惶惶，只得筑营坚守，无法农事。

正是春耕大忙季节，一年之计在于春，眼看春耕将废。戴鹿芝想到，如果兵祸不解，民且废耕，百姓何以为继？而面对悍匪，采用他的前任石虎臣硬拼的办法显然不行。不战而屈人之兵方为上策。于是戴鹿芝决定，再用在修文当县令时劝降反叛之民屠福生的办法，亲赴轿顶山劝降何得胜。临行之前，下属同僚及城中百姓皆知轿顶山上的何得胜可是个杀人不眨眼的恶魔，一旦深入虎穴，凶多吉少，去不得呀！他们聚集于州衙前，苦苦哀求戴知州，不能上轿顶山！面对同僚下属及父老乡亲一片真心诚意，戴鹿芝满怀深情地说："我意已定，不必再议。那些相随何得胜的兵士，都是我戴知州的子民，我相信他们不会立刻加害于我，只要我能在轿顶山贼营拖延十几天，今年的春耕春播即可基本完成，老百姓来年的生计即不成问题了！就算十几天后他们杀了我，我死而无憾！"在场人士，无不为之感动，挥泪相送。

只见戴知州头戴箬笠，身着短衫，手执书袋，神色庄重，行色匆匆，出城东门而去。随行的是戴知州的两员随从唐二和易老元，身背马刀，一人还专门背戴知州的官袍、官帽、顶戴等。开州城至轿顶山，跋山涉水，羊肠小道，那可是六十华里的山路啊！由于何得胜军的长时间的骚扰，虽然是阳春三月，芳草萋萋，鸟语花香，但却不见耕作的繁忙，四处悄无声息，一片死寂。远远望去，那耸立于落望河东岸的轿顶山，一峰突兀，群山环绕，恰如八抬大轿一乘，置于青山之中，四面绝壁千仞，易守难攻。戴鹿芝不得不感叹，虽是草寇出身的何得胜，却有眼力，筑营于此，不仅可以随时征战开州、龙里、瓮安、平越等地，还得以威逼贵阳。日落西山时，三人渡过落望河，逶迤上山，来到轿顶山脚。戴知州命暂停休整更衣，待他将知州官袍顶戴穿戴规整之后，三人方行至山寨栅门前，被守门之兵挡住。

"我是开州知州戴鹿芝，要面见何得胜！"戴知州一边大声喊道，一边径直上山。从未见过身着官袍的朝廷命官的落草小兵，早已被戴知州的气势镇住了，哪里挡得住他们上山之路。

何得胜正同其副手贾福保等人在聚议厅里议事，得报时，戴鹿芝已至聚议厅大门口了。还来不及思考的何得胜随口说道："有请！"同时，示意贾福保等人按座次摆起架势端坐起来。

戴知州进了议事厅，径直走至堂中，面朝何得胜，正要说话，何得胜却先开口了："你堂堂知州，竟敢独闯我轿顶山，我以为我是英雄，看来你才是英雄啊！哈，哈，哈……"

"你错了，你我都算不得英雄，在这块地盘上，我是你们的父母官，你们是我的子民，父母官不忍心看到自己的子民死掉，子民亦不忍杀死自己的父母官。不过，从此时起，你们可随时杀我戴鹿芝，我本一介书生，手无缚鸡之力，杀我如囊中取物，易如反掌，我只求你何得胜宽限我十天半月，这十天半月内不要出兵，不要惊扰我开州百姓，待百姓们忙完今年的春耕，不至于来年饿肚子，那时你再杀我，我不反抗，我无怨言。为我百姓，我死而无憾……"

戴知州的一番慷慨陈词，深深打动了所有在场的人，何得胜更是无言以对。能说什么呢？自己的所作所为不就是想我们这些"草民"能吃个饱饭，过上好日子吗？如此舍生忘死一心为百姓谋福的好官，上哪儿找去！何得胜赶紧从正位上起身快步至戴知州跟前，拱手称道："好官啊，好官！"随即请戴知州上座，敬香茶，再继续他们的对话。

接下来，何得胜按戴鹿芝的说法，留戴鹿芝在轿顶山上住了半个月，天天酒肉相待，视若上宾。住在山上的戴鹿芝借此闲暇之机，批阅自己随身携带的《易经集注》、《孝经衍义》、《皇极经世》三部书。戴鹿芝温文尔雅的君子风度，更是让何得胜等人佩服得五体投地，营中官兵称戴知州为"戴青天""戴老祖公"！

转眼间，半个月过去了，戴知州得下山回府了，何得胜命人用轿子送戴鹿芝下山，并亲自送到落旺河东岸渡口。分别时，何得胜紧拉住戴鹿芝的手说："公一日不离开州，得胜一日不敢犯境。望公保重！"亲自扶戴知州上船，目送渡河上岸，直到戴鹿芝一行消失在春的绿色中，何得胜还望着奔腾的落望河自言自语："好官啊！好官啊！"

## 四

转眼间到了同治元年（1862），正月十五元宵节，开州城西夹沙垄一带的村寨民众，按照传统习俗举办跳花灯、玩龙灯等活动，以祈求国泰民安、人寿年丰。同时还有一个重要目的"并籍以齐团"，"团首"周国璋借正月十五元宵佳节赛龙花灯的活动，把民团团员集聚整训，提高一下战斗力。

值此战火弥漫开州之际，在贵阳受挫的大主教胡缚理，派遣同是法国人的文乃耳任开州城乡天主教的司铎。文乃耳仗着法国传教士在中国享有的特权，趾高气扬、目空一切，在开州城乡为所欲为，根本无视开州所面临的危局，他除了在州城内宣扬所谓"福音"，还以夹沙垄天主教徒张天申家为会所，组织当地教徒开展活动，并努力发展收纳教徒，唆使教徒抗拒参与民团的所有活动。这对非常时期的民团组织，无疑是一个极大的破坏和打击。此事知州戴鹿芝早有耳闻，曾指示周国璋密切注视，详查具报。

元宵节的龙花灯活动，在文乃耳的指使下，夹沙垄的教徒不但不参与，还气势汹汹地指责民团妨碍他们信教自由。箭在弦上，民团与文乃耳等教徒的矛盾一触即发。早有思想准备的戴鹿芝，闻讯立即赶到现场，一番询查后，以"众情汹汹，恐致激变"为由，将文乃耳和张天申等教徒带回州署，开庭审讯，以彰声势。同时飞报贵州提督田兴恕。戴、田二人，虽是上下级关系，却是心心相印的志同道合者，不用细看，田兴恕即在报件上批示："缉案就地正法！"这六个字，掷地有声。

接到批示后的戴鹿芝特地在开州教场坝设立法场，对法国不法传教士文乃耳、开州不法教徒张天申、陈显恒、吴学圣、易路济（女）等五人一并押至法场，斩首示众。法场上，戴鹿芝身着官服，正襟危坐，亲自监斩。台下人山人海，群情激昂。五位不法教徒人头落地后，戴鹿芝特别指示，将法国传教士文乃耳之头悬于城墙北门上，以示民众，以显我中华泱泱大国之威严！

戴鹿芝此举，无疑似把天捅了个窟窿。

首先，法国驻华公使哥士耆，在接到胡缚理报告戴鹿芝杀了文乃耳的急件后，暴跳如雷，怒不可遏，认为文乃耳之死，不仅关系到《北京条约》能否执行的问题，而是大大有损法国之"国威"。他一面向本国政府汇报请示，一面联合美、英、俄等国驻华公使，一起向清朝政府施压。他到清政府总理各国事务衙门见恭亲王奕䜣，盛气凌人地提出，立即将开州知州戴鹿芝逮解到京城，为文乃耳报仇。他指控田兴恕等官员故意羞辱贵阳教区主教胡缚理，要求严惩这些官员。在法国公使哥士耆的挑唆下，英国公使鲁斯、美国公使蒲安臣、俄国公使尹格拉提也夫，一致指责清政府，强烈抗议，要求立即逮解戴鹿芝到京，并严办田兴恕等官员。此事不得不惊动"同治"的两宫太后慈安和慈禧。两宫太后指示，以奕䜣为主的总理各国事务衙门各大臣负责与法国公使谈判。同时，谕令成都守将崇实、两广总督劳崇光、四川总督骆秉章"分派满、汉慎密妥靠大员前往贵州，访查确实，即行复奏"。

由于清廷所派"访查"官员意见不一致，法国方面态度骄横，提出种种无理要求，以致谈判多年，毫无结果，几至决裂。中法双方反复争执的焦点问题是如何处理田兴恕、戴鹿芝，法方坚持要处死田、戴二位官员，寸步不让，认为不如此，不能维护法国的"尊严"。中方认为，事出有因，并且此事牵连贵州乃至朝廷的许多官员，不宜处以严刑。法方竟以武力恫吓威胁清政府，"勿因此事再受兵戎惊扰，靡费死亡，以致重订和约"。

## 五

同治二年（1863），正当"开州教案"的谈判正在进行，一件意想不到的事发生了，开州城一个称"晏秀才"的人，因违法乱纪，包庇祖师观的违法和尚，受到戴知州的斥责，因此怀恨在心。是年九月初六日，晏秀才星夜潜往轿顶山，向何得胜报告，戴鹿芝因通匪（上轿顶山之事）罪和枉杀法国传教士文乃耳罪，被朝廷革职，已离开开州。何得胜一听，立刻惊叹道："我听了戴知州的劝告，三年不惊扰开州百姓，不攻占开州城，竟然还成了戴知州的罪状！这是什么鸟朝廷？既然戴知州被革职查办，

感天动地戴鹿芝

已离开开州城，何不趁势拿下这开州城，也算是为戴知州出口恶气！"于是何得胜当即派兵，连夜攻城，并亲率大队人马继后。因戴、何二人有盟在先，所以开州城防守甚虚，攻城太易。至天明，当何得胜率后继人马赶到时，开州城门已被攻破。至此时，何得胜才知道戴鹿芝根本没有离开开州城，自己完全是中了奸人之计。情急之下，何得胜立即下令，保护州衙，戒杀戒抢，违令者，斩！并急奔州衙，拜见戴知州，再作解释。

州衙内戴鹿芝见大势已去，无力挽回局势，急转入后宅，以护身宝剑让儿子戴咏自杀。取白绸练一条，让其夫人姚氏自缢。戴鹿芝又于卧室寻出黄金一锭，削粉吞下，再把官袍官帽穿戴整齐，凛然端坐于州衙大堂之上。见急急忙忙跑进大堂的何得胜，高声喊道："何得胜，你好一个不守诺言的贼匪！你现在可杀我全家，请不要伤我开州城百姓一人！"一边高喊，一边抓起案桌上的墨盒、笔筒等向何得胜击去。何得胜只得避让，欲待其怒息，上前解释。哪知还未等到何得胜开口说话，戴知州即倒下了，下肚黄金毒发身亡。何得胜伏尸大哭，边哭边道："是我杀了戴青天！我中了奸人之计，我罪该万死！"欲拔剑自刎，随从兵士急劝慰方止。待缓过气来时，何得胜下令，立即捉拿奸人晏秀才和不忠不勇的守城武弁。同时下令厚葬戴知州及其夫人和儿子。于是将晏秀才和守城武弁人头割下，祭于戴鹿芝灵前。何得胜披麻戴孝，守灵三日，厚葬戴鹿芝一家三口于北极观后山，前任知州石虎臣之墓旁。

戴鹿芝死了，"开州教案"的谈判还在进行，最终的结果是：田兴恕革职发配新疆，没收田兴恕在贵阳六洞桥的公廨（别墅），交法国贵州主教胡缚理作教堂使用（即后来的南堂，今贵阳市第一人民医院处），清政府赔在华天主教会白银1.2万两。何冠英（"开州教案"发生地的贵州巡抚）、戴鹿芝、赵畏三（状元赵以炯之父、"青岩教案"杀不法教徒者）已故，不再追究。另，责令开州署出资建天主教堂一所（今城中老公安局处），交由新任传教士使用。

俞樾在戴鹿芝《墓志铭》中写道："曾入虎穴，树一方之保障，尽瘁殚忠，婴五载之危城，成仁取义。"

历史不会忘记感天动地的戴鹿芝。

# 乱世英雄佘士举

一

美髯公佘士举

翻开贵州的历史黄卷，只见满纸的血与火，尤其是在明、清两代五百多年的时间里，地瘠民贫的贵州，何堪如此战争重负？有学者做过统计，明代二百七十六年中，贵州发生大小战争的年份共计一百四十五年，占明代一半以上的时间；清代二百六十七年中，战争年份共计二百二十七年，几乎年年战事不息。"试数数百年，几日无战场"。

地处黔中腹地的开阳，在这些战争中最为惨烈的是"咸同之战"，两任知州战死，开州城两次被攻破，两次遭屠城。何得胜匪军蹂躏开阳近二十年，城镇乡村，无一幸免，烧杀劫掠，十室九空。

那是一个需要英雄的时代！

所谓"英雄"，我极赞同一位历史学家的定义："英雄是集智慧、勇敢和仁爱于一身的行动者"，英雄行动的目的即除暴安良，替天行道。时势与英雄两相造就，乱世出英雄即时势造英雄。

咸同战乱中，开阳走出的佘士举正是那个时代的英雄。

# 二

佘士举，（民国《开阳县志稿》载为"士举"，其后人在其墓碑上书为"仕举"）字选廷，清光绪八年（1882）出生于开州弟里（今开阳南龙乡中桥）一个殷实富裕之家。士举自幼与同龄者不一样，进学读书后，除了随塾师读"四书"、"五经"、"诸子百家"等儒学经典之外，还喜读"杂书"，天文地理、堪舆风水、算命看相、兵法阵法、奇门遁甲、拳击武术、医药典籍，等等，无所不喜。又喜舞枪弄棒，练武强身。因为习之不专，以致连秀才都没有考上。

佘士举墓位于开阳毛云乡十万溪

士举天生豪爽，乐于助人。家虽不丰，却喜急人之难，凡人有所求，必慷慨解囊相助。又好行侠仗义，打抱不平。父母相继病故后，士举更是放任不羁了。同乡有一个李姓富家子弟，年轻气盛，体力过人，常常仗势欺凌弱者，乡人看在眼里、恨在心头，敢怒不敢言。一日，李某恰与士举在路上相遇。正想为乡人解恨出气的士举一见李某，一股无名之怒气蹿至脑门。狭路相逢，两不相让。谁知李某是徒有虚名，不是对手。正如"鲁提辖拳打镇关西"，三五几下李某即被士举打翻在地。路人见之，只围观，谁也不来劝解。士举回头看时，只见李某倒地后脑勺碰在路边的石头上，血流不止，口里只有出的气，没有入的气，已不能动弹。士举知道大事不好，要出人命案了，便高声说道："今天为被你欺凌的人出了口气！你不要装死，你若再敢欺负人，见你一回打你一回，你信不信！"一边说着，一边撒腿便跑。李某家人将士举控告于州衙，官府命立即抓捕佘士举，要以命抵命。而士举早已逃之夭夭，不知去向。自此后，士举如失群的孤雁，亡命于江湖，以卜卦算命糊口。

## 三

士举虽游走江湖，而对拳术技击以及兵法布阵等，不但没有荒废，反倒日益精进，因为得到江湖高人的指点。

一晃好几年过去了，仇家怨恨渐渐淡了，官府追捕无果，也无人再提，于是佘士举潜回乡里。此时，正是咸丰初年，各地暴动风起云涌，夺城杀官、打家劫舍之事不断发生，人心惶惶，人们都在为自保自卫绞尽脑汁。士举回乡正是时候，他组织乡中子弟，集为民团，拿起刀枪，自卫自保。士举传授他之所学，早晚训练，不多久，响应者日众，声名大震，各地皆纷纷效仿。

咸丰三年（1853），鉴于贵州绿营制兵既不足额，又脆弱难资捍卫。官至福建及江南道监察御史的开阳双流人萧时馥，向皇帝奏请贵州兴办团练，以卫地方，咸丰皇帝准奏。于是省府大吏（巡抚）下令各州县兴办团练。开州以举人邹仿思任团练专职负责人，州属十里二司分别以佘士举、周国璋、晏章汉、欧阳锦城、马廷飏、马华丰、何正冠、黄安吉、李应辅、王士翱、白赞、李树德等任各团练团首。各地青壮年男丁皆为"团员"，一个"全民皆兵"的局面在开阳轰轰烈烈地兴起。佘士举自办团练之举获得知州石虎臣的高度赞许，被推为总团首，"受任后他悉心规划，搜讨军实，训练卒伍，较他团为优"（《开阳县志稿》语）。

## 四

咸丰七年（1857）六月初九日，佘士举率团练兵丁，随石虎臣战敌于落旺河，歼敌无数，驱敌出了开阳境。旗开得胜，初战告捷，士气大振。

咸丰九年（1859）正月，匪首何得胜率部再次进入花梨一带。正月十三日，以开州知州兼理平越（福泉）、瓮安军务的石虎臣率开州把总（州之军事长官正七品）谢欣恩、总团首佘士举、团首周国璋、刘同二、李村德等率两千余兵士进驻瓮安高枧，准备一举攻下何得胜的大本营玉华山。然而由于备战得不充分，这场战斗彻底失败了。知州石虎臣战死，把总谢欣恩等二十八名军中首领皆战死，兵士死者凡四百余人。当时，石知州率佘士举部行进瓮安五道河之十三拐时，遭敌伏击，士举与石知州被冲散，各陷重围。当士举冲出，寻到石知州遗体时，士举伏尸大哭，责怪自己援应不力，痛不欲生，欲拔刀自刎，被部属劝住。

## 五

咸丰九年（1859）七月，在佘士举的倡议下，开州所属十里二司绅民，在各自居住地，择易守难攻之险要处筑屯营，让民众居住其中，自卫自守。士举作示范，在家乡弟里筑二龙营。十三拐那一仗之后，何得胜已将大本营移至落旺河东岸的轿顶山，民众避居的天然溶洞已经起不到护卫的作用了，因为州境各地与何得胜众巢穴毗连，窜扰不断，祸难方兴，民众遭殃。故全州共筑民营二十八处，至今仍依稀可见其遗址遗迹。

咸丰十年（1860），佘士举以战功升任千总（正六品），奉令征剿驻扎在开阳毛云猫猫山、十万溪等处匪贼。先攻大谷光匪贼，并火烧贼营，士举获胜。后又随参将赵德光攻打羊场、拐二等地的匪贼，两处贼皆败，匪贼退守不出。

## 六

正当佘士举部节节获胜时，因受奸人之计，何得胜于同治二年（1863）首次攻破开州城，知州戴鹿芝为国尽忠，取义成仁。这对佘士举的打击太大了，他所崇敬的两任知州都以身殉职了。而且当年一起受任的十二位团首也所剩无几，大都战死了。佘士举之愤慨到了极点。

何得胜更加疯狂了，纵横驰骋，所向披靡，先后攻陷了修文、黔西、清镇等县城，随即又攻占了贵阳周边的三江、北衙（乌当新添寨）、洛湾、茶店、朱昌等地。省城贵阳告急。

此时令敌胆寒的贵州巡抚兼提督田兴恕，因"开州教案"被革职流放新疆，接任贵州提督的沈宏富（与田兴恕皆为湖南凤凰人，著名作家沈从文之祖父），披挂上阵，率部出城御敌。何得胜视沈宏富之军为草木，不堪一击。而他所佩服的是佘士举，每次与士举交手，何得胜几乎都是大败而逃。士举善于技击，最擅使用大刀，临阵必有四个兵卒各扛长柄大刀一把紧随。士举常以青布包头，持大刀振臂奋呼，敌闻声而逃者众。杀敌如割草，刃卷即换，故备了四把大刀。而且佘士举行军布阵多暗合古兵法。何得胜暗自惊叹，如此有勇有谋之士，如能收罗至部下，结拜为兄弟，何愁大事不成！

于是，何得胜率部围攻佘士举二龙营。《开阳县志稿》载："时士举仍驻二龙营，初犹率众拒，伤亡众，复苦饥，所恃险与敌共。得胜测士举将拼命溃围遁，乃故以一面疏其防，实设伏欲生致之。某夜（士举）洞悉敌众围攻稍懈，遂与启彰（士举部下）相偕出，竟中敌伏。被擒，缚之何前，启彰求释竟杀之，士举愿受戮，何抚慰之，乃降。"一同被擒缚至何得胜面前的两人，一个请求饶命却被杀死，一个请求速死却获安抚，待之以礼，天壤之别。英雄惜英雄，此之谓也！

佘士举归降，何得胜如愿以偿了。然而事实又如何呢？

## 七

何得胜命"归降"后的佘士举率部据守离贵阳城不远的三江桥，何自据守沙子哨，伺机一同攻贵阳城。士举佯装唯命是从，暗中却嘱咐部属千万不能冒进急出，一切行动听指挥，并急派心腹之人，火速传递情报给贵州总兵赵德光。在佘士举配合下，赵德光率部攻击何得胜分驻于洛湾、朱昌、五里桥、窦关、沙子哨等众敌。兵贵神速，何得胜还没回过神来即吃了败仗，不得不退回落旺河边上的轿顶山大本营。贵阳城稍安。

同治三年（1864）正月，开州知州段纪传，上书贵州巡抚张亮基说："佘士举降何得胜，实以力弱不敌，为保身卫民计，近专函自明，颇思反正。"巡抚大人立即传檄褒奖佘十举，并责令士举往敌营招安何得胜。

何得胜不要说受招安，听说佘士举"反正"就暴跳如雷，原来是中了佘士举的诈降之计！于是立即整顿人马攻击佘士举，发誓一定要杀了佘士举。这一招，在士举预料之中，故在"反正"回开阳后，立即重建三星营于家乡弟里（即现存的市级文保单位佘家营）。三星营的建造吸取了二龙营的不足，真正地实现易守难攻的防御目标。何得胜调集的精兵良将围攻了三天三夜，三星营纹丝不动，何得胜还损兵折将不少，只得暂时放弃。

这一年春，佘士举升任游击（从三品）。

由于三星营无法攻破，何得胜又将攻击目标锁定为开州城，于是，同治四年（1865）九月，何得胜第二次攻破开州城，知州许其翔携大印逃往鼎兆何正冠营躲避。兽性大发的何得胜，在开州城内见人就杀，他把对佘士举"反正"的怨气撒在百姓身上了！当佘士举偕参将赵德光夺回州城时，已是哀鸿遍野、尸骨成堆，惨不忍睹、催人泪下！赵德光命副将叶有贵协助佘士举守防开州城。

## 八

同治五年（1866）正月，何得胜又一次调集数倍于佘士举营的兵力，再次围攻三星营。何得胜蛮有把握地以为此次佘士举必死无疑，能解心头之恨！士举自知兵寡将微，硬拼只能是鸡蛋碰石头，一面派员飞马急报大府（省府）求援，一面坚守不出。其实，营内已粮草告急。暂避于营内的乡亲们的生活也是问题多多，困难重重。正月十五元宵节，这一天正是佘士举的生日，士举决定借机唱一出"空城计"，在营内张灯结彩，搭台唱戏、鼓乐齐鸣，杀猪宰羊、大摆宴席，热闹非凡。对外宣称庆贺元宵节，为佘大人祝寿。佘家营对面有一山，正是敌营的哨所，登至山顶便可清楚窥见三星营内的一切，平时营内均用柴火遮挡，这天全部撤出，故意让敌兵窥视。暗地里士举精选两百名壮士，组成敢死队，由他亲率。他探得何得胜已回大本营轿顶山过节去了。正当月上东山，佘家营内一片欢声时，士举一声令下，数门铜炮齐发，打得围营之敌抱头鼠窜，士举趁势率敢死队追杀逃兵，敌闻风而逃，死伤者无数，直追至落旺河边。正在轿顶山宴饮的何得胜，得报时手中的酒杯落地，随即一口鲜血从口中喷出，还喃喃地念道："士举英雄啊！"

## 九

从此，何得胜一病不起。同治六年（1867）九月，何得胜死于轿顶山。与其说是病死的，不如说是气死的。何得胜死后，其妻何黎氏随即起之，集玉华山上大坪敌众，继续战斗。

佘士举三星营追敌一仗打得十分漂亮，为平息战乱起到了决定性的作用。于是佘家军声威大震，投奔佘家营的热血青年络绎不绝，佘家军的战斗力不断增强。随即力战金山寺、突围关刀山（两处皆在开阳米坪乡内）、肃清开州境余匪、疏通中路残敌，等等，一系列人小战斗中无不见佘士举冲锋陷阵、英勇杀敌的身影。

同治七年（1868），何黎氏率部出降伏诛，战乱终于平息。

## 十

《开阳县志稿》载："事平叙功，（佘士举）记名总兵，即用副将"，这是一个什么职位？总兵，正二品，仅次于提督（从一品）；副将，从二品。相当于今之享受省军区司令员（中将）待遇，行副司令员之实职。战乱平息，功成名就，而佘士举并没有躺在功劳簿上享清福，也没有因位高权重居功自傲（知州才是六品官，他是住在州城内，级别最高的朝廷命官），而是积极协助知州处理战乱后事，重修州衙，重建文武庙，为石虎臣、戴鹿芝建专门祠堂，清查绝户田亩，恢复学宫，重修开阳书院，兴设义学等，无不尽心尽力。光绪二十年（1894）七月二十九日，佘士举病逝于开州城。举城同悲，缅怀英雄！

我曾见过佘士举的一张珍贵小相片，美髯飘飘，长及于胸，白如银丝，双目炯炯，虽年近七旬，仍英气逼人。少壮时的英俊伟岸尤可想见。他属于中国传统美男子，而他最美的应是他"有功于民"，老一辈的开阳人在谈及他时，仍亲切地称他"佘大人"！

# 松林这家人

一

查阅有关资料时，在道光《贵阳府志·卷八十一》上，读到了开阳松林人李若琳的记载，以及同时代诗人赵翼为他的《寒窗课读图》题诗，已经淡忘的那条山路和松林寨子又浮现在脑海中：出开阳城东门，沿公路而行，翻过皂角丫，下鼎兆，从鼎兆小街穿行而过，顺崎岖的山路而下，不多远便望见半山腰突出一大大的平台，并非规矩整齐地排列着十几户人家，几乎都是青瓦顶、长三间，旁带厢房或猪牛圈舍的全木结构，或高或低地立在那里。炊烟袅袅，鸡犬相闻。寨子四周竹木成林，那十余株高大遒劲的松树，在微微的山风中，沙沙作响，似窃窃私语，在告诉人们寨子里曾经的一切。

这幅图画已刻在我脑中四十多年了，因为少时求学于开阳一中，学校和家的往返必走这条山路，过松林寨子。何曾想到这在开阳乡间随处可见的山寨，有这么一人家，从清乾隆年间至民国，一门六代，人才辈出，灿若星汉，好生了得！

## 二

这一家，即松林李家。如果把这一家的李立元作为中心人物的话，李若琳是立元的祖父。那就从祖父说起。

"李若琳，字淇筼，开州人，幼孤，母何氏寡居，抚之成立。乾隆五十九年（1794）举于乡，官山东济阳知县，有政声，擢福建澎湖通判，卒于官，有《脚春堂集》。若琳以母苦节，追念劬劳，作《寒窗课读图》，按察使李文耕为之作启征诗，名流题咏甚多，以若琳能扬父母之善，称其孝焉。"这是《贵阳府志》对李若琳的记载，言简意赅，信息量大，《开阳县志稿》等资料，可为补充。

李若琳之父李大任，在若琳两岁时即病故，母亲何氏（快下何人凤之后）独自支撑着一个家，既要抚育年幼的若琳，还得照顾年迈的公婆。当婆母病重时，何氏用一种极端彰显孝道的方式"割股疗亲"，即割下自己手臂的一块肉，煮汤为药，治疗婆母的病。母亲此举对年幼的若琳影响极大，也因如此，母亲受到开州知州的旌表。然而，这却给若琳母子带来了麻烦，母亲遭到了族人的忌恨，冷言恶语，无端挑衅是常发生的事。初通文墨的何氏意识到，这样的环境不利于小若琳的成长，"昔孟母，择邻处"，搬家离开松林。于是母亲带着若琳到不远的舅父家居住。

舅父是举人出身，已赋闲在家，虽不富裕，但养活若琳母子俩是不成问题的，何况舅父还十分喜爱聪明伶俐的小若琳。孺子可教也，舅父决定亲自教授小若琳。从口授《论语》、《孝经》入手，到讲解西汉毛亨所注释的《诗经》、诸子百家等，引导着若琳畅游在儒家经典里，并指导八股文的写作，鼓励他积极进取，考取功名。若琳没有辜负母亲和舅父的希望，终于在乾隆五十九年（1794）乡试考中举人，成了松林李氏一族的第一个举人。

但十分遗憾的是母亲和舅父都没有看到若琳取得的辉煌，在若琳中举之前相继离世。而若琳无法忘怀母亲和舅父，特别是母亲含辛茹苦几十年，那桩桩件件、大大小小的事，时常牵动着他的心。为了表示对母亲的怀念，已官至福建澎湖通判（知府副职，正六品）的李若琳特作《寒窗课读图》。此画一出，在那个"以孝治天下"的时代，立刻引起轰动，名流学者纷纷题诗赞美。前述赵翼题诗即是其一，"古井无波月如水，鸣机轧轧中宵起。豆大灯光促织寒，形影相依母与子……若非一树女贞古，怎荫河阳一县花"。河阳，借指李若琳中举后曾任知县的山东济阳县。题诗中用了"孟母三迁"、"断机教子"、"磨杵作针"等典故，塑造了李母何氏犹如"孟母"一样伟大母亲的形象。

三

由于舅父的影响，李若琳喜吟诗作文，有《脚春堂集》四卷。然而，著作者本人却无缘看到文集，因为文集付梓刊行时，李若琳已病逝于澎湖任上好几年了。文集刊印之事是由若琳之子李鼎荣在道光二十七年（1847）完成的，在《脚春堂集·跋》中，李鼎荣写道："《脚春堂集》，先君淇筼先生著也。淇筼先生，由乾隆甲寅（1795）举人，历官齐鲁闽中，皆有循声，性廉敏疏落，不屑与时为变通，一肆力于诗古文词，而于诗学尤邃。惜南北宦游，多所残缺，古稀后，始自订为四卷。无力付梓，藏于家，谨志节略如此。"（摘自《开阳县志稿·艺文》）

李鼎荣，字春晖，取自"谁言寸草心，报得三春晖"。他是若琳长子，其字表达的是父亲欲报"三春晖"之情怀。咸丰二年（1852）鼎荣中举人，历任贵州毕节县教谕（相当于县教育局长）、遵义府教授，后以军功（咸同战乱中立功），赐花翎同知（正六品）。

## 四

李鼎荣生不逢时，正是施展才华时，贵州历史上的"咸同战乱"爆发了，一介书生的李鼎荣不得不拿起刀枪参与平息战乱。直到他的长子李立元考取功名之后，松林李氏一门又是另一番景象。

李立元，清咸丰八年（1858）生，字仁宇，号筼孙。立元自号"筼孙"，即李淇筼之孙，直白而韵味无穷，多么深厚的家学渊源。筼孙自幼聪明好学，才气过人。光绪八年（1882）中举人，光绪十六年（1890）中进士。授翰林院编修，后以知府分发四川。先后任成都洋务局提调学务、泸州厘金局总办、顺庆府（治所在今南充）知府、宁远府知府、四川护督署外交科兼邮传科参事，等等。李立元官阶不算高，但他都干得有声有色，在历史上留下重重的一笔。

他初到四川任成都洋务局提调学务时，正赶上康有为、谭嗣同、梁启超等兴起的"百日维新"运动，这是中国旧民主主义开始的标志性运动。李立元对"兴学堂，派留学"的主张极为赞同，多次向四川督抚上书，请求速派"聪秀之士，留学日本，研究明治维新之道"，为救国救民培养人才，他的建议终获采纳，并且还受派为四川留日学生监督，负责选拔优秀生留学日本，那一年他为四川省一次性选派了二十名优秀生赴日本留学。

李立元，由于学养深厚，培养出一名状元，即贵州三状元之一的夏同龢。夏状元之父夏廷源与李立元为同榜举人，夏廷源中举后在四川任知府，立元为夏廷源的幕僚兼其子夏同龢的家庭教师。夏同龢最终成了光绪皇帝钦点状元，并成为中国以状元身份留学日本的第一人。

李立元任知府，无论是在顺庆府（今南充），还是在宁远（今西昌）府、嘉定府（今乐山），作为地方行政长官，他都以兴利除弊、疏通积案、劾免贪官庸吏、兴建学堂等为要务。他任宁远知府时，正遇彝族暴动，前去镇压的清军一败涂地，就连清军统兵都仓皇逃遁了。四川巡抚急令李立元以知府兼理军务。他得令后，立即率部深入彝区，以安抚为主，明辨是非，严禁滥杀无辜、为害百姓，并责令清退清兵掠夺的彝族的牛、马、猪、羊等财产。李立元一心为民深受彝族民众爱戴，暴动自然平息。

宣统三年（1911）秋，李立元出任嘉定知府。这是一个多事之秋，他的政治抱负还未施展，"辛亥革命"在四川已经风起云涌。1911年9月25日，同盟会员吴玉章、王元杰等在四川荣县宣布独立，建立了辛亥革命时期第一个县级"革命政权"。同时，声势浩大的"保路运动"在四川兴起。这是四川人民为了维护铁路权益，同清政府进行的斗争，是辛亥革命武装起义的前奏。"保路运动"的核心即反对清政府将民办的川汉（四川至湖北）铁路收归"国有"，并将铁路的主权出卖给英、法、德、美四国的银行财团。四川在孙中山领导的同盟会会员的率领下，坚决抗议，各府州、县均成立了"保路同志会"，成都及附近州县举行罢市等。特别是四川总督赵尔丰在成都血腥镇压请愿群众之后，更加激怒了全川人民，各地"保路同志会"纷纷揭竿而起，以武装暴动对抗清政府。

作为朝廷命官，已入主嘉定府的李立元，面对这样的局面，实在是难为他了。但他心中仍然有一个信念，一切为了老百姓。当他得知清廷已派出端方统领大军入川剿灭"保路同志军"时，李立元急了，立即上书四川总督，"同志军皆乡民，激义愤，非有他，不可以剿"，并陈述"安蜀方略"。他的谏言无人理会。但他还是竭尽全力保护嘉定城老百姓生命财产的安全。不多久，以1911年10月10日的武昌起义为标志的"辛亥革命"成功了，清朝廷寿终正寝，民国政府成立。四川光复了，成立了军政府。李立元被成都大汉军政府重新任命为嘉定府汉军统领。但此时的李立元已心灰意冷，决意不从。当李立元离开时，嘉定百姓扶老携幼，沿途相送，十里不绝。李立元离去后，老百姓感戴其德，又于嘉定城西为李立元立生祠，永受香火。

脱离官场的李立元在成都住了两年，后定居于贵阳城。一直牵挂于心的是故乡松林，他曾在光绪三十四年（1908）春，在四川宁远府任知府时，特告假回松林祭祖扫墓。退隐后，李立元又于民国六年（1917）回松林为先祖李珍等立碑修坟。民国八年（1919），紫江（开阳）县知县李乃扬打算修县志，拟聘李立元为总纂，立元以"年老学荒"辞谢。1922年，李立元病逝于贵阳。

## 五

李立元所处的时代有胜于父亲李鼎荣，而又不如两个弟弟，即李鼎荣次子李立成、三子李立才。

李立成（1872—1944），字洛者，号乐济。光绪二十七年（1901）优贡（中举人），光绪三十年（1905）京师大学堂（北大前身）首届师范馆毕业，任贵州都匀府教授。此时正值大哥立元任成都洋务局提调学务，因此，李立成在任都匀府教授的同年公费留学日本东京帝国大学。毕业回国后，曾于1920年与万勉之等人以贵州旅京代表名义，在北京成立革命团体"贵州民治会"，没多久即自行解散。原因是不愿受贵州驻京代表、参议院议员刘显治（贵州军阀刘显世胞弟）的控制。

1924年李立成任四川南充、广汉等县知县。立成本色是书生，在政坛没几年便到北京城里悬壶济世，干起了行医的行当。后被北京大学、北京师范大学等聘为教授，与贵州旅京名士书画大家姚华（号茫父）交往甚笃。李、姚二人常在一起谈诗论文，唱和不断。这深深地熏陶着一位少年——李象贤。

李象贤（1914—1978），笔名李逢、李白凤，李立成次子。由于父辈的影响，青年时即热衷于文学艺术。北京民国学院毕业时，正值抗日战争爆发，在桂林女子中学任教的李象贤创作话剧剧本《卢沟桥的烽火》，不同凡响。新中国成立后，为全国文艺家协会会员，创作了大量的诗歌、散文、小说等文学作品，并有篆刻、书法、水墨画等。是中国现代的著名诗人、作家、书法家、学者，更是松林李氏中又一位杰出者。

李立才，字，退谷。光绪末年中举人，之后不久科举制废除，考入广东法学堂政治经济科。民国初年毕业，历任施秉、石阡、荔波、瓮安等县知县，很有政绩。家学渊源，饱学之士，能诗能文。民国四年（1915），在瓮安知县任上的李立才编纂《瓮安县志》，至今被学界称道，视为地方志中的典范。民国《开阳县志稿》中录载他的三篇文章，即《重修瓮安昭忠祠记》、《瓮安表忠亭序》、《瓮安县志序》，落款皆为"紫江李退谷"。故乡松林永远在他的心中。

## 六

中进士入川的李立元，所任的成都洋务局提调学务，兼四川留日学生监督仅为一介"芝麻官",既无权,又无钱,纯粹的文职官员。但在清末民初新旧交替时期,对人才培养所作的贡献是不可估量的,远的不说,单说从李立元一脉所出的人才之众,足以令人感佩。《开阳县志稿》在"科贡"一栏中,科举制度废除后,开阳考出的大学毕业生,有一统计表,截前半部分如下:

| |
| --- |
| 李立才,男,广东法学堂政治经济科毕业。 |
| 李立成,男,日本东京帝国大学政治系毕业。 |
| 李伯林,男,日本东京帝国大学政治系毕业。 |
| 李伯壬,男,日本东京帝国大学政治系毕业。 |
| 李仲通,男,日本东京帝国大学政治系毕业。 |
| 江秉乾,男,中国陆军大学第四期毕业。 |
| 钟义(钟诚),男,日本士官学校第十期毕业。 |
| 钟昌颐,男,保定军官学堂毕业。 |
| 李惟果,男,清华大学及美国哥伦比亚大学外交系毕业。 |
| 李惟宁,男,清华大学音乐学院钢琴科及澳大利亚音乐学院毕业。 |
| 李惟远,男,清华大学及美国哥伦比亚大学文学系毕业。 |
| 李惟建,男,清华大学文学系毕业。 |
| 李惟锦,男,中国陆军大学毕业。 |
| 李秉刚,男,北平北京大学文学系毕业。 |
| 李惟益,男,税务大学毕业。 |
| 傅砚农,男,中国陆军大学毕业。 |
| 范萍,男,北平中国大学文史系毕业。 |
| 李懋,女,北平燕京大学文学系毕业。 |
| 李悫,女,北平女子师范大学文学系毕业。 |
| 李忻,男,清华大学文学系毕业。 |
| …… |

此表中的李姓,除前述立才、立成为立元的二弟、三弟,其余皆为立元的儿辈和孙辈。表中立元有三子,长子李慎,字仁辅,号伯任(亦作伯壬),清光绪九年(1883)生于贵阳。早年

随父在成都求学,成都速成师范毕业。1901年以旅川客籍学生赴日本留学。回国后任四川劝业公所科长。辛亥革命后任四川军政府秘书局局员。1914年转任军政府教育科科员。同年参加北洋政府内务总长朱启钤主持的全国第三批县知事(县长)考试并取得合格成绩。1915年经四川巡按使陈廷杰组织考察并报时任国务卿徐世昌批令,称李伯任"明敏著称,始终不懈,政绩突出",特授以佥事(北洋政府中央官署中的中级官员)交部存记,在以后的任职中,官阶虽不高,但多次获中央政府的通令嘉奖。

次子李恂,字仲通,清光绪十年(1884)生于贵阳,其成长求学经历与其兄伯任完全一致,日本留学回国后,1910年四川保路运动前夕,任川路公司董事,后任重庆永川县知事。

三子李恪,字伯林。1904年生于贵阳。随父求学于成都,后赴日本留学于东京帝国大学政治系(《李氏族谱》载为日本早稻田大学理工学院),毕业回国后先后任青岛电话局局长,上海市电话局局长等。

## 七

李立元的孙辈中,第一个走出的是李惟果。光绪二十九年(1903),惟果生于成都,正是祖父李立元在四川为官的时候。1923年,惟果考入清华大学政治系;1927年清华毕业后又公费留学美国,先后获柏克莱大学硕士学位和哥伦比亚大学国际关系学博士学位,素有"贵州才子"之美称。他于1932年回国后任武汉大学文学院教授。

由于李惟果有在美国留学背景以及所学专业、学历等，很快引起国民党高层的重视。于是，1936年，李惟果任国民政府军事委员会委员长侍从室秘书，从此步入政坛军界。

抗日战争时期的李惟果

1945年8月21日，李惟果随国民党要员出席在湖南芷江举行的、代表中国人民抗日战争胜利的"芷江受降仪式"，身份是中国陆军总司令部政治部主任。1945年9月，任国民党中央宣传部部长、行政院秘书长。1971年退休后侨居美国，著书立说，安度晚年。1992年病逝于美国。

## 八

年仅二十岁就考入清华大学的李惟果，无疑做了一个表率，看那"心"字辈兄弟姊妹中，进入清华、北大、北师大的何止一人。先说惟宁，用音乐界的话说，李惟宁是中国近代不可多得的著名作曲家、音乐教育家。光绪三十二年（1906），惟宁也出生于成都。1924年，惟宁考入北京大学音乐传习所，

创作时的李惟宁

毕业后，公费留学，先后在巴黎、维也纳等地音乐学院学习作曲。1935年回国，任上海国立音乐学院院长兼教务主任。1937年秋，抗日战争全面爆发后，特作独唱歌曲《抗战到底》（钱亦石词），成为抗战革命歌曲中的经典。同年由商务印书馆出版李惟宁为配合抗战所创作的《独唱歌集》、《爱国歌集》等，表现了极大的爱国热情，其中的一些歌曲成了久唱不衰的经典名曲。

而最经典的应该是徐志摩（1897—1931）作词（诗）、李惟宁作曲的独唱歌曲《偶然》，不仅久唱不衰，就连词曲的创作过程亦成了脍炙人口的故事。

1926年，著名的浪漫主义诗人徐志摩同新婚不久的陆小曼合写话剧剧本《卞昆冈》，由徐志摩主笔。第五幕里要为剧中瞎子阿明创作一段唱词，于是《偶然》一诗诞生了。

> 我是天空里的一片云，
> 偶然投映在你的波心，
> 你不必讶异，
> 更无须欢喜，
> 在转瞬间消灭了踪影。
> 你我相逢在黑夜的海上，
> 你有你的，我有我的，方向；
> 你记得也好，最好你忘掉，
> 在这交会时互相放的光亮！

松林这家人

剧本的创作尚未完成，徐志摩先将这首《偶然》寄给《晨报副刊·诗镌》。

1926年5月27日清晨，正在北大读书的李惟宁，在北京东安市场旁的一家餐厅用餐时，随手翻阅起桌上当日的《晨报》，当读完《偶然》时，惟宁激动起来了。珠圆玉润的字句诗行，朗朗上口的音韵旋律，点化出一个朦胧而晶莹、小巧而无垠的爱的世界。年轻的音乐家

上海百代公司发行的李惟宁作曲《偶然》唱片

顿时灵感如泉涌，随着诗韵，乐符在胸中跳动，按捺不住了，而身边又无纸笔，只好用手指蘸着桌上的酱油，在报纸上急速地画出一串串的音符，接着也忘了吃早餐，拿着画有音符的报纸，奔跑回宿舍，将心中流淌的旋律记录下来。于是，优美动听的艺术歌曲《偶然》诞生了，并广为传唱，倾倒了那个时代。2016年，人民音乐出版社出版《中国音乐百年作品典藏》，第一卷即收录了《偶然》。

1947年，李惟宁应邀任美国波士顿音乐学院教授。1980年回国定居，已年近八十的他仍在上海、北京、成都等地音乐学院传道授业。1985年，李惟宁走完了他八十年的人生历程，追悼会上没有哀乐，送别他的即是优美舒缓的《偶然》曲。

# 九

珠联璧合的独唱歌曲《偶然》一炮打响后，李惟宁同徐志摩结下了深厚友谊，这给钟爱诗歌的李惟宁四弟李惟建提供了"学志摩"的机会。由于徐志摩同曾获诺贝尔文学奖的印度大诗人泰戈尔是忘年之交，1929年3月，泰戈尔第二次访华时，在徐志摩的引荐下，李惟建结识了他十分崇拜的泰戈尔，之后常有书信往来。这对李惟建的诗歌创作产生了很大的影响。

婚后的李惟建与庐隐

李惟建，光绪三十四年（1908）也出生于成都。1925年惟建考入清华大学西洋文学系。在清华大学读书期间，由于同徐志摩的特殊关系，并受其影响，李惟建成了"新月派"的浪漫主义诗人，用四郎（他前面有惟果、惟远、惟宁三位兄长）作笔名，创作大量的新诗，出版著作有《生命之复活》（诗集）、《影》、《祈祷》等文集。翻译作品集有《英宫外史》、《英国近代诗歌选译》。1934年，在成都创办《大华报》，出版《惟建的漫谈》、《相思草》。翻译美国作家柯相的《四川军阀》、《爱俪儿》等。他还是中国第一个英译《杜甫诗歌四十首》的人。

才华横溢的李惟建初登中国文坛，即令人感叹，而更让人震惊的是他与庐隐的那桩婚事。

松林这家人

徐志摩致李惟建书信手迹

庐隐（1898—1934），原名黄淑仪，又名黄英，福建闽侯县人。庐隐与谢冰心、林徽因齐名，并称"福州三大才女"。1919年考入北京女子高等师范学院国文部，自幼喜欢文学的庐隐，在这里阅读了大量进步的文学作品，经常参加群众性集会和游行活动，被推为"女高师"的学生代表，积极参与由茅盾、郑振铎等人发起的"文学研究会"的活动。1921年2月，在茅盾主编的《小说月报》上发表其处女作《一个著作家》，才华初露，因此成了"文学研究会"成立时唯一的女性作家。这之后一发不可收，陆续发表了小说《海滨故人》、《曼丽》、《归雁》、《象牙戒指》、《云鸥情书集》（与李惟建的来往情书选）、《灵海潮汐》、《玫瑰的刺》、《女人的心》、《庐隐自传》、《东京小品》、《火焰》等，可谓年轻的高产女作家。

1921年，由郑振铎、茅盾、周作人、叶圣陶等人发起的"文学研究会"，在朱启钤建造于中央公园（今中山公园）内的来今雨轩召开成立大会时留影，庐隐是唯一的女作家（前排居中者为庐隐）

1928年春天，庐隐同李惟建在北平偶然相遇，从相遇、相识、相知、相爱到成婚，这一路走来，犹如逆水行舟，何等艰辛。因为，当时的庐隐29岁，已是著名作家，带着年幼的女儿寡居生活。而李惟建只是清华大学西洋文学系21岁的学生。年龄的差距，社会地位的悬殊，生活经历的天壤之别，等等，并没有成为他们相爱的障碍，他们顶着家庭亲友的强烈反对，尤其是社会舆论的巨大压力，于1929年春，义无反顾地走到了一起。庐在《自传》中写道，"不因执着悲哀了，我要重新建造我的生命，我要换个方向生活，有了这种决心，所以什么礼教，什么社会的讥弹，都从我手里打得粉碎了"，"让我们放下人间一切的负荷，尽量地享受和谐的果实吧"。

1930年，李惟建携庐隐东渡日本，想获得一段安宁的日子，享受漫游、读书、写作的快乐。哪知时局动荡、日本物价飞涨，他们难以度日，只好回国。1931年，在杭州西湖畔生了他们唯一的女儿，为了纪念那次难忘的东游，他们给女儿取名为"瀛仙"（后更为恕先）。在杭州居住一段时间后，又迁居上海，任上海中华书局的编辑。后来徐志摩给李惟建的一封信中所说的"得书借知，诗侣（指惟建和庐隐）已自西湖迁回沪上"，指的就是此事。

1934年5月，庐隐生孩子难产，被一庸医误施手术，酿成悲剧，夺去了庐隐三十五岁的宝贵生命。1935年，李惟建带着女儿离开令他伤心的上海，回到了成都。曾任光华大学总务长、四川省参议员。新中国成立后，任四川省文史研究馆馆员、四川省政协委员。

十

李惟建与庐隐凄美动人的爱情故事，与同时代的鲁迅与许广平、徐志摩与陆小曼、郁达夫与王映霞、沈从文与张兆和等人的故事一样成了中国文坛佳话，至今还被人们津津乐道。这是松林的骄傲!

松林李氏走出的人物何止这些，现存于开阳鼎兆村的李氏家族两通墓碑，正是1917年赋闲后的李立元回乡所立。一为李氏入黔迁居松林的二世祖李珍墓碑，一为五世祖妣李母何氏（李若琳之母）墓碑。两通墓碑的"奉祀者"皆为孙、曾孙、弦孙等辈。而这群"孙辈"人物在《李氏族谱》都有明确的记载，均为品学兼优的人才。有学者做过统计，仅从清末民初至解放初期，五十年左右的时间这群"孙字辈"（包括本文前面已叙述过的）进入中国名牌大学的就有20位之多。即：北京大学2人，清华大学5人，燕京大学1人，黄埔军校2人，北平民国学院1人，北平女子师范大学1人，上海同济大学1人，南京金陵大学1人，税务大学1人，上海大夏大学1人，广州中山医学院1人，贵州大学2人，华北革命大学1人。这20人中又有公费出国留学者8人，即留日4人，留美3人，留法1人。20人中毕业于燕京大学文学系的李懋和毕业于女师大的李恧，可谓时代女子中的佼佼者。1934年考入燕大的李懋即在报刊上发表《从贵州出来》，以文学的手法真实地记录了民国时期，贵州出省进京艰难的交通状况。行文至此，我想到了民国初年的一副名联：

世上几百年老家无非积德，
天下第一等好事还是读书。

此联莫不是为松林这一家题撰的!

松林这家人

## 旅行記

### 從貴州出來

李慙

贵州的四周和境内都是山峰起伏，没有大江可以通轮船，也没有火车。近年来虽然修了几条公路，但都是片片断断的。汽车不能直达，而且本省的车也很有限。旅行的人几乎完全是靠轿子作唯一的交通工具。我离开贵阳，一直坐了十五天的轿子才到广西的宜山，从宜山坐两天帆船到柳州，从柳州南天长途汽車到南宁，再来到梧州一星期的電船，·再由梧州到香港到廣州。

不特从贵阳到广州这样麻烦，就是从北路走重庆或是东向到湖南，都是一樣的需费時日。因為交通端不方便，贵州人出来轻商和求学的都非常困難。本省没有大學，中學畢業的人出外升學，多半是一走就是五六年以上才回家一次。因為途程太遠太難走，而且山中盜匪出沒，大幫的行人常常要請兵隊護送，隻身來往的人尤其甚學生，我恐怕沒有。

贵州有句俗話：「天無三日晴，地無三尺平，人無三兩銀。」真的，那裏是常常下雨；一出家門就看見滿目的山；交通阻塞，土地貧瘠，人民窮困。再加上連年兵雖內戰水旱的災，害捐雜稅的重擔，老百姓真是被括到一貧如洗。

在多雨多山不安靖的地方作长途旅行，郭樹瑞苦真是一言難盡。每天絕早天衆大明就起来趕路；因為每隔六七十里或七八十里的地方才做一樓路；到梭的地方才有人烟，才是旅客寄宿的地方。不能隨便愛多走就多走幾里，愛早休息就早休息的。所以有時因大雨或別的事阻碍了時間，就将在黑夜里走路。路上是没有人家，常然也没有灯火。早夜趕路時我們要自己點着煤油燈。所謂「披星戴月」的

——27——

李憨《从贵州出来》片段

# 乃文乃武龙声洋

## 一

行伍出身任开州知州的为数不多，龙声洋算一个。文武兼备任开州知州的则更少，龙声洋亦算一个。

龙声洋，字海生，四川金堂县（今成都市金堂县人），以廪生（秀才中的优等）起家，投笔从戎，因军功赏顶戴花翎，后转任地方官，以知府用，授贵州贵阳府开州知州，于"咸同战乱"平息后的同治十年（1871）到任。

## 二

下车伊始，龙声洋面对的是战争留下的一片废墟的开州城，"大难初平，流亡未尽复，庐舍邱墟，田亩荒芜，官署祠庙，更少存留"（《开阳县志稿》语，如下引文皆出于此）。战乱中，何得胜两次攻破开州城，州民死亡出逃者不计其数，十室九空，原先两千多户人家的州城仅存二十余户，州衙署、庙宇、祠堂、学舍等被焚毁，城墙多处被推倒，城门四道无一完好。满目疮痍，怎么办？龙声洋"以创造精神，披荆斩棘，经纶草昧，一面抚绥安辑，抑强锄暴，俾流离失所之众，念乡土而乐归来"。

为了收拾残局，医治战争创伤，他创造性地设置了"善后局"，特聘请在平乱战争中战功赫赫的佘士举"董其事"，聘请有声望能服众的士绅数人，组成善后局工作组，在全州（县）范围开展普查清理登记，清理战乱中的幸存者、出逃他乡者、死亡者以及成了何得胜手下"匪贼"者等情况，依据实情制定政策规章，严历杜绝"影射假冒，区分经界，使息争端。量地肥瘠，分则科赋，验核契证，发给执照，俾真正业主，得资为世守"。

鉴于开州是"咸同战乱"重灾区，尤其是老百姓遭杀戮最惨，今能复业者太少，龙知州特上书"大府"（省府），请求无偿支持能复业、能耕种者以耕牛、种子等急需品，并且缓收或者减免其赋税。同时请求准许从邻近省份移民至开州，同享上述惠民之策。"于是邻省之民，多闻风而乐耕于其野矣"。一时间，从龙声洋家乡四川的来者众多。这也是如今开阳祖籍四川人居多的原因之一。

三

他还强烈地意识到，持续的战争之后，必有疫情灾害发生，开阳又是有名的"蛮烟瘴雨"之地，加上死亡过多，毫无防疫措施，暴发疫情灾害的可能性极大。于是特专函敦请四川老家的好友、名医范至诚（名品端，号章甫）至开州城，开设诊所，悬壶济世。范至诚举家迁往开州城。凡来就诊者无不应手立愈。范至诚还献出祖传秘方，龙声洋命人照方抓药购药，制成成品，"以愈民之既病，复多贴文告，亲为演讲，教民以食无过饱，睡无过多，洗浴清洁，预防为主"。关心备至，体贴入微，父母爱儿女也不过如此。

由于州衙遭毁，龙声洋到任已两年了，还在简陋的大堂里办公，在低洼狭窄的房屋里居住。龙声洋到任后，首先带头捐银将学宫、文庙、武庙修复，其次修复城隍庙及四门城楼、遭毁坏的城墙，最后才修复州衙署。他认为，近二十年的战乱，开阳灾难深重，急需的是思想文化的重建，"俾师儒感教化，戢强顽，劫后遗民，重新视听，凡此皆为政之要务"。

在医治战争创伤的同时，必须抓经济的发展，龙声洋调查清楚了"州西境白马洞者，富朱砂水银矿产，承平时，地方之富庶繁荣，基于是。大乱后停开，公以贷弃于地为可惜，为开人谋久远福利计，慨以私财钜万，鸠工开掘"。后因开采技术不精，洞下挖出了水而停开，但龙声洋惠民爱民之心，是令开阳人感动的。

## 四

龙声洋为政令人感佩，他作文亦叫人称绝，试看民国《开阳县志稿》上录载他的两则短文。

### 柳一轩跋

轩以柳名，为柳记也。何为柳记？当兵燹迭经之后，凡城中之所有，举为灰烬，而此树独如鲁国灵光。特惜其托根于断梗荒榛，垂荫于残砖毁瓦。因加铲刈，构厅事而置轩焉。用以纳清风，延素月，怀叔夜之高标，契渊明之介节，则一夔已足。因不必其多云。

### 花半径跋

物有奇必有偶。额于左者既命以柳一轩矣，额于右者，独不可曰花三径乎？然三径之宽，何止一亩？兹则未能一亩，地限之也。且古人半面之妆，有不失为佳丽者，惟就六半乎径之三。而莳以静气之兰，虚心之竹，菊如人淡，梅比我疏，相赏于政简刑清间。日思过半矣，亦宜。

这两篇精美的小品文，落款时间为"同治甲戌小阳月"即同治十三年（1874）十月，这是龙声洋任开州知州第三个年头。在修复州衙署时，"城中之所有举为灰烬"，他却在残砖毁瓦狼藉一片中，望见柳树一株，"托根于断梗荒榛，垂荫于残砖毁瓦"，清风徐拂，婀娜多姿。这实在令作者感慨万端，犹如"鲁国灵光"，给人以战胜困难的力量，给人以百倍之信心。于是，他便在柳树旁建造小亭一座，名曰：柳一轩，"用以纳清风，延素月"，像魏晋名士山涛赞嵇康（字叔夜）那样，"叔夜之为人也，岩岩若孤松之独立，其醉也，巍峨若玉山之将崩"。或者如陶渊明一般，"结庐在人境，而无车马喧。问君何能尔，心远地自偏"。奇思妙想，托物言志，令人油然而生感佩。

大堂之左为"柳一轩"，一亭翼然。大堂之右为"花半径"，花园一方，不足一亩。没关系，古人尚能"半面之妆，有不失为佳丽者"，花园不足一亩又何妨，只要种植上梅、兰、竹、菊，能"相赏于政简刑清间"即可。梅、兰、竹、菊花中四君子，分别为傲、幽、坚、淡四种人格品质的象征，清华其外，淡泊其中，自强不息，绝不作媚世之态。其实就是龙声洋所崇拜的嵇叔夜、陶渊明等中国一等文人之品质。作为知州的龙声洋，面对一片废墟的开州城，竟有如此的高雅与浪漫，这是何等情怀！

## 五

龙声洋不仅是文章高手，其书法亦佳。在柳一轩等处题有对联："客好自殷悬榻待，时平休艳着鞭先"、"遇士反嫌单说项，愿人同体四心知"，等等。《开阳县志稿》评价说，"字为平原体，飞舞遒劲，道径芳古，毫走龙蛇"。只可惜"柳一轩"、"花半径"及其书法作品均未能留至今天。

光绪三年（1877），龙声洋调离开州，老百姓为他立功德碑："至公之宅心仁、守己廉，奖善疾恶，听断明敏，治事勤慎，则由公之修养有素，用能奏绩于草昧之余，而循声卓著也"。

乃文乃武的龙声洋，即如此这般地被开阳人记住了。

乃文乃武龙声洋

# 山长堂长何庆松

又到快下，在寨子后山漫步时，看到路旁新迁不久的何庆松坟墓。该墓属县级文物保护，在原址时我看过，在开阳城南门外。因建设之需，原址征用，无可厚非，况且对何庆松来说，回到快下，算是落叶归根了。

说到何庆松，不能不想到开阳教育史，回望一百二十年前在那个新旧碰撞、缠绞、交替的非常时期，开阳书院最后一任山长和开阳学堂最初一任堂长，新旧之职，竟由举人出身的何庆松从从容容地由此及彼、吐故纳新，令人感佩万分。

何庆松，自号砚香，进士何庆恩之胞弟，生于清同治十一年（1872），正是家乡开阳从"咸同战乱"中挣脱，迎来一段和平安宁的时期。他是快下何人凤后人中又一位杰出者。由于家学渊源，何庆松自幼饱读诗书，能诗能文，与年长他两岁的同乡钟昌祚被称为开阳的"神童"。光绪二十年（1894），何庆松考中举人，二十一年（1895）春，进京参加乙未科的进士考试。就在何庆松他们考试完毕、等待发榜期间，清朝政府与日本国签署《马关条约》的消息传至北京城，这群在京应试的举子们震怒了。《马关条约》纯属一个丧权辱国的不平等条约，就因为前一年（1894）的中日甲午战争，中国战败了，中国割让台湾岛和辽东半岛给日本，并赔款白银两亿两。台湾籍应试举子闻之失声痛哭。于是，1895年4月22日，康有为写下了一万八千字的"上光绪皇帝书"，为民请愿。十八个省（清末中国的行政区划）一千三百多名在京应试的举人积极响应，纷纷在"上书"上签名（现存上书的题名录共计603人）。贵州有95名举人签名，何庆松在95人中名列前茅。5月2日，康有为、梁启超（同为当年的应试者）率领所有签名举人，与千余北京市民聚集于"都察院"大门前，请求代向光绪皇帝上"奏书"。这，即是中国近代历史上著名的"公车上书"，从此拉开了"戊戌变法"的序幕，是主张变法的维新派登上历史舞台的标志，也是中国老百姓直接参与政治运动的开端。年轻的何庆松活跃的身影永远留在了这场运动中，为他日后服务桑梓注入了全新的思维观念。

在何庆松参加的会试中，他落第了，而他没有气馁，又接连参加了两届，还是落第了。由于他的举人身份，他获得了直隶（北京周边州、县，今属天津)候选知县的资格，但何庆松没在直隶"候选"，而是回到了家乡开阳，以"传道授业"为己任，主讲开阳书院，随即出任开阳书院山长。这一年即光绪二十六年（1900），清王朝已近尾声。

"山长"这个称谓挺有意思，听起来野趣十足，是官职，但又幽默地表示出对官场级别、爵位的不在意，自谦中透着自傲。山长一职不是一般人能胜任的，非品学兼优的才俊不可。开阳办书院的历史不算长，明末建州之初，开州学附于敷勇卫(修文县)，康熙二十六年（1687），开阳始有州学。于开阳城东原大觉寺旧址建东皋书院。嘉庆十五年（1810），时任知州吕柱石迁建东皋书院于州署右，鳌山下，即今开阳一小校址。因为其地"旧有文昌宫，地势高爽，便于开拓"，并改东皋书院为开阳书院。"经时未久，州人士惑于形家（风水师）言，以书院地对向治，宜易名以应吉祥"（《开阳志稿》语），即改开阳书院为"三台书院"。咸同战乱，书院被毁，光绪初年，知州胡璧重建书院，恢复旧名，仍称"开阳书院"。二十多年后，何庆松出任开阳书院山长，竟然成了末代山长。

在"公车上书"运动的背后，有一位领袖人物未曾露面，用梁启超的话说："二品以上大臣言新政者，一人而已"，这一人是谁呢？即何庆松的堂表兄、梁启超的大舅哥李端棻。光绪二十二年（1896）五月，李端棻以工部侍郎的身份上《请推广学校折》，建议在全国实行教育体制改革，"变法之本在育才，人才之兴在办学"，建议在京城建"京师大学堂"，各省、州、县将各级各类书院改建为相应的大学堂、中学堂和小学堂。此建议得到一心想变法图强的光绪皇帝的高度认可，两年后逐一付诸实施。因此，《请推广学校折》成为中国近代教育史上的纲领性文件，成为"戊戌变法"中教育改革的指导方针，李端棻也因此成为中国近代教育之父。光绪二十四年（1898），光绪皇帝鉴于李端棻"戊戌变法"中的卓越贡献，擢升他为礼部尚书（相当于主管科技、文化、教育的国务院副总理）。这一年，京师大学建立，1912年京师大学堂更名为北京大学，直至今天。

李端棻支持的"戊戌变法"只进行了100天，故称"百日维新"，最终以失败告终。光绪二十八年（1902）八月，慈禧太后将光绪皇帝囚禁于颐和园的瀛台，将谭嗣同等"戊戌六君子"杀害于京城宣武门外菜市口。李端棻以"保荐匪人"之罪被革职，并流放新疆。由兵丁押解离京，行至甘州（今张掖），李端棻病倒了，留甘州治疗。光绪二十七年（1901），因年老病弱，李端棻被特赦回原籍贵阳，时年六十八岁。回籍后受聘主持贵阳经世学堂讲席。何庆松回到开阳出任开阳书院山长，也正是在这一年初春。变法失败了，但李端棻倡导的教育体制改革并没有停止，仍在进行中。这一年，清政府下令各省、州、县，改组各级书院为大学堂、中学堂和小学堂。

政令初至，相对闭塞的开阳风气未开，对书院改为学堂大都持观望态度，理解不到位。而此时，即将被革除"山长"的何庆松又是如何想的呢？不用说，他定然以堂表兄李端棻为榜样，回到贵阳后的李端棻不顾年迈，挫而弥坚，不但主讲贵阳经世学堂，还在筹建贵阳师范学堂，创建贵阳中学堂（今贵阳一中），正在实践他的教育改革的理论。于是，光绪二十八年（1902），何庆松欣然接受了时任知州张键委任的"开阳学堂"首任堂长之职，开阳新式教育在何庆松执掌下，扬帆起航了。

宣统二年（1910），开州首次举行城厢议事会和董事会选举，何庆松当选议事会议长。这是贵州最早的州、厅、县级民众选举的民意机构，开民主之先。其实，这是对"山长堂长何庆松"的高度认可。

1920年，何庆松病逝于开阳，被安葬于县城南门外校场坝，即我见过的原址。

开阳城南门外原址上的何庆松墓

# 气贯长虹钟昌祚

乖西山下，一片平地中有一丘，名曰赖陵，离双流镇政府不远，即在公路边。这是一个在地图上找不到的小地方，但却接纳了一个大人物——气贯长虹的钟昌祚。

"他日有为国家民族牺牲的机会，决不怜惜自己生命而苟活。以天地复载之身，报答亿万百姓，可谓值得，区区小我，何必怜惜！"

开州钟昌祚

百多年前，钟昌祚留学日本时，一次演讲时如是说。这绝非慷慨说辞，而是钟昌祚坚定的革命信念。

钟昌祚，名元黄，字锡周，后改玉山。清同治九年（1870）生于贵阳府开州（开阳）乖西永兴场（开阳双流镇），虽为诗书传家之望族，但钟昌祚出生时，其家道中落，幼时的钟昌祚由其父钟鸿渐亲自教授，饱读诗书，博览群经，与同乡的何庆松一起

被誉为神童，后肄业于开阳书院。后为州廪贡生（即由州县推荐升入国子监肄业的秀才）。

清光绪二十年（1894），开一代风气的天津人严修任贵州学政，在省城贵阳开设经世学堂，命各府、州、县选拔青年才俊，入经世学堂读书。开州知州陈惟彦特别推荐了已是贡生的钟昌祚，后在全省推荐出的四十名才俊中，钟昌祚在入学考试时考了第一名，位列榜首。在省城贵阳的经世学堂读书期间，钟昌祚遇到了影响他一生的老师李端棻。

李端棻（1833—1907），字苾园，贵阳人，清同治二年（1863）中进士，历任学政、刑部侍郎、礼部尚书等职。光绪二十二年（1896）疏请建立京师大学堂，后改为北京大学。因此，李端棻即为北京大学的创始人。"戊戌变法"前，李端棻向光绪皇帝举荐康有为、谭嗣同、梁启超等人，积极支持变法。百日维新期间，李端棻深得光绪皇帝信任，被破格擢升礼部尚书。戊戌变法失败后，光绪皇帝遭慈禧太后软禁，李端棻被贬流放新疆。光绪二十七年（1901），年已六十八岁的李端棻赦归原籍贵阳，受严修之骋主讲经世学堂。此时的李端棻老而弥坚，仍坚持维新思想，以开化风气为己任。课堂上，李端棻以"卢梭论"为题，教学生作文，只读"四书五经"的学生自然莫名其妙，他便叫学生抄梁启超等人编的《新民丛报》上所载的《卢梭传》，限三日交卷。这其实是在传播西方的新思想。他还常召集学生到他的私宅，向学生讲述孟德斯鸠的"三权鼎立论"、达尔文的"进化论"、赫胥黎的"天演论"等。这些对成长中的钟昌祚世界观的形成至关重要，钟昌祚立下了拯救国家危亡的宏志。同学在一起议论时，钟昌祚曾说过："中国不出十年必有大革命，而革命非用武力不可！"

因此，钟昌祚由经世学堂转入了刚刚兴办的贵州武备学堂（后为陆军小学堂，即今贵州省军区所在地），学习军事。光绪二十八年（1902），武备学堂毕业的钟昌祚被分配到了兴义管带刘官礼（刘显世之父）部管理军务。作为一名下级军官，他与士卒同甘共苦，赏罚严明，深得士卒爱戴。他常感到军人文化知识的欠缺，有勇无谋，这样的军队是不能打胜仗的。于是他又甘作文化教员，教士兵学文化，自编白话韵文军歌，提高士气。他还把在老师李端棻那里学到维新变法的新思想向士兵们讲授。但是，由于钟昌祚的言行与刘官礼父子旨趣不合，故钟昌祚辞职去任，离开了兴义。光绪三十一年（1905），钟昌祚作为官派到日本留学。

初到日本，钟昌祚入早稻田大学攻读法政，这期间，由于有杨度等人的引见，终于结识了从老师李端棻当年的讲述中知道的康有为，一见如故。他们常在一起集会纵论时势。因为康有为等人的影响，钟昌祚的革命思想越发成熟。光绪三十三年（1907），钟昌祚回国，在北京任西警厅警官。同年九月，钟昌祚祖父去世，他丁忧回籍。回到开阳的他当即受聘为开阳劝学所总董。

宣统元年（1909），钟昌祚以廪贡生举孝廉方正（贡举的一种，由地方官保举，经吏部考察，任用为州县教职等官，是赐进士的一种）。此时，正是一场大变革爆发的前夕，"黑夜难明赤县天"，尤其是开阳，地处偏远，民生凋敝，一片荒凉，这一切的总根源即在教育的落后，钟昌祚看在眼里、急在心里，必须改变！他在任开阳劝学所总董期间，除了办好县城的开阳高等小学堂，还增设半日学堂于乡镇，令读不起书的农民子弟每天抽出半天听讲上课，家长抽时间旁听旁学。他开了扫除农村文盲之先河。

他常竹笠芒履，身着短衣，进村入户，劝人读书。每逢场期（赶场天），他在州署前（今县城百货大楼处），手持铜铃摇动，聚集行人，然后他立于高处宣讲，大讲读书之好，痛陈国危之忧。或行至乡间，途中见行人稍多，便于囊中取出摇铃，聚众宣讲，娓娓动人，听者无不欢呼雀跃。不知者便道：莫非卖药先生乎？他闻之答道：不错不错，我这个药能医治国家民族的危亡哩！

光绪三十三年（1907）十月，由钟昌祚、张百麟、周培艺、钟振玉、胡刚等三十余人发起组织的贵州自治学社（又称自治党或自治派），钟昌祚被推为会长。学社为孙中山领导的同盟会在贵州之支系，孙中山接纳该会会员为同盟会会员，担负起组织领导贵州革命之重任。自治学社广结同志，组织分社，遍及全省，拥有会员十余万人。学社办报刊《西南日报》、《自治学社杂志》，钟昌祚任社长，积极宣传革命。学社创立法政学堂，钟昌祚任堂长，法政学堂设有法官养成所、自治研究所、司法讲习所、监狱专修科等。学社建议贵阳巡警道贺国昌开办贫民工厂，收容乞丐、游民二百余人。钟昌祚亲率贫民工厂人员从事修沟、清道、运输、种菜、编织、制笔等劳动。又组织妇女习艺所，除习艺外，还读书学习文化知识等，这些社会公益事业，在当时产生了非常大的影响。至今还能读到钟昌祚亲撰的《黔垣疏通沟洫碑记》、《警务工厂碑记》、《贵州省城慈善会救护幼女所劝业女工厂创办周年碑记》等文章。

清宣统三年（1911），孙中山领导的"辛亥革命"爆发了，封建王朝在中国两千多年的统治结束了，伟大的新时代开始了。

1911年11月4日（辛亥年九月十四日），贵州继湖北、湖南、陕西、江西、云南之后，兵不血刃，建立了大汉军政府。贵州大汉军政府设都督府、行政院、枢密院三大机构掌全省军政大权，自治学社的领导人之一的张百麟为枢秘院院长；宪政派主要负责人任可澄为副院长；杨尽诚为都督；周培艺（素园）为行政总理。但是，三个月后的1912年2月2日（辛亥年十二月十五日），宪政预备会发动了"二二"反革命政变，以自治学社成员为主的"贵州大汉军政府"垮台了，军政府主要领导或仓皇逃亡省外，或被杀害。

辛亥革命前，贵州除了钟昌祚、张百麟等人成立的自治学社，还有另外一个重要政治团体——宪政预备会。该团体是由地方绅士、社会名流、上层知识分子组成，被称为"贵族派"或"立宪党"。宪政预备会主张中国实行君主立宪制，不推翻皇帝，只实行改良。因此，该会与清政府保持着紧密的联系，与自治学社的主张背道而驰。辛亥年十月十日武昌首义后，宪政派领导人之一的任可澄即向贵州末代巡抚沈瑜庆建议，调时任靖边正营管带及兴义团防总局局董的刘显世率兵五百人入省城护卫。一个月后，贵州"光复"，任可澄转又为大汉军政府的核心人物之一。

气贯长虹钟昌祚

对于宪政派这一强大的对手，已经夺取贵州军政大权的革命党自治学社采取宽大怀柔政策，允许宪政党人进入新生政权的核心层，占据了大汉军政府的许多重要位置。这是自治学社失败的根本原因。

"二二"政变，宪政派为了达到彻底消灭贵州的自治学社革命党人的目的，特别致电云南都督蔡锷，请求"代定黔乱"，正中蔡锷欲霸西南之下怀。1912年3月3日，滇军入黔，围攻贵阳自治学社、革命党领袖和贵州新军士兵、贵州陆军小学学生等一千五百余人惨遭杀害，血流成河，贵阳城里的螺蛳山成了"摞尸山"、"万人坑"，惨不忍睹。

此时，钟昌祚不在贵阳。1911年的夏季，钟昌祚代表《西南日报》到北京参加全国报界联合会，并在南京、上海等地为革命奔忙着。11月4日，辛亥革命在贵州取得胜利时，钟昌祚虽然不在贵州，但仍被推举为贵州大汉军政府代表，中华民国临时参议员。1912年"二二"政变时，钟昌祚正在南京，获悉后，心急如焚，于2月3日，与刘荣勋、安健从上海取道香港，再从越南入昆明。2月7日面见蔡锷，恳请取消"出兵贵州，代定黔乱"的决定。2月9日在昆明《民报》上，钟昌祚发表《至滇都督蔡锷书》，揭露贵州宪政党人祸黔扼杀革命之罪恶，请求蔡锷北伐时改道入川，不要惊扰贵州。

1912 年 3 月，贵州宪政党人乞师云南，唐继尧率滇军入黔夺取政权。4 月，唐继尧任贵州都督后首要任务是镇压自治派。于是，钟昌祚被杀害于安顺，许阁书被杀害于开阳龙岗镇，等等，图中居中着戎装者为唐继光。

　　钟昌祚的文章在昆明见报日，滇军已入黔境数日了。钟昌祚还是幻想着能劝说滇军停止进军贵州。2 月 25 日，钟昌祚、刘荣勋、安健三人追随滇军到达贵州郎岱。此时贵州形势更险恶了，宪政党重金收买刺客已杀害了大汉军政府贵州巡防军总统黄泽霖（自治学社成员）、大汉军政府卫队管带彭乐坤等，大汉军政府枢密院院长张百麟藏匿幸免于难，后逃往上海。这一切并未吓倒钟昌祚，在刘荣勋、安健都滞留于郎岱的情况下，钟昌祚仍坚持追随滇军，于 3 月 4 日抵达安顺。其实滇军已于前一日即 3 月 3 日血洗了贵阳城。到达安顺的钟昌祚又写了《行抵安顺致蔡锷书》，仍然希望"若能冒险调停，万一如愿以偿，少致流血，亦所大快"。一切都太晚了。在钟昌祚到达安顺的第四天，即1912年3月8日，已被宪政派收买的安顺管带张卓清率兵十余人，将钟昌祚押到安顺城东门外牛场坝杀害。行刑前，钟昌祚向北长叩，拜别老母，然后盘脚坐地，从容长叹道：

"我竭我智，我尽力矣！恨不死于革命未成功时，而死于民国成立之后，夫复何言！"

钟昌祚牺牲后，由其法政学堂的学生开阳人宋元明亲赴安顺冒险含殓，扶柩回乡，葬于故乡双流之赖陵。民国二年（1913），民国政府追赠钟昌祚为陆军少将。民国十八年（1921）再度表彰。平刚题写"钟先烈昌祚墓"。现为省级文物保护单位。

青山有幸埋忠骨，赖陵，成了人们不能忘怀的地方。

### 钟昌祚《致滇都督蔡锷书》

旅滇贵州国民一分子钟元黄，为传闻滋疑，敢代八百万黔人请命，谨上书大都督麾下：窃维滇黔两省，唇齿相依，在中国念余省中，素称贫瘠，而两省中，又以黔省为最。此次两省反正，闻滇军政府念唇齿之谊，以黔协款无着，内治维艰，慨助黔军政府军饷三万元，枪械一千支，子弹五十万颗。此等义举，不特黔省全体人民感激涕涕，即元黄闻之，亦不胜望风拜首，咸激涕下矣。乃数日以来，传闻种种，有谓此项军械，非赠黔军，系赠兴义刘显治家者，故有兴义已先运去一百支之说。有谓非赠刘氏，实赠黔军，特刘氏传说，谓黔军枢密院长张石麟有意劫取，故不由大道运送，而取道兴义之说，传闻如此，元黄不胜滋疑。夫，此项军械，乃滇军政府公物，万无赠给私人之理。前说当然不确，惟云张石麟有意劫取。则张非黔军政府枢密院长乎？既赠黔军之械，黔军政府之重要人，不名正受之，而反劫取之，有是理乎？果欲劫取之，则滇军不赠可也，而又云兴义运去，大道不保，兴义转可保乎？兴义可保，兴义以下又安能保乎？由此以推，则此等传说，直系刘氏欲争权夺势，而巧取此项军械利用之，以推翻黔军，而遂其图伯之欲耳，此则传说之疑者一也。又闻此次滇军北伐队，先本取道川省，后因刘氏于中要求，始改道黔省，以为借滇军便道，平治黔匪，此说更觉可骇。夫，黔有匪无匪，元黄不敢妄揣，反正后之抢劫与反正前之抢劫，比较如何，元黄亦不敢臆断，惟即云黔省果然有匪，黔军力不能及，不知滇军曾电询之否？黔军曾有复电否？黔即有电，此电究公允确实否？若仅据刘氏一面之传说，则恐系党人争势，借滇势力以扑灭黔军耳。盖黔人之有两党，数年来，欲兴革命党狱，演杀人惨剧者，已非一次矣，此则元黄之疑而且骇者又一也。总之，滇黔两省，唇齿相依，利害相系，滇既义助黔人军械，则当使黔人实受其赐，而不当使一二跋扈贵族利用之。滇军果能举行北伐，则当使满虏扫除，俾民国政府早日统一，而不当为党人利用，妄杀同胞，挑动战祸。此等传说不实则亦已耳。如果属实，恐助黔而反令黔乱，安黔而反令黔危，枪声一举，盗贼乘机，七八百万黔人之生命财产，从兹灰烬，以两党人之争权夺势，竟不恤黔人之无辜受殃，抑可惨矣。元黄自沪旅滇，数日以来，闻之同乡，不胜忧疑，不胜惶恐。谨冒死泣血上书，伏祈都督洞鉴，迅电维持，免开战端，则黔省幸甚，民国幸甚。

录自《开阳县志稿·艺文》

气贯长虹钟昌祚

# 革命诗人许阁书

一百多年前那场以失败而告终的辛亥革命，总让我想到从开阳走出的两个人物、两个为辛亥革命献出宝贵生命的革命英烈，一位是前文所述的钟昌祚，另一位是钟昌祚的学生兼战友许阁书。

许阁书，名嘉绩，又名禄中，号阁书，清光绪十一年（1885）出生于贵阳府开州信里上牌庄园，即

许阁书墓位于开阳龙岗镇千洞坡

今开阳县高寨乡新寨村。许阁书可谓名门之后，其远祖许德全江南（江苏）人。元至正十七年（1357），许德全在扬州归附吴国公朱元璋。元至正二十年（1360）春，许德全随常遇春攻打杭州而阵亡，赠明威将军，佥指挥使司事。朱元璋坐镇南京后，许德全之子许祐因入黔平蛮有功，受封明威将军，并世袭。许祐为许氏一族的入黔始祖。明末，许祐后人许成名任贵州总兵，平定水

西安帮彦、水东宋万化叛乱后，因年事已高，朝廷准予告归，卒后葬贵阳太慈桥。由于南明朝廷迁至贵州安龙，许成名之子许尽忠官至前军都督府署右都督，加九级，钦命太子少保，佩长宁将军印，诰封光禄大夫。许尽忠之子许延禧，除袭任其父之职而外，特授锦衣卫指挥同知（锦衣卫明代朝廷设立的特务机构）赠昭义将军。永历十五年（1661），南明永历王朝被吴三桂灭掉后，中国完全是清朝满族人的天下了，许延禧成了明王朝的末代锦衣卫指挥同知，只得隐居开州信里上牌庄园，也因此许延禧即为许阁书的直系祖先。许阁书有《三月某日祭先人墓有怀》一诗：

> 先人墓在黔城东，古径苍茫夕照中。
> 魂返故关悲道黑，泪随残蜡染巾红。
> 山川有意常为帏，桃李含愁怕惹风。
> 久别亲闱思不尽，那堪归路踏芳丛。

许阁书的祖上隐居于开阳高寨，并未如其他南明王朝旧臣"不甘投清，潜踪此土，以死以葬"，后人亦无迹可寻。相反许氏一族在清朝也是有声有色地生活着。清乾隆三十九年（1774），许延禧后人许有信（许璜），由于经营朱砂水银有方，往来于黔桂两地，获资甚巨，富甲一方，努力为善，筹资一千七百余两白银，始建石桥一座于南贡河上，维修扩建两岸古道四百六十余丈，同时打通了经羊场、新寨、鲁朗、谷光、古林、过南贡河、脚盆坡、顶坝达开州城的通道。这在当时是了不起的善举，更是表明其经济实力。时任开州知州屈曾发因感动而为此事撰序，镌刻于石桥一侧之石壁上，今尚可见。如此善举，必有善报，许有信之子许联芳高中乾隆甲午科武举人，成为开阳科举中二十五名武举人之一。许有信寿享耄耋，寿终正寝。如今南贡河上尚存石桥残桥一洞，古遗道数十米。当地人仍称"许家桥"。

许阁书在他的《过南贡河》一诗中写道：

> 南贡连天水，滔滔不断流。
> 猿猱啼两岸，鸥鹭傍孤舟。
> 山径高应险，危桥迹尚留。
> 偷闲始有日，垂钓浅滩头。

"危桥迹尚留"中的"危桥"即指许阁书祖先许有信建的"许家桥"。

许阁书之父许灿先，曾考中秀才，但英年早逝。其母许马氏，守节三十二年，抚养阁书与其兄嘉谟（许申之）成长。《开阳县志稿》载，宣统二年（1910），开州知州刘贞安特为此请旌，予以表彰许马氏。

阁书自幼聪明好学，诗文俱佳，不到二十岁即由开州州府举荐补博士弟子（即国学博士学生）。但不拘小节，风流倜傥。清宣统元年（1909），拜刚从日本留学归国到家乡的钟昌祚为师，受其"革命"思想的熏陶，觉醒精进。宣统二年，四川奉节县（今属重庆市）人刘贞安（字问竹）由进士即用知

刘贞安照片

刘贞安（1870—1934）字问竹，重庆奉节县人，学者、书法家。光绪二十九年（1903）中进士，宣统二年（1910）任开州知州，与许阁书亦师亦友。曾出银百余两，资助开阳松林李立鉴（李立元族弟），创办"开阳茧茶公司"，开开阳民营企业之先河，曾有"开阳贡茶"问世。刘贞安离开开阳，茧茶公司亦停办。民国《开阳县志稿》载有刘贞安致许阁书的两封书信，即《复许阁书书》和《与许嘉绩论为学书》。

县，分发贵州，宣统二年任开州知州。刘贞安曾任贵山书院讲席（教师），为许阁书的老师。刘贞安是一位清正廉洁、注重实际、关心民生的好官，到任不久，即支持开阳松林人李立鉴兴办"开阳茧茶公司"，曾有"开阳贡茶"问世，时人称刘贞安是"疗贫倡实业，茧茶因地宜"。但由于刘贞安正处于大变革的前夕，一年后刘贞安即被迫离开开阳。州人感佩其德，特立碑志爱。从留存于《开阳县志稿》刘贞安给许阁书的两封书信看出，刘贞安的学问及爱国爱民思想对许阁书的影响甚大。《开阳县志稿》评介说："许阁书自师事邑人钟山玉（钟昌祚字山玉）及奉节刘问竹后，日受其涵育熏陶，已非复吴下阿蒙"，"学养俱进，浸乎儒者气象矣"。

许阁书由于深受钟昌祚革命思想的影响，又是师承关系，许阁书加入钟昌祚任社长的自治学社，后转为孙中山领导的同盟会会员，从此投入反清的革命洪流之中。自治学社于1907年在贵阳成立，办有机关刊物《自治杂志》，钟昌祚任社长兼任主编。但限于当时的条件，《自治杂志》印刷数量有限。当时贵州能够印报纸的"贵阳文通书局"又掌控在"宪政派"手中，望尘莫及。于是，自治学社只得自筹经费到上海购买印报机，办起了贵州自治学社的机关报《西南日报》，推贵州辛亥革命的主要领导人张百麟任主编，自治学社会员许阁书为主笔，《西南日报》终于在1909年9月正式发刊。《西南日报》和《自治杂志》成了辛亥革命前，贵州新思潮传播的主要阵地，为贵州辛亥革命作了舆论上的准备。许阁书以《西南日报》为阵地，恰如鹰击长空、龙腾深渊、虎啸山林，他自认为是"藉毛锥作警钟，以唤醒世人之睡梦，其觉世之功大矣"。此时的中国正是"山雨欲来风满楼"，革命的烽火遍布五湖四海。贵州虽远离政治中心，却不甘落后。光绪三十三年（1907），由钟昌祚、张百麟组织的"自治学社"社员发展到十万余人，分布全省各地。其宗旨为"合群救亡"，推翻腐朽的清王朝。而由贵州上层资产阶级和士绅组成的"宪政预备会"，他们的口号是"君主立宪"，主张改良保皇，与自治学社是针锋相对的。他们公称"大局不可不顾"，许阁书为此"戏题一绝"，发表于《西南日报》。

大局如斯顾也难，神州莽莽欲偏安。

藩篱尽折高腴失，购得舆图不忍看。

辛亥革命的火种在全省点燃，许阁书日夜繁忙，撰文著诗，激扬文字，引导着贵州的"革命"。故无暇待奉老母，就是母亲生日也回不了家，于是作《四月二十六日为慈亲诞辰不能旋里作此寄伯兄申之》一诗：

> 作客天涯久未归，愧无甘旨奉慈围。
> 行纵千里门间远，糊口四方定省违。
> 陟屺常悲嗟季子，穷途敢说报春晖。
> 十年事业虽沦落，教泽时时记断机。

1911年10月10日，辛亥革命爆发，武昌打响第一枪，首义成功，革命党人建立了鄂州军政府，宣布脱离清王朝而独立。二十四天后，即1911年11月3日，贵州鸣枪追随，自治学社联合贵州新军，起义成功，革命党人于次日成立"贵州大汉军政府"。1911年11月8日，由许阁书之胞兄许嘉谟（亦名许申之，供职于开州府与刘贞安情同手足）与同乡人胡天锡、陶汝羹三人作为"贵州大汉军政府"代表，回乡策动开州"反正"，响应贵州革命党人的起义，改组开州州政府。许阁书亦同其他革命党人一样欢欣鼓舞，他看见老百姓中男人们纷纷剪掉发辫，特赋《剪发戏赋》：

> 长拖发辫效幺幺，汉族于今饮恨多。
> 临镜有时还笑自，着衣无故复寻他。
> 胡儿陋制羞终古，豚尾遗讯怅若何。
> 妻妾不知夷变夏，背人辄骂小头陀。

革命诗人许阁书

贵州大汉军政府以许阁书在革命中的功绩，特任命许阁书为修文县县令（县长）。但到任才两个月，"措施未竟，即为忌者所摈抑"，许阁书索性辞职，退处闲居，回乡侍奉老母，纵情于山水田园之中间。这一时期亦是许阁书诗歌创作最旺盛的时期，《春晴》一首可为其代表作。

> 风和日暖燕声柔，桃李花开色色幽。
> 沉醉客眠荒草冢，踏青人上翠微楼。
> 纸鸢断处闻喧语，骏马归时快远游。
> 谁倚绿窗吹短笛，余音不绝动离愁。

然而，贵州的辛亥革命并未如许阁书一类的革命党人的隐退而获得成功，正如一本小册子《辛亥革命》所言"（1911）十一月四日，贵阳革命胜利后，革命派内部发生争论，一派认为对反动派必须镇压，另一派认为宜'取宽大主义，免增怨毒'，结果'宽大主义'占了上风，决定在新成立的革命政权中，革命派和立宪派各占一半名额。革命党人一抬脚，就走错了第一步……立宪派就利用这支军队（地方军阀），发动叛乱，捕杀大批革命党人，再进一步勾结云南军阀唐继尧，把革命党的主要骨干，几乎斩尽杀绝"。

1913年，已隐退的许阁书仍被唐继尧的滇军追踪暗杀于开阳龙岗镇三棵杉，时年仅二十八岁。如今在离开阳龙岗街市不远的干洞坡，尚能看到"许公阁书之墓"。

# 一言难尽何麟书

## 一

何麟书，"五区（今开阳双流镇）快下（何人凤之后）人，廪生，以贵筑学中，任黔中道尹、贵州政务厅长"。《开阳县志稿》的这则记载，微言大义，简略有余。

兴许是他自己的意思，1939年编纂《开阳县志稿》时，时任开阳县长解幼莹特别致函何麟书，征集快下何氏一族的资料。而此时的何麟书，在经历了"民九事变"之后，蛰居昆明已近二十年，早已心灰意冷，他在给解幼莹的复信中写道："蛰居异地，久离乡园，瞻近无缘，极深惆怅……敝族自明初入黔，阅六百年，虽廿世耕读相传，科第不绝，然并无远大事业，足以增光邑乘。书等庸碌，更无足道，远承藻饰，何以克当？"

流亡异乡，寄人篱下，曾经的辉煌如过眼烟云，留下的只是愁情满怀，"民九事变"浇灭了他的满腔激情。"民九事变"两年后的1922年，何麟书专程从昆明回贵阳，为同在"民九事变"中遇害的郭重光撰写碑文中道："我失二雏，公丧

其元。伤心千古，茹恨九原。矫首舐天，敛翼潜渊，渊则有底。愤则无已，悠悠终古，哀此君子。"（引自《贵州墓志选集》）

## 二

　　举人出身的何麟书何以如此？话还得从他的身世经历说起。

　　何麟书曾祖父何学林前文已述，不再赘述。祖父何正机，字梅皋，清道光年间举人，官至湖南石门、广东合浦等县知县。父亲何亮清，字孟寅，号湘雪，咸丰十年（1860）中进士，翁同龢的得意门生。何亮清与光绪皇帝算是同门师兄弟，因为翁同龢也是光绪皇帝的老师、特别倚重的大臣。何亮清中进士后授翰林院编修，出任云南定远县知县，调任四川射洪县、乐山县知县，后升嘉定府知府。善书法，喜作诗，著有《仓漪山房诗抄》等。何麟书，字季纲，号鹄叟，光绪六年（1880）八月二十日出生。何麟书自幼聪颖好学，加上父亲严格管束教育，于光绪二十九年（1903）中举人，与任可澄、唐尔镛等同科。次年何麟书进京参加会试，落第。两年后清廷废除科举制度，兴办学堂，选派留学生出国。而此时的何麟书茫无所措，贵州巡抚林绍年接连选派两批留学生，共计一百五十一人赴日本留学，他犹豫不决，以致"考选误期"。无奈之下，他打算弃儒从商，以商养文。但他拿不定主意，特意去请教他所敬重的年长他三十岁的大表兄李端棻。

何亮清书法作品

何麟书在《李芯园先生遗诗序》中说："芯园先生，余长姑母（何亮清的大姐）之子也，幼孤，依母以居，尝从先中宪湘雪公受业，学为诗古文。"在何麟书心目中大表兄是位传统的读书人，应该不会同意他弃文经商，没想到大表兄竟以《赠何季纲表弟》一诗作答：

> 书田难得兆丰年，通变聊将子母权。
> 霸主事功唯足食，圣门货殖亦称贤。
> 治生岂曰非儒才，择术何妨法计然。
> 欲救国贫先自救，萌芽商学要精研。

古代霸主的丰功伟业，也不过是求民殷国富，孔子的门徒中经商者不乏其人，谁说以经商谋生不是儒者的事？打铁得靠本身硬，自身都救不了，何谈救国？经商是好事，要好好研究它的门道。

## 三

在大表兄的支持下，何麟书于1906年元月，在贵阳悦来巷开设"泰丰"典当铺。接着又开盐号，联合遵义的亲友集股万金，由遵义起沿途设分号，直至贵阳，一路运销食盐。然而，何麟书毕竟是读书人，纯粹经商不可能。1907年，何麟书受聘任可澄、于德楷、华之鸿等创办的贵州通省公立中学堂，任国文教员，并参与新校区（原贵阳一中校地）的策划建设，后任该学堂监学（校长）。

1910年，何麟书加入贵州宪政预备会，并任该会创立的宪群法政学堂国文教员，同时兼任贵州陆军小学堂教官，成了何应钦、王伯群、王文华等人的老师。从此何麟书步入贵州政坛，成为宪政派的重要人物之一，卷入了与自治学社的纷争，为此付出了惨重代价。

## 四

辛亥革命后，"贵州大汉军政府"成立才三个月，何麟书即参与了刘显世、郭重光、任可澄等人策划的贵阳"二二兵变"（1912年2月2日刺杀贵州军政府军事统领黄泽霖等人，故称"二二兵变"）和乞请滇军入黔主政，配合唐继尧率领的滇军颠覆了辛亥贵州军政府，夺取了贵州军政大权。

云南唐继尧统治贵州后，何麟书最初任都督府政务处学政司司长。不久后被委任为贵州东路巡按副使，随巡按使刘法坤率滇军赴黔东绥靖，阻止王文华率领的驻湘黔军回贵州。1913年春，驻湘黔军被击溃遣散，任务完成，何麟书任贵州教育司长兼唐继尧的秘书。1914年7月起，担任贵州政务厅长、民政厅长。1919年7月改任黔中道尹［民国三年（1914）改各省观察使为道尹，隶属省长，相当于今之市长，全国共九十三道，民国十六年（1927）裁撤］兼民政厅长。

五

"二二兵变"尤其是护国战争结束，王文华的黔军遭击溃遣散后，主政贵州的刘显世集团分为两大派：元老派以任可澄、熊范舆（字铁崖）、何麟书、郭重光（字子华）等为首；少壮派以王文华、王伯群（二人为同胞兄弟，刘显世外甥）、何应钦（刘显世外甥婿）等为首。两派从当年滇军入黔屠杀自治党人开始，矛盾一步步激化。1919年，在五四运动的鼓舞下，改造贵州的政治运动声势浩大，元老派投靠北洋政府与少壮派接受孙中山主张的斗争日趋明显。1920年（民国九年）10月，黔军总司令王文华在重庆召开黔军将领会，指责元老派不听孙中山号令，扣发军饷，打出"回兵就响"和"清君侧"的旗号。此时何应钦回到贵阳"省会警察厅长"任上，黔军警卫营也潜回贵阳，隐蔽于警察厅内。王文华在部署完刺杀行动之后，害怕粘染"外甥逐舅"的恶名，自己跑到上海去了。1920年11月10日晚，黔军警卫营士兵从何应钦的警察厅冲出，分四路，分别扑向马棚街（新华路兴隆西巷）游击军驻地、护国路熊范舆住地、三板桥（小十字汉湘街）郭重光住地和三块田（合群路龙泉巷）何麟书住地。刘显世的游击军显然不是黔军的对手，三个营很快被缴了械。熊范舆刚开门即被乱枪打死。刘显世的高参、省府顾问、耆老会会长郭重光被砍杀于贵阳北门桥，身首异处。一同遭杀害的还有郭重光幼子郭虞彩、次女郭润彩。

时任黔中道尹兼民政厅长的何麟书情况又是如何呢？

是日深夜，一阵急促的敲门声惊醒了刚入睡的何麟书，他同夫人冉文庄的卧室在二进院的楼上。应门的是马夫兼门房的老张，大门一开即被闯入的士兵乱枪打死。接着砍死了住于一楼的何麟书的两个儿子。侄子亦遭乱枪打死。枪声、砍杀声、哭喊声，划破夜空，撕人心肺，何家乱成一团。何麟书翻身下床，从枕头下抽出手枪，准备冲出拼命，夫人将他抱住，制止他不能去白白送死。

闯入何家的士兵得到指令，在何家杀男不杀女，一楼何家男丁被杀空，士兵进了二进院落，发现一楼堂屋里堆满了金银珠宝、绫罗绸缎等财物，原来何麟书女儿许配华家，那些财物是华家送来的聘礼。士兵进屋抢东西了，这时二楼的冉文庄猛推丈夫上了窗台，窗下是隔壁朱家花园，他已顾不得二楼离地面

"民九事变"中何家三位无辜受害者墓，位于开阳双流快下。

两丈多高，抓住窗旁的一棵大楠竹，顺势滑到地面，躲进了朱家花园的茅厕。二楼上的冉文庄抓起她的金银首饰、大洋等往楼下抛撒，引得楼下士兵又来哄抢，为何麟书的脱逃赢得了时间。

冉文庄是天主教徒，与和平路北天主教堂的法国神父素有往来，冉文庄只得向神父求救。第三天中午，一乘小轿从朱家出发，向和平路的教堂而去。半月后的一个深夜，法国神父将何麟书装扮成神父送出贵阳城，星夜赶往广西。后来广西督军陆廷荣又将何麟书送往昆明，云南省主席顾品珍亲自到昆明大板桥迎接，并将冉文庄等家人也接往昆明。

何麟书从此远离政治，过起了"蛰居异地"的生活。1942年，何麟书回到了"青山如旧主人非"的贵阳。1943年8月20日病逝于贵阳，寿享六十有二。

"民九事变"的直接指挥者何应钦（1890—1987），字敬之，兴义人

王文华（1889—1921），字电轮，兴义人，护国军将领，曾任黔军总司令

刘显世（1870—1927）兴义人，字如周，亦作如舟，号经硕。民初曾任贵州都督、督军兼贵州省长

　　"民九事变"的目的达到了，刘显世被迫下台，解除贵州督军和省长职务。被外甥王文华"礼送"回兴义。后刘显世一度出游，最后定居昆明。"民九事变"后，元老派和少壮派之间的刺杀行动还在继续。几个月后的1921年3月16日，刘显世等元老派又在北洋政府的支持下，重金收买两名杀手，在上海一品香饭店将"民九事变"的总指挥、年仅三十二岁的王文华击毙，被收葬于杭州西湖孤山。这一年，刘显世在昆明又重金雇刺客枪杀自己的外甥女婿何应钦，何应钦胸部和腿部受伤，性命保住了，但致使其失去了男人的雄风，终生无后，那年何应钦才三十岁。

　　"二二兵变"开启了贵州民国政治斗争史上一个非常恶劣的先例，那就是手段血腥、赶尽杀绝。这是一场惨烈的政治悲剧，何麟书成了剧中主角之一，这不能不说是传统知识分子的悲哀。

### 何麟书《李苾园先生遗诗序》

　　苾园先生，余长姑母之子也，幼孤，依母以居，尝从先中宪湘雪公受业，学为诗古文。性至孝，家无儋石，自甘藜藿，而日必竭蹶，备甘以奉母，先公亟称其贤。时吾家亦中落，先公以舌耕自给，间分馆谷周继之。咸丰庚申先公成进士，改庶常，旋散馆为四川知县。越二年，先生亦乡会联捷入词林，为京曹，南北万里，迄于先公之殁，阅二十有六年，甥舅乃不复一相见，亦可悲已。光绪辛丑，先生赐环回里，书与先生无三日不见，辄娓娓谈往事，或竟日不休。吾一生为人之道，得之吾叔，为学之道，得之吾舅，追怀畴昔，欷歔若不自胜。其时先生年已七十矣，生平喜为诗，心有所触，一一托之吟咏。当其下笔，直摅胸臆，无所缘饰雕缋。及其既成，精光锐气，似经千锤百炼而出，盖情性真挚，蕴蓄宏厚，非肖声袭貌者，可伪为也，晚岁家居，感怆身世，慨念时艰，居常悒悒，日惟以诗自遣，顾不自珍惜，往往随手散佚，其家人又不知收弃，以故存者绝鲜。辛壬之交，书时在左右，每一脱稿，或口述旧作，辄笔存之。癸卯，书计偕北上，次年先生入鄂，其间睽离者经年，自后书执教鞭，日鲜日晤晷，晤渐稀。又未几而先生逝矣，数年抄集，仅得诗百余首。贵州文献征辑馆搜求先生著述，久无所得，选道寓书就询于余。余喜先生之诗，以传世，不至终秘也，为录副本应之。综先生生平之作，今之所存，百不逮一，然吉光片羽，藉以窥先生襟抱，使后生小子，知所取法，岂不与夏卣商彝，同其宝重耶。民国第一丁丑春二月，时侨寓昆明。

录自《开阳县志稿·艺文》

一言难尽何麟书

# 范静庵先生

一

　　说起来我同范静庵先生还有过一面之缘哩。那是二十世纪八十年代中期，确切地说是范先生逝世前两年的那个秋天，当时我正是开阳一中的一名教师。一天上午，课间休息时，我们几个同事坐在教务处办公室闲聊，忽然走进了一位老者，身材不高，瘦，平头短发几乎全白了。穿一件已不常见的旧式短衫，脚穿的圆口布鞋已经旧了，拄着拐杖。慈眉善目，一脸安详，一见，便感觉这老人家一定有来历。他对我们说要找一下校长。

　　我随即领他到隔壁校长办公室，一进门，就见校长从座椅上起身，快步过来握住老者的手说："啊，范先生来了！快请坐，快请坐！"又转头对我说道："这位就是我给你们讲过的范静庵先生！"

　　当时忙上课，也没有陪他坐坐，听他讲点什么。老先生的故事这之前听过不少，也读过一些关于他的文字，只是从未见过面。没想到这匆忙的第一面竟是最后一面，两年后，即1985年9

月，范静庵先生病逝于开阳。

二

先生姓范，名萍，字静庵，光绪三十一年（1905）八月出生于开阳城正街一个书香之家，同城里大多数人家一样，其先辈是咸同战乱平息之后来自四川的移民，经营有方，到静庵出生时已是殷实富裕之家了。静庵幼入私塾，接受传统的启蒙教育，1923年考入省立贵阳师范学校。在贵阳求学期间，正是兴义系、桐梓系以及云南过来的军阀们争权夺利，在贵州打得不可开交的时期。民不聊生，生灵涂炭。面对时局，自幼接受"修身、齐家、治国、平天下"儒家传统教育的范静庵胸中荡漾着"救民于水火"的豪情。因此，1928年他从师范毕业后，并未去教书当老师，而是投笔从戎。1929年静庵考入当时的热血青年十分向往的广州黄埔军校。可以想见，二十四岁的范静庵是如何的信心满满。然而，天不遂人愿，正当他刻苦用功、学习训练时，他病倒了，病了很长时间，痊愈之后，体质变得很羸弱，已无法胜任军校的军事强化训练，想当将军的梦想已无法实现。

然而，范静庵并没有放弃，而是重新规划自己的人生，在黄埔军校虽然只有一年，但那里先进的思想、革命的精神、朝气勃勃的氛围，深深感染着他，潜移默化地改变着他。尤其是对中国革命先行者、黄埔军校的创办者孙中山的热爱与崇拜，日渐加深，对孙中山"三民主义"的信仰不断加强。因此，在离开黄埔军校之后，他决定北上，报考北平中国大学。因为，中国大学也是孙中山先生创办的。

1911年辛亥革命之后，孙中山被选举为中华民国临时大总统，1912年1月1日在南京宣布就职。随即孙中山以个人名义在北京创建"国民大学"，1917年更名为"中国大学"。孙中山亲任校董，宋教仁为第一任校长，黄兴为第二任校长。孙中山创办这所大学的目的很明确，就是为中国培养民主革命的政治人才，这与十一年后的1924年创办的"黄埔军校"不同的是，黄埔军校培养的是军事人才。故两校齐名，号称"北有中大，南有黄埔"、"一北一南，一文一武"。中大在1949年并入北京师范大学之前，共培养出两万多名大学生，大都成了影响中国历史进程的人物。

范静庵抱定非此校莫属的必胜信心，于1930年考入了北平中国大学文学系（后称中文系），由当初的"弃文从武"改为了"弃武从文"。在中大，静庵更是如鱼得水，阅读了大量的进步书刊、革命理论书籍。接触许多进步的革命朋友，特别是当时就读于北平宏文学院的周林对范静庵的影响很大。

周林（1912—1997），贵州仁怀中枢镇人，1930年考入北平宏文学院。这是一所由日本人办的专为中国学生留学日本的预科性质的大学，黄兴、鲁迅等人即是从这所学校毕业后到日本留学的。因为是同一年进京读书的贵州老乡，范周二人一见如故，成了莫逆之交。他们进京的第二年，"九一八"事变发生了，国难当头，他们同无数的爱国青年一样，义无反顾地投身于抗日救亡运动之中。他们一起加入了"反帝大同盟"，1932年10月，范周二人又一起加入了中国共产主义青年团。一年后，二人光荣地加入了中国共产党，成了党的地下工作者。根据党组织的指示，周林出任共青团天津市委书记，离开北平到天津开展学生运动。范静庵仍留北平，一边读书，一边从事党的地下活动。

1933年8月，由于叛徒的告密，范静庵被捕入狱。在狱中，他吃尽了苦头，但敌人没有从范静庵身上获得任何想要的东西。半年后他出狱，首先想到的是周林，而此时周林受党组织的派遣去了上海，无法联系，后加入了新四军。后来，周林任上海市政府秘书长。1954年回贵州任省委书记兼省长，直到1964年。由于范静庵所在的党组织遭到严重的破坏，已找不到自己的同志，于是，范静庵与党组织失去联系。

三

1934年秋，范静庵从北平中国大学修完学业，正式毕业，辗转回到贵阳。先执教于贵阳中学，后又受聘于思南中学。其间，范静庵一直有个思想包袱放不下、解不开，从清末废除书院，到兴办新式教育的学堂、学校已经半个世纪的时间了，堂堂开阳一县，竟然连一所中学都办不起！是何道理？家国之兴在人才，人才之兴在教育。既已学成归来，何不报效桑梓？在外地教书的范静庵坐不住了，1936年他回到了开阳。

是年秋，范静庵出任开阳县立男子小学校长，他立即在男小办起了初中预备班，当年即招收学生五十人，作为筹办中学的基础。随即游说时任县长欧先哲。

静庵晓之以理、动之以情的一番陈述，县长欧先哲不但支持范静庵，还亲自兼任开阳中学校长，并命县教育科长李复兴兼任教务主任，范静庵仅任文史教员。建校之初，理应如此，这是静庵的主意，否则师资、学校硬件设施如何得来。1940年秋，开阳县立初级中学在城北金袍山北极观（亦称祖师观）原址建成。是年九月，开阳中学招收初一年级新生五十名，师资培训班五十名，正式开班授课。开阳实现了中学教育零的突破。

## 四

1941年冬，贵州省教育厅正式任命范静庵为开阳县初级中学校长。从此后，范静庵一心扑在开阳中学的管理和教学质量的提高上。由于北极观仅为一小院落，作为中学校舍太过狭小，无法适应办学之需。故他奔走于县府和乡绅之间，鼓动募捐，筹款扩校。一年的时间内，他共筹集经费35万元（法币），加上捐木材、砖瓦、石灰等建材，以及投工投劳，到1942年，建砖木结构教学楼一幢，有教室四间，办公室两间，计300平方米。学生寝室一幢，计200平方米。学校已初具规模，从1942年起，实行春秋两季招生，至1944年春，开阳中学已有三个年级六个班，学生两百余人，教职员工二十人。他聘任教师很严格，无论是本地或者外籍，除了学识渊博，能教学而外，特别注重师风师德，为人师表。

　　1942年2月，一位不速之客突然"莅临"开阳，即幽禁中的张学良将军，由贵阳黔灵山麒麟洞秘密转移至距开阳城七公里处的刘衙乡，中共地下党组织密切关注此事，派遣中共地下党员宋至平（1916—1949）随后进入开阳。

　　宋至平，又名宋学芬，湖南大学毕业生。他到开阳的公开身份是范校长聘任的开阳中学的语文教师，后任教务主任。这位年轻饱学之士的到来，给创建不久的开阳中学带来了活力和生机，他同学生打成一片，教唱抗日歌曲，指导学生办刊物，举办演讲会、辩论会。1943年春的一个周末，宋至平组织学生到白岩营举行春游活动，因为这个时候，张将军一定是在白岩营钓鱼散步，借机接近张将军，表示对张将军的安慰。据当年参与春游学生的回忆文章披露，春游那天，宋老师及学生的确见到了张将军，当学生们唱起宋老师教唱的抗日歌曲《流亡三部曲》时，张将军听得热泪纵横。

　　这之后的一天，张将军提出要陪赵四小姐进城走走看看，除侍卫长刘乙光等若干人要跟随之外，时任县长李毓贞（黄埔六期毕业，军统贵阳站少将站长）也必须"陪同"。当张将军一行来到开阳八景之一的北极观时，提出要见见开阳中学的校长（此游的目的）。当校长范静庵、教务主任宋至平出现在张将军面前时，张将军像见到老熟人一样，热情地同他们握手，当众说道："范先生为家乡造就人才，立了头功，应当嘉奖！待抗战胜利后，如果我有幸再到开阳的话，我一定买些书来捐赠给你们！"掌声雷动，随之而起。一位当年在场的学生在耄耋之年后还撰文道："那一阵雷鸣般

范静庵先生

的掌声，至今还不时在耳畔响起！"

　　1949年以后，他不再任校长，只当老师。1956年，开阳中学迁至城东龙会寺新校区。1970年改为开阳县第一中学。范静庵先生晚年即为开阳一中的退休教师，即我见到他的那个时候。

范静庵就读的中国大学校门

# 胡廉夫其人其文

写完《范静庵先生》，不能不写胡廉夫，因为范先生创办开阳中学时，他是特聘的文史教员。其人其文可圈可点，令人敬佩。我知道胡廉夫很早，读中学时就听说过。而真正对其了解是从读他的《擦脚石记》一文开始的。

"天下之最灵者莫如人，最顽者莫如石，人有时而顽，石有时而灵。

开阳之西，距城约五里，有石焉。高三尺而不足，围八尺而有余，窝窝徐徐居于道左，视不为奇也。然行路之人，必憩之而息，往来之人莫不焚香顶礼焉。盖相传，凡有足疾者，擦之而愈；无足疾者，擦之可免。于是，远近之人皆从而擦之，又从而敬之。

夫石也，而能使人崇拜焉，岂非灵乎？人也，而反钦仰于石焉，岂非顽乎。

庚辰之年，余过其地，有香人为余言，因笑而记之。"

这篇"笑而记之"于庚辰年（即1940）的《擦脚石记》，极有晚明小品文之韵味，言简意赅，言近旨远，极富哲理。那块在"山国"开阳随处可见、窝窝徐徐居于道左的"擦脚石"至今犹存，就在今开阳城西的启铃广场旁，为之挂红焚香者，仍然络绎不绝，石顽乎？人顽乎？发人深思。

胡廉夫，名道举，字宏庵，自号茹蕨居士。清光绪二十二年（1896），生于开阳南龙（贡茶之乡）胡家寨一个耕读富裕之家。廉夫自幼聪慧，四岁入私塾读书习字。及长，攻读经史诸子百家，尤喜赋诗作文。民国初年考入由李端棻、于德楷、乐嘉藻等人创办的贵州省立优级师范学校，1920年毕业回到开阳，先后在双流高云小学、龙岗小学、花梨小学、马江（冯三）小学、马场小学等任校长，并担任国文教员。后任县立男小国文教员，此时正是范静庵筹建开阳中学之际。

胡廉夫先生饱读诗书，志趣儒雅，自命名号为"茹蕨居士"。蕨，开阳人称"蕨菜"，一到春天，山野之间随处可采，是人们喜爱有加、物美价廉的"野味山珍"，是真正的保健食品。蕨菜又极富文化内涵，《诗经》里就有"陟彼南山，言采其蕨"的诗句。西周初年，周武王一统天下后，躲在首阳山的伯夷、叔齐兄弟两"不食周粟"，而采蕨菜充饥，因此蕨菜声名大震。以蕨代粮度饥荒更是历史上常有的事，唐代诗人郑谷有诗曰"溪鸶喧午寝，山蕨止春饥"。茹蕨居士，可是将蕨菜吃到哲学层面，何其风雅别致。

曾与乖西山上的鲁郎品茶唱和的宋南诗人赵蕃说："江山不因人，何以相发挥。"那如画的江山胜迹，是文人学士的妙笔生花，方才得以传扬，如白居易、苏东坡对于杭州西湖，开阳亦如是，你看胡廉夫的这副对联：

乘金鳌越清江直登北极煮葡萄当酒约三台共醉，

驾白马渡紫水进入南贡折杨柳作鞭与二龙争先。

此联不仅对仗工整，平仄协调，更是言简意深。将人们熟悉的葡萄（井）、北极（观）、龙会（寺）、金鳌（山），白马（洞）、紫（江）水、杨柳（湾）、三台（山）等开阳八处风景揉捏打磨，重新塑造成了一幅幅色彩夺目耀眼、画面动感强烈的意境。难怪著名作家郁达夫说"江山也要文人捧"，开阳人至今仍念念不忘自己的八大景。

我曾听过一位白发苍苍的老人唱的《开中校歌》，歌词是这样的：

北极巍巍气象雄，开阳灵秀此所钟。
济济英俊齐荟萃，因材施教树学风。
愿学士诚敬待人，勤俭持己笃和融。
莫辜负三载良辰，栉风淋雨负笈重，
博学、审问、慎思、明辨，古训是从。

老人告诉我，这歌是他们的老师胡廉夫先生专为创建不久的开阳中学写的。老人唱得不可能字正腔圆，但歌词却是一字不落、完完整整地印在了老人的脑子里。

老人还跟我说："胡先生真是博学多才，他还通医道，能诊脉开方，故兼任了开中校医，凡有求于他的人，不取任何酬谢。胡先生平素仪表端庄，衣着古朴，不苟言笑，不问政治，做事同教学一样，认真负责，一丝不苟……"老人讲起他们的胡先生时，浑浊的眼里还闪着光，滔滔不绝起来。

说胡先生不问政治，不全对。1943年的重阳节，他同宋学芬等同事带学生到白岩营秋游登高，他特作《白岩营记》，写道："白岩营，湮没数千年，又非深藏不露，昔不知取者何哉。被难人士来吾邑，而始知名彰。"文中说，若论景致之优美，白岩营有胜于"八景"中的任何一处，而人们竟然不知道白岩营之美，"被难人士"到开阳后，常游钓于斯，于是白岩营才声名鹊起。这令胡先生感慨万端，这位名震中外的"被难人士"，在抗日烽火的战场，看不到他叱咤风云的身影，却遭幽禁于这无名之地。将军不幸开阳幸，开阳因将军的到来而声名大震，白岩营也因将军的流连忘返，成了人们游览的胜地。

短短百来字的《白岩营记》，却委婉含蓄地表达了对张学良将军崇敬之情。这远远不够，胡廉夫接着又写了《少帅颂》，"山台毓秀，紫水扬波，武子西来，光我山河。千军齐喑，万民停歌，惊天烽火，家耻国祸。少帅赋闲，养晦韬略，开阳驻跸，暂停行脚。读经研史，放浪形骸，他日展翅，跃马扬戈。直捣扶桑，前耻洗雪，壮志不负，复兴祖国"。

社会的大动荡、大变革，于胡廉夫并无多大影响，他仍旧育人谆谆教诲、因材施教，授课循循善诱、深入浅出。由于教育教学的优异，1956年胡廉夫被评为贵州省级优秀教师，调任开阳县文教局副局长，并当选为开阳县一、二、三届人民委员会委员。1960年3月，胡廉夫病逝于开阳，平静地走完了他六十四年的人生历程。

# 感动国人的开阳人

## 一

2004年10月，由中央文史馆、贵州省文史馆和开阳县人民政府联合举办的"朱启钤学术研讨会"，我作为开阳县文广局局长参与了该会的筹备工作，有幸到过北京东四八条朱启钤的故居，拜谒葬于北京八宝山革命公墓的朱启钤墓，还到过北戴河朱家坟地，到过南京中国第二历史档案馆查阅朱启钤档案资料等，同时接触了解朱启钤后人（主要是孙辈）、最后一任秘书等。朱启钤赋有传奇色彩的一生，以那一桩桩一件件让后人永远敬仰的实事，令我这个朱启钤的后辈同乡深感骄傲与自豪。虽然已过去快二十年了，每当想起，总觉温馨与充实，因为朱启钤不仅是开阳人贵阳人引以为豪的人，而且也是中国人引以为骄傲自豪的人！

朱启钤像

# 二

朱启钤是从未到过开阳的开阳人。

朱启钤，清同治十二年（1873）十一月十二日，出生于河南信阳。谱名启纶，后改启钤，字桂辛。有人写成"桂莘"，朱启钤曾解释说，那是不对的。"桂辛"典出《宋史·晏敦复传》，南宋时晏敦复任谏官，耿直敢言，遇秦桧主持议和，晏敦复廷争甚力，秦桧使人劝其典从。晏敦复说："吾终不为身计误国家，况吾姜桂之性，到老俞辣，请勿复言。"朱启钤刻过一长印，文曰："老辣三十以后作。"从朱启钤字的出处足见其意趣志向。

据朱启钤编撰的《紫江朱氏家乘》载：朱启钤的入黔始祖朱敬之、朱顺之兄弟二人于清康熙年间，由江西临江府新喻县迁居贵州贵阳府开州乖西永兴场龙井湾后街（开阳双流镇街上），后入开州籍。由于兄弟二人经营有方，治家得力，遂为当地望族。至入黔后第四世朱世熙（朱启钤曾祖父）考中举人，官至湖南郴州知州。朱启钤之父朱庆墉，字梓皋，贵阳府开州永兴场人。清道光二十三年（1843）生于其父朱昕（朱启钤的祖父）在湖南长沙东兴街寓所。道光二十九年（1849），朱昕之父朱世熙卒于湖南桑植知县任上，朱昕举家扶柩归葬贵阳城北二十五里的都溪（今都溪林场小山上）。后因"咸同战乱"，开阳成了那场战争的重灾区，朱家再没有回开州永兴场旧宅，而定居贵阳城。初居县学街（今文笔街），后迁独狮子路（今醒狮路）。咸丰七年（1857）朱昕病故，朱庆墉的岳父傅寿彤（朱启钤外祖父）时任河南南阳知府，驰书招朱庆墉去读书考取功名，并与傅寿彤长女傅梦琼（朱启钤的母亲）成婚。因此，朱启钤的父亲朱庆墉从七岁到十五岁，生活在贵阳。其后朱庆墉有三次从河南回贵阳参加乡试，最后一次是光绪元年（1875），这一次也同前两次一样，名落孙山。在贵阳回河南的路上，乘船至贵州玉屏时，风雨骤至，舟沉人亡，同行三人仅一人生还。

朱启钤的母亲傅梦琼，字清漪，少小即随父傅寿彤宦游河南，与朱庆墉成婚于父亲傅寿彤河南池光兵备道府署，池光兵备道驻信阳，故河南信阳即成朱启钤的出生之地。朱庆墉去世后，朱启钤母亲傅梦琼带朱启钤兄妹依外家为生。

朱启钤虽未到过故乡，但他自幼生活在贵阳人的圈子里，外祖父傅寿彤，是贵阳走出的名人，进士出身，任河南南阳知府、汝南道员、河南按察使等职。他外祖母与他祖母是亲姊妹，同出于贵阳刘氏家族，他的两个姑母嫁给他的两个舅舅。"咸同战乱"时，朱傅两家都往河南依傅寿彤居住生活。一家上下数十口都操贵阳话。朱启钤三岁时父亲去世，他随母亲在外家长大，他的第二位夫人于宝珊也是贵阳人，他从小到大到老，耳边都萦绕着贵阳话，乡音不绝于耳。

住在外祖父家的朱启钤，自幼得了外祖父傅寿彤的谆谆教诲，饱读诗书，加上才女母亲傅梦琼的严格管束培养，朱启钤虽未走科举之路，却成长为中国难得的人才。他的最后一任秘书刘宗汉对我说，朱启钤九十岁时还能背诵《仪礼》。他十五岁时，外祖父去世，外祖母指定他协助办理外祖父的丧事，有意历练他。他二十岁起，随官至军机大臣的姨父瞿鸿禨入川，从此开始宦途生涯。三十岁时任京师大学堂（北大前身）译学馆总监。三十三岁任京师外城巡警厅厅丞（北京市警察厅长），后又任内城巡警厅厅丞。其间在中国首创设立公安消防布局。三十六岁时受东三省总督徐世昌派遣，任东三省蒙务总办，考察东三省山川险要、民情风俗以及蒙古统治阶级的状况。结识张作霖，并成为盟友。三十八岁任津浦铁路北段总办，督建济南黄河大桥、济南火车站等。清末的朱启钤官已至二品文官，诰授资政大夫。民国元年（1912），朱启钤四十岁任北洋政府交通总长。次年，他四十一岁时，任国务总理，未到任，改任内务总长，兼京都市政督办。民国六年（1916），因参与袁世凯称帝遭通缉退出政治舞台。

## 三

退出政界的朱启钤并没有像其他民国要员那样，退出政治舞台后即过起了悠闲自在的"寓公"生活，反而投入到创办实业和从事学术研究上了。民国七年（1918），朱启钤等人"帝案"的通缉处分被民国政府解除。朱启钤随即投入中兴煤矿公司、中兴轮船公司等企业的兴办中，很快即成了名副其实的实业家。接着开发保护北戴河，成立北戴河地方自治公益会，朱启钤自任会长。公益会成立后，首先向民国政要和大实业家聚义募捐，利用捐资进行了北戴河的基础设施建设。朱启钤凭着自己的智慧和实力，将北戴河从一个任外国人占地瓜分的荒滩渔村，建成中国有名的避暑胜地，其营建管理之出色，连西方人办的《邮报》都不能不称赞"成绩斐然，在远东罕有其匹"。

在朱启钤的从政生涯中，徐世昌是个重要人物，二人关系不仅密切，而且特殊。因此，徐世昌当选总统后，已退出政界、转向实业的朱启钤接受徐世昌的派遣，受任1919年南北议和北方总代表，和谈虽未成功，而对朱启钤来说却有一个意外的巨大收获，即在赴上海谈判，途经南京逗留时，在南京江南图书馆发现了手抄本的《营造法式》。对于这本由北宋崇宁年间的将作监（将作监，朝廷任命的管工程技术官员）李诫（字明仲）编印的《营造法式》，朱启钤如获至宝。从此拉开了中国传统古建保护与研究的大幕，并使之成为一项专门的学术研究领域。"中国营造学社"这一个震惊中外的学术研究机构诞生了。

朱启钤无论从政、兴办实业，还是从事学术研究，无不硕果累累，成就辉煌。当年营造学社社员、著名文物专家王世襄说："可惜现在的人对朱启钤知道得太少，不能理解他的重要性，他是中国很多学科的奠基人。"例如，他对方志文献的研究，特别是对贵州历史文献的研究，对家乡开阳县的历史文献的研究，与其说是朱启钤学养深厚的体现，不如说是浓得化不开的乡愁的驱使。

## 四

1935年，朱启钤在编撰刊印完《紫江朱氏家乘》的同时，曾一度拟为故乡编纂《开州志》，后因忙于营造学社的事而搁浅。

历史上，开州曾两次编纂《开州志》：一是雍正初年，知州冯咏首次编纂《开州志》；二是乾隆四十五年（1780），知州王炳文续修《开州志》，成书四册。然而，雍正《开州志》不可获睹，乾隆《开州志》已成孤本，极难寻觅。朱启钤重编《开州志》，虽未实施，但收集整理刊印乡邦文献的事他从未停止过。他几经周折，最终在北京地摊书市查找到一套乾隆时期的《开州志》，但朱启钤觉得"此志阙略太多，不可不续"。于是从道光《贵阳府志》、清代唐树义等人编辑的《黔诗纪略》，以及贵阳名人的"私家谱录"等资料中，抄出有关开州部分，加以分类，编成《开州志补辑》，将它同乾隆时期的《开州志》的抄本一起，寄给了贵州他的朋友凌惕安。凌惕安的先祖凌浩曾于乾隆三十八年（1773）任过开州知州。然而，当时由于战乱，这一珍贵文献竟不知下落。

1939年，贵州都匀人解幼莹任开阳县长。解幼莹主持重修《开阳县志》，致信远在北平（北京）的朱启钤，请他支持帮助。朱启钤在给解幼莹的复信中写道：

"迢达天末，闻声相思，承赉手遥，知有纂辑邑乘之举，贤令尹之所为，诚有以异于流俗，感佩曷既。弟流转四方，忽焉暮齿，每怀水源木本之思，颇志征文考献之事。近年梓里人士，转相告语，辄用欣然。猥以久居北都，读书较便，尝抄纂《开州志补辑》一帙寄黔。此外，稍有见闻，悉以相告。邮筒往复，何啻盈呎，事变勃兴，声息阻绝，偷生念乱，亦无复曩时意兴。今承开示，真空谷之足音也。从前所寄史料，恐尊处未易觅得，兹勉将《开州志补辑》，再寄一通，但不卜果能递到否？"

当时寄出的不仅有朱启钤亲自抄录编撰的《开州志补辑》、乾隆《开州志》的重刻刊印本，还有《紫江朱氏家乘》的若干章节，并亲撰《开州志补辑缘起》一文。我们今天还能看到的民国二十九年（1940）的《开阳县志稿》，能为开阳留下一部弥足珍贵的文献史料，朱启钤功不可没。

<h2 style="text-align:center">五</h2>

朱启钤的复信中说到的"事变勃兴，声息阻绝，偷生念乱，亦无复曩时意兴"，即指1937年"七七事变"以后，日本人侵占了北京，进而占领华北等地，全面抗战开始了，爱国学者们不甘心做亡国奴，纷纷南下，奔赴后方，投入抗战工作。但一些年老体弱者胜任不了长途跋涉、风餐露宿，只得留在北京，以他们独特的方式表达抗日思想、爱国情怀。朱启钤时年六十五岁，他一手创建并亲任社长的"中国营造学社"，只得由营造学社法式部主任梁思成和文献部主任刘敦桢率领南迁，先迁云南昆明，后迁四川宜宾李庄，继续开展工作。留在北平（北京）的朱启钤为了摆脱日伪组织的纠缠，自称"偷生念乱、闭户索居、百无聊赖"。其实，这一时期朱启钤对古建筑研究保护做了两件至今感动中国的事。

一是抢救遭水泡劫难的营造学社的资料和图纸。营造学社随梁思成、刘敦桢他们南迁后，朱启钤将营造学社自成立以来完成的中国两千多处古建筑的测绘图、文字资料、图片等打包，一起

感动国人的开阳人 •

送交天津麦加利银行寄存，以防北平局势有变，珍贵资料落入敌手。然而，谁能料到，1939年夏天，天津遭遇一场大洪灾，存放在加利银行地下室的营造学社资料遭受了灭顶之灾，所有图纸、书籍、照片、仪器全部淹没在洪水中，无一幸免。消息传到昆明，梁思成痛哭失声。

来不及悲怆，一场朱启钤亲临现场的全力抢救立即开始。

朱启钤赶赴天津，待洪水退却之后，将全部图纸资料运回北平，召集还留在北平的学社成员，以及流亡到北平的东北大学建筑系学生，开始艰难的抢救整理工作。书籍重行揭裱，图纸重新绘制，照片再次翻拍，稿件则缮补重录，等等，将水灾对所有资料的损失降至最低。朱启钤还从这些劫后余生的资料中，挑出重要的部分，复制两套，寄给远在昆明的梁思成和刘敦桢。在后来的岁月里，这些资料为两位学者的古建研究提供了无可替代的帮助。

二是在战争阴影下，测绘紫禁城，朱启钤为中国抢救下一份空前绝后的珍贵记录。1941年，太平洋战争爆发，日本必败已成定局。朱启钤十分担心日寇败亡时，会轰炸北京城，毁坏紫禁城。测绘紫禁城势在必行，万一遭毁，日后可以据此修复。于是，朱启钤出面找到林是镇，这位建筑专业出身、曾是营造学社一员的老部下，此时任日伪华北政务委员会下属的建设总署都市计划局局长，他十分理解朱启钤的担忧。在林是镇的帮助下，朱启钤领头完成了一个抢救性的测绘——赫赫有名的北京城中轴线建筑测绘，即除故宫古建筑群之外，还包括社稷坛、太庙、中轴线上的城门、城楼等重要文物建筑。当时，营造学社的主要力量在四川李庄。朱启钤只得委托梁思成、林徽因在东北大学建筑系的首届学生张镈担纲，组织天津商学院建筑系和东北大学建筑系流亡到北平的学生，白天黑夜，加班加点，测量描绘了七百余张图纸，为中国最重要的建筑遗产留下了精准的记录，直到今天故宫的每一处维修，那七百余份测绘图还在起着不可替代的作用。

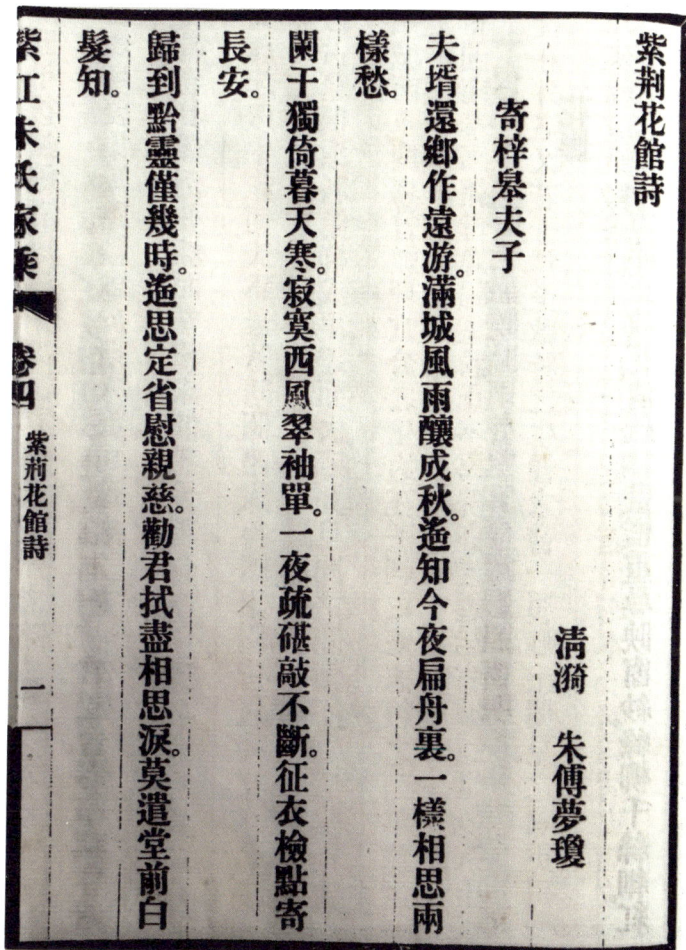

紫荆花館詩

寄梓皋夫子

清漪　朱傅夢瓊

夫壻還鄉作遠游滿城風雨釀成秋遙知今夜扁舟裏一檥相思兩樣愁。

闌干獨倚暮天寒。寂寞西風翠袖單一夜疏砧敲不斷征衣檢點寄長安。

歸到黔靈僅幾時遙思定省慰親慈勸君拭盡相思淚莫遣堂前白髮知。

紫江朱氏家乘　卷四　紫荆花館詩　一

刊载于《紫江朱氏家乘》上的朱启钤母亲傅梦琼诗

感动国人的开阳人

# 開州志補輯緣起

開州志修於乾隆四十五年後無續者康熙中馮詠初修之開州志略榛狉之初文獻實

少馮序言採自盧上舍燦所哀集筆路縷啟於斯人亦可珍矣王文炳作州志就馮志略

稍稍增益成爲十卷椎輪粗具體例井然而採輯未能悉備蓋倉卒以應功令亦爲時代

所限也厥後吾郡人文蔚起以中憲何氏爲最著晴岡西嵐魯瞻素園皆以能文章名於

時不聞有所紀述豈以占籍偶取科第抑或早達而去鄉井見聞之間轉不若官於斯土

之切歟吾家世居開州城南永興場曾祖理堂公之生適在王刺史修志後之二年逮道

光中葉通籍以後遊官湖南奉高祖母諱歸主講正本書院亦遂遷居省城越世既久中

經黔亂子孫相率流徙在外者又若千年至啟鈐之生顧未嘗一履鄉土聞見之陋更可

知矣行年六十始從事編輯家乘徵求郡志菱在北平圖書館得影本一帙爲清史舘故

籍趙次山尚書自黔中携歸者原書今藏故宮非常人所能輕見圖書舘用照相法影印

朱启铃著于1935年的《开州志补辑缘起》，存于《紫江朱氏家乘》。文中所指中宪何氏即何学林、何亮清祖孙，二人皆诰封中宪大夫。晴冈、西岚、鲁瞻、素园分别是何锦、何德新、何德峻、何泌四人的字号。

# 六

朱启钤浓烈的家国情怀还表现在一些看似小事上。那年我到北京东四八条朱启钤故居时，见西厢房屋角，有一副开阳乡间随处可见的石磨，好生惊奇，此物怎么在这里见到？朱文榘（朱启钤四孙，时任天津市人大常委会副主任）告诉我，这是当年他祖父磨豆腐用的。后来我在《紫江朱氏家乘》里，读到了朱启钤晚年撰写的纪念外祖父的《瞻怀外纪》中，竟用了两千五百字专门写了豆腐、豆豉的做法、种类等，津津有味，细致入微，感人至深。他说："吾家自去黔以来，吾父母以泊吾身，皆未忘故乡习俗。"

他兄妹幼时随母亲居住在外祖父家时，外祖父外祖母年事已高，牙齿不好，他母亲经常以石磨磨豆花来孝敬两位老人。他便同母亲一起做豆花，他还特地做了点改进，即在做好的豆花里放入鲜嫩的黄豆芽同煮，至黄豆芽断生即可。你看乌黑铮亮的砂锅里，刚出锅的白白嫩嫩的豆花，卧在黄艳艳的豆芽上，热气腾腾，清香扑鼻，再配一碟肉末红油辣椒蘸水，这简直就是一幅色彩鲜明的工笔画啊！菽，豆类的总称，豆花为黄豆所制，豆芽亦为黄豆所生，同源同根，于水中相逢承欢，既合古训，又充满诗情画意。朱启钤将这道菜特别命名为"菽水成欢"。

孔子说："啜菽饮水，尽其欢，斯之谓孝。""菽水承欢"原本出自《礼记·檀弓下》一则弘扬孝道的典故，被朱启钤化为一道美食的名称，这道美食伴随了朱启钤的一生，成了京城公府菜中"朱家菜"的看家菜。

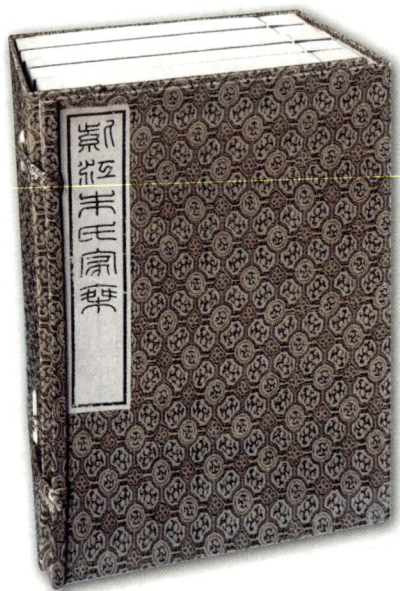

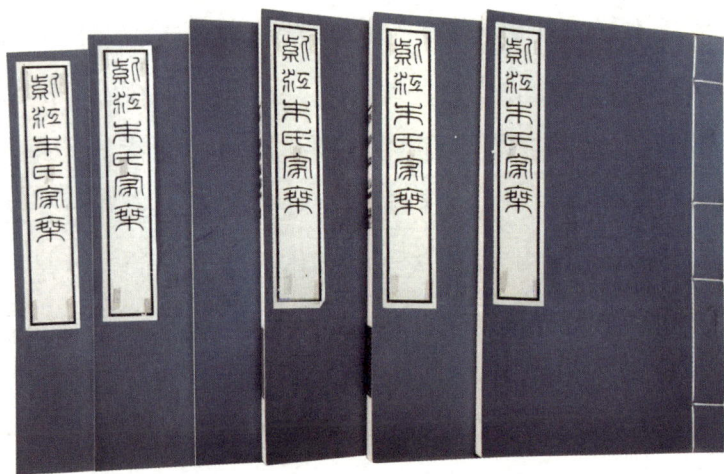

朱启钤编著于1935年的《紫江朱氏家乘》，线装，一函六册。全书记录了紫江（开阳）朱氏自朱之鹤（字敬之）至朱启钤辈共九世概况，不仅是朱启钤一家的家乘族谱，更是弥足珍贵的地方志史料，具有极高的历史价值。

　　朱世熙创作于道光年间的《自题行乐图》，是目前能看到的开阳最早的文人水墨画配诗作品。

朱世熙手书《自题行乐图》

朱启钤曾祖父朱世熙

朱启钤母亲傅梦琼（1843—1900），字清漪。才女、诗人，著有《紫荆花馆诗集》一卷。

# 抗日名将傅砚农

## 一

1944年9月的一天，初秋的艳阳似乎特意将开阳山城打扮得亮亮堂堂的，一片祥和。午饭刚过，只见几个穿着便装而又明显可见带有手枪的汉子，簇拥着一乘滑竿，过西门桥，朝周家祠堂（今开阳印刷厂处）而来。滑竿上坐着一位中年人，身着中山装，神色凝重，随意观看着街道的景致和行人。他远远地看到周家祠堂大门口站着一个身

傅砚农将军墓，位于开阳城西

材魁梧的军人，恭候在那里。他终于露出了几丝笑容，未到即下了滑竿，快步过去。当他出现在军人面前时，军人立即行了一个标准军礼，然后两双大手紧紧地握在一起，许久都没有分开。军人礼让着他进了大门，大门随即紧闭。大门外除了随行的几个便

衣以外，四周还站着好多荷枪实弹的宪兵。

这就是当年轰动一时的张学良将军与傅砚农将军的见面情景，为傅镕亲眼所见。傅镕是傅砚农的侄儿，当时正是开阳中学的学生，几乎每天都去看望暂居在周家祠堂的叔叔和婶婶。那天傅镕也像往常一样兴冲冲地朝大门而去，但刚进大门就被宪兵拦下了。这次会面，就连张将军的"副官"刘乙光、开阳时任县长李毓桢等都未能参与。张傅二人为什么如此神秘地相会于开阳城呢？先说一说傅砚农吧。

二

傅砚农，字培德，1905年出生于开阳城，1925年小学毕业，考入贵阳师范学校，这期间正是北伐战争的浪潮席卷大江南北的时代，傅砚农的爱国热情被激活了。1926年，他在贵阳积极投身于北伐的洪流之中，担任北伐宣传员。1927年，傅砚农考入黄埔军校武汉分校。在武汉，他与进步青年广泛接触，结识了影响他一生的好友魏巍（中共地下党员，1941年奔赴延安，担任过八路军参谋部主任，改名白天），读到了如《响导》、《群众》等进步刊物。同年7月，因为汪精卫在武汉发动反革命政变，傅砚农愤慨离开武汉，打算到南昌参加起义，途中受阻，未能遂愿。后辗转回到贵州，在李晓炎的43军第一师任参谋。该师副师长谢彬举荐傅砚农到日本步兵学校深造。1930年，傅砚农从日本学成归国，已升任43军新编第10师师长的谢彬特任命他为政治处处长，而傅砚农自觉学习还不够，1931年，又以优异的成绩考入南京中央陆军大学。

1937年，抗日战争全面爆发，傅砚农正好从陆大毕业，随即分配到第二战区司令长官卫立煌所属的14军85师任参谋处长。1937年10月，日本侵华军有王牌军之称的坂垣师团在平型关遭到八路军115师重创后，不敢贸然西进，只好沿铁路南下，企图夺取山西首府太原。卫立煌部队为保卫太原，于山西发动了忻口战役。在这次战役中，傅砚农所在的85师与兄弟部队一起担任左翼防卫任务，在离忻口10多公里的沙窝一带阻击日军。据傅砚农当年的卫士王金廷（瓮安人，1986年6月13日，傅将军之子傅建中、傅责中拜访过他）回忆说："当时，师部驻扎在吕家村，战斗打响后，我们负责阻击日军一个师的进攻，日军用飞机大炮狂轰乱炸我们的阵地，傅参谋长沉着冷静，指挥部队打退日军的一次次猖狂进攻，我们坚守阵地二十多天，接到转移命令后才撤离阵地，转移到山西忻口。这次战斗，85师伤亡惨重，两个旅只剩一个了。"

1938年6月，傅砚农升任85师参谋长，师长是陈弦秋，傅陈二人早在傅砚农在日本留学回国后即是好朋友，这次搭档如鱼得水。85师奉命开赴山西垣曲县蒲掌村一带阻击由封门口的进犯之敌，与日军相持了半个月。傅砚农亲率一个团夺回日军所占的山头阵地。敌人火力太猛，傅砚农高呼："不怕死的跟着我冲！"为抗击日寇，他视死如归，身先士卒，他的英勇气概激励了全团官兵，接连夺下了二十多个山头，经过八天的激战，85师最终击退敌人的进攻。这次战斗，受到战区司令长官卫立煌的嘉奖。

王金廷还叙述道："攻打日军占领的重镇侯马，85师指挥所设在一个山头上，战斗打响没有多久，被敌人发现了，数十发炮弹轰炸指挥所山头，好几发就落在指挥所附近，而傅参谋长如无事一样，一边看地图，一边电话指挥战斗。情急之下，我拥着傅参谋长往外撤，刚撤出，一发炮弹飞过来，指挥所被夷为平地。这次激战，我们歼灭了日军一个联队，夺回侯马。有一次，傅参谋长命令以一个排去逗引敌人进入伏击圈，大炮一响后，我们开始全面进攻。那一次打得痛快，一战获胜，歼灭一个运输队的敌人，缴获运输车300多辆。战斗结束后，傅参谋长用日语审讯日军俘虏，都说了些什么，我们一句也听不懂，但看那日本俘虏心悦诚服的样子，应该是被参谋长的话打动了，离开时还特向参谋长行了一个鞠躬礼。"

1940年，九十三军参谋长魏巍推荐傅砚农调任新8师参谋长。1940年5月，日军将对同蒲铁路沿线发动夏季"扫荡"。为了粉碎"扫荡"，九十三军提前对日军发动进攻，新8师奉命攻击浮山之敌，战斗异常激烈，伤亡惨重。师长陈牧农，非科班出身，不擅长指挥。傅参谋长当仁不让，当机立断，改变部署，运用灵活机动的战略战术，出奇制胜，歼敌一千余人，缴获枪支弹药、地图文件无数，日军的"扫荡"计划破产。这一年，为配合八路军的"百团大战"，驻守在山西长子县十里村的新8师，奉命监视长子县城之敌，进攻高平日军。傅砚农亲率两个团攻打沁水县至高平县公路之间的高平关和寺庄镇。1940年8月20日晚，

"百团大战"打响，傅砚农指挥的高平之战同时打响，他始终冲在第一线，既是指挥员，又是战斗员。高平之战胜利了，而傅砚农病倒了，肺结核病复发，咳嗽吐血不止。高平之战的胜利有力地配合了"百团大战"，这是一次永载史册的战斗。"百团大战"是中国共产党领导的八路军在华北敌后发动的大规模进攻和反"扫荡"战役，由于参战兵力达105个团20余万人，故称"百团大战"。该战役共毙伤日军2万余人、伪军5000余人。高平之战后，傅砚农任新8师副师长兼师参谋长。1941年，蒋介石撤了卫立煌第二战区司令长官之职，罪名是"亲共"，并清查卫立煌所部的"亲共"分子。九十三军参谋长魏巍在傅砚农的秘密护送下去往延安。

魏巍的身份暴露后，九十三军军长刘勘逮捕了一些平时和魏巍接近的人。傅砚农被紧急召回洛阳，刚到即被拘押，当作"共产党嫌疑分子"遭审讯。后因查无实据，又是难得的军事指挥人才，傅砚农获释，官复原职。

1942年秋，九十三军奉命开往重庆綦江驻防，军长刘勘调任重庆卫戌区副司令，陈牧农升任九十三军军长，傅砚农升任九十三军参谋长。1944年8月，九十三军奉命开往广西全州，守防广西北门。由于九十三军1000余公里的疾行军，疲惫不堪，加上新兵多，没有作战经验，全州失守。不久，日军相继占领了桂林、柳州。第四战区司令长官张发奎向蒋介石报告说，九十三军军长陈牧农根本不会指挥，导致失败。蒋下令将陈牧农"军前正法"。军参谋长傅砚农幸免于难，但肺结核病加重了。有鉴于此，上方只得同意他暂作休息养病。他的夫人沈毓华是医生，于是夫妇俩即回到家乡开阳。因为，开阳当时算是大后方的一块"净地"，正好适于傅砚农休养。

当张学良从刘乙光、李毓桢二人口中得知傅砚农从抗日前线回开阳养病时，他特别郑重地提出拜会傅砚农的要求。自1936年张学良发动了震惊中外的"西安事变"，遭幽禁以来，外界的情况知之甚少，尤其是抗日战争的情况几乎是一片空白。国恨家仇，常常令他心忧如焚。傅砚农从前线回来了，与他同在开阳这片天空下，无论如何得见见这位九十三军参谋长。这是个十分难得的机会。想到这里，张将军有些激动了。

傅砚农接到县府的告知，张将军要来拜望他，内疚惭愧涌上心头。作为军人"守土有责"，然而，全州失守了，虽不是自己的全责，但作军参谋长负有不可推卸的职责啊，还有什么脸面见少帅！这次回开阳，除了养病，该"闭门思过"。但是，少帅是他十分崇拜的英雄啊！张少帅现在"落难"了，"流放"到了开阳，见面应该是对他的慰藉，自己所经所历，战争的进展情况等，也许正是少帅想急需知晓的。同时，还可以探讨一下九十三军失败的原因。

国难当头，两位英雄心有灵犀。周家祠堂里的张学良与傅砚农两位将军的会面，永远定格在历史里。

那次见面几个月后，即1944年12月，张学良将军结束了他在开阳两年零十个月的幽禁生涯，又被转移至桐梓小西湖，继续过那样的生活。傅砚农也于1945年重新归队，供职于抗战胜利后由国民党、共产党和美国代表三方组成的"军调处"。1946年5月，军调处工作结束，傅砚农调台北警备司令部任少将高参。1947年夏，傅砚农前往台湾高雄处理军队油库失火案件时，因劳累过度，返程途中旧病复发，吐血不止，抢救无效，与世长辞，年仅四十二岁。他在寄给傅镕的一张照片题诗曰：

> 海上波澜方起伏，中原战乱又何如？
> 一生都在烽烟里，漫把天涯作寄芦。

这首写于1947年傅将军辞世前的小诗，表现出他对祖国前途命运的担忧，对家乡亲人的眷恋。1948年，傅将军遗骸回家乡开阳安葬，曾有名士撰挽联：

> 于国果垒建功劳，问开阳有几个男儿壮士乃文乃武；
> 在乡曾同施教育，愧我辈不能冲困难环境悲己悲君。

抗日名将傅砚农

# 钟诚的故事

一

"朱总司令参谋钟诚寓此"，这是见于开阳双流街上一宅院大门上十分醒目的条幅。时间是：1949年11月15日。此时正值开阳城解放、人民解放军路过双流。见者惊诧莫名，询问果真如此。于是，对他尊敬有加。

由于国民党残余与地方反动势力相勾结，形成严重匪患，新生的人民政权岌岌可危，百姓生命财产受到巨大威胁。因此，钟诚自告奋勇于1950年6月向贵州省人民政府呈送《剿匪计划书》。时任贵州省委书记、省军区司令员、身经百战的杨勇将军读完《剿匪计划书》后，赞不绝口，称此计划书非科班出身的高手不能作！

如此不凡，钟诚究竟是怎样的人呢？

钟诚，亦名钟义，字义明，号山英。光绪十四年（1888），钟诚出身于开州两流泉（双流街上）已是名门望族的钟家，钟诚自幼即受良好的教育，立志报国。小学教育完成后，考入贵州武备学堂（后改为贵州陆军小学堂），后又考入武汉第三陆军中学堂，学制两年。按照清末陆军教育制度，各省（当时全国共19个省）陆军小学堂的学生三年毕业后，优秀者进入中学堂学习。全国共有四所陆军中学，即北京清河陆军第一中学、西安陆军第二中学、武汉陆军第三中学和南京第四中学。陆军三中毕业后，钟诚于1913年以优异成绩考取官费留学日本陆军士官学校。

据相关史料统计，创建于1874年的日本陆军士官学校至1945年日本战败投降止，共办了61期，培养36900名学生，其中有6人曾担任日本国内阁首相，日本甲级战犯中的东条英机、松井石根、山田乙三、梅津美治郎等人均毕业于该校，世人称"战犯"培训基地。清末，朝廷本着"师夷长技以制夷"的理念，于光绪二十六年（1900）7月，首次派遣吴录贞等四十名中国学生进入日本陆军士官学校留学，至1937年全面抗日战争止，共派一千六百多人进入该校留学。因此，形成清末民初中国政界军界所谓的"士官系"。1912年，袁世凯筹办的保定陆军军官学校，所聘教官全是日本士官学校毕业生。云南讲武堂的军事教官大部分是"士官系"，活跃在民国年间的何应钦、阎锡山、汤恩伯、白崇禧、张群、王伯龄、钱大钧，等等，也同为"士官系"。该校学制为三年，钟诚为该校步科第十期学生，与曾任过四川省主席、行政院长的四川人张群为同班同学，1915年毕业回国。

回国后的钟诚在北平某部做见习军官。其间，他接受了革命的思想，赴上海加入了孙中山由"兴中会"改组的"中华革命党"（国民党前身），自愿接受孙中山先生的领导，积极参与

钟诚的故事

"讨袁护国"运动，利用他"士官系"的特殊背景，游说政坛军界的首脑，统一认识，团结一致，打倒封建势力，粉碎袁世凯复辟帝制图谋，拥护孙中山，建立一个民主的共和国。1915年12月，钟诚的老校友蔡锷（1904年毕业于日本士官学校）第一个公开反对袁世凯，在云南组织护国军讨袁。钟诚欢欣鼓舞，立即投奔蔡锷的护国军，在朱德任旅长的部队任干事。1916年，在四川纳溪、沪州一带战斗，大败袁世凯军队，取得了决定的胜利。在这场战争中，钟诚因襄赞军机有功，被委任为朱德旅长的少校参谋兼步兵营长，后又任宪兵营长，负责整饬在泸州的滇军军纪。护国战争结束后，钟诚于1921年回贵州，应何应钦等人之邀入黔军，历任上校参谋，上校教官、副团长、参谋处上校科长、点验委员长等职。

## 二

1927年，钟诚被任命为国民革命军十七师少将参谋，为"士官系"杨杰的部属。同年，蒋介石在南京组建"中央陆军军官学校"，亲任首任校长。1928年，蒋介石任命钟诚为中央陆军军官学校战术教官（少将）。不久他被委派为江苏兴化县县长、饷捐局局长、中央军少将参议兼巡视团委员等职。他虽为"士官系"出身，却进入不了政界军界的高层，就其原因即他对1927年之后的蒋介石的种种行径，心存芥蒂，认为蒋介石完全背叛了孙中山先生的革命主张。他秘密联络军界志同道合者"倒蒋"。1946

年，与杨杰等人在重庆上龙门枣子湾18号公馆，组建"倒蒋"司令部。事情败露后，杨杰遭杀害，钟诚逃离，回到家乡隐居。

## 三

"蒋介石还欠我三块大洋哩。"

闲聊时，他常向人们说这句话，此话当真？说不好，无从考证，但钟诚与蒋介石零距离的交往却是事实。查阅蒋的经历即可得知。

1887年蒋介石生于浙江奉化，比钟诚年长一岁。不过那时他不叫蒋介石，而叫"蒋自清"。1908年，蒋考入官费留学日本东京振武学校，被编入炮兵班。振武学校是中国留学生的陆军预备学校，毕业后，获士官候补生的资格，然后到日本军队实习一年，考试合格后才可成为正式的士官生。1910年蒋介石毕业，遂按惯例被派赴日本高田陆军第十三师团野炮兵第十九联队做见习生，即获得士官学校的候补生资格。所谓"见习生"，就是干一些喂马、传令、门卫等军中杂活。蒋介石的"见习"期满后，正好赶上1911年的辛亥革命，蒋介石等二十名在日本的留学生回国参加革命。蒋介石于1911年10月30日到达上海，参加杭州光复活动。1912年1月1日，中华民国成立，十三天后辛亥革命领袖人物之一的陶成章，在上海住院养病时遇刺身亡，蒋介石被卷入这一刺杀活动中被追查，被迫于1913年再次东渡流亡日本，打算再进士官学校修完学历。这一年正好是钟诚考取士官学校的时候。

遥想蒋钟二人在日本相识相交的情景，极有戏剧性，同为热血青年，一个侃侃而谈，张扬跋扈，操着吴侬软语；一个一口西南官话（开阳话），寡言少语，内敛沉稳，而寻求报国之路的共同理想将他俩联系在一起，他们成了"同志"，成了朋友。此时的蒋介石，向朋友钟诚借钱之事发生的可能性极大。蒋介石最终还是未能进入士官学校，因其"擅自"回国参加武昌起义，日本官方认为其违反军纪，开除了他的学籍。后来蒋介石还是以两年士官预备生、一年士官候补生的经历，算是半个"士官系"。1914年蒋介石受孙中山的委派回到上海，协助陈其美开展"中华革命党"组建事宜，并开展反对袁世凯的革命活动。钟诚学成归国后，蒋钟二人又在上海重逢，成了"讨袁"运动中的革命战友。二人的绝交始于1927年。

四

由于家庭的影响，钟诚自幼饱读诗书，聪颖稳沉，从其亲友所撰的回忆文章中得知这样一个故事：当年钟诚考日本士官学校，笔试没有获得第一、第二名，而面试却得了第一名。当时面试的考场设在三楼，考生进门站立未稳，考官便问："你上楼来，一共走多少步楼梯？"这一问，成了不是问题的"问题"，谁会注意这等小事，纯属怪问偏题！因此，当日的面试者几乎没有能应答正确的，唯独钟诚的回答准确无误。其性格的沉稳细致，由此可见。

钟诚于1950年向省政府上报《剿匪计划书》后，由省委介绍他到开阳县人民政府工作，从1951年起，他被选为开阳县第三、四、五、六、七届各族各界人民代表会议代表、常务委员，第七届副主席兼开阳县民政科副科长、县文教局副局长等职，贵州省政协第一届委员。1972年，钟诚病逝于开阳，寿年八十四岁。

# 读《水东人物谭·开阳人》有感（代跋）

　　拜读我的老师聂舒元先生新作《水东人物谭·开阳人》，仿佛有一种重新回到中学时代，在开阳一中教室里聆听先生授课的感觉。一个地方的文化积累不易，传承更加不易。开阳是我的家乡，有历史有故事，但这些历史和故事需要有人去挖掘和讲述，聂老师仿佛就是家乡的文化老人，一直在默默地挖掘，娓娓地讲述着开阳的历史和人物。开阳的历史是一代又一代开阳人创造的历史，从这本书里不仅可以读到开阳悠久灿烂的历史，更可以读到开阳人骨子里那种深层的历史创造能力，从而让当下的开阳人生成更加坚定的历史自信，彰显更加自觉的历史担当，去创造崭新的开阳历史。这是我拜读本书后所得到的最大收获。

　　本书四十六篇文章选取了近百位在历史上产生过积极影响的人物，这里面有我之前听说过的宋鼎、杨立信、宋隆济、宋斌、宋景阳、宋阿重、宋钦、刘淑贞、宋万化、梅仕奇、莫文达、石虎臣、戴鹿芝、佘士举、何庆松、朱启钤、钟昌祚、傅砚农、范静庵、胡廉夫等先辈，也有我之前没有听说过的刘启昌、龙声洋、许阁书、何麟书、宋昂、宋昱、宋然、宋炫、宋承恩、黄嘉隽、张登贵、谌文学、何人凤、周师皋、何鼎、何子澄、蓝阿秧、钟诚以及松林李氏一族、思茅坪何氏一族等前辈先贤，就是以前听说过的也没有这次了解得这样生动而细致，因此不仅让我眼界大开，更是令我这个开阳人倍感自豪和骄傲。这些开阳历史人物或为家乡发展呕心沥血，或为民族国家奋斗不息，共同之处就是都体现了以爱国主义为核心的民族精神。这是我拜读本书后所得到的又一体会。

千年水东，人文开阳，跌宕起伏的历史长河肯定不会只留下这一系列人物的名字。从农业文明到工业文明的革命性变革，从半殖民地半封建社会到社会主义社会的革命性变革，从改革开放到中国特色社会主义新时代的历史性变革，那一定是千千万万开阳人共同绘就的千里江山图，背后一定是不计其数的开阳人携手共进的大众群英谱。开阳作为一个历史悠久的县，能够历经千年发展壮大到今天，虽古老而不失青春的活力，团结、奋斗、拼搏是底色，开明、开放、开拓是精魂。什么时候才能把这个群英谱书写完成，展示出来、流传下去，让后来的人能够见人见事见精神，把开阳发展的接力棒接下去，在新征程上继续跑出好成绩，这是我拜读本书后涌现出的又一全新期待。

但愿聂老师有生之年，还能老骥伏枥，壮心不已，再出新作。当然，首先要保重身体。

贵州省社科联党组成员、秘书长丁凤鸣

2023 年 4 月 3 日于贵阳

读《水东人物谭·开阳人》有感（代跋）

# 后 记

《水东人物谭·开阳人》，我不能不写。

我尝试了"自己描写自己"。写作《水东饮馔谭·开阳味道》时我尚有几分迷茫，而待出版发行后，产生了一定的影响，尝到了甜头。故写第二本《水东人物谭·开阳人》时便是激情满怀了。因为在这个过程中，我深深地感受到，开阳历史文化亦如开阳矿藏资源一样取之不尽，用之不竭，是一座精神富矿，令人着迷，欲罢不能。正如美学家朱光潜所说："'从前'这两个字可以立即把我们带到诗和传奇的童话世界。"这个"世界"的主体是人，是创造并书写了光辉灿烂历史的人。读人通心，与古人的对话，即是与古人心灵的撞击。在漫长的历史长河中，那一个个闪烁着光芒、可敬可佩、可感可知的开阳人物，实在令我这个开阳后来者感动，他们激励着我非将他们写出来不可。他们是开阳的骄傲，他们足以展现开阳人的魅力，他们让开阳人找回了文化自信。

自2022年2月完成首篇《紫袍金鱼话宋鼎》开始，到2023年2月底完成末篇《钟诚的故事》止，一年时间，我共完成四十六篇近二十万字的写作，叙述了自唐代到民国一千多年来开阳历史上一系列著名人物的故事。写作是艰辛的，尤其是文献资料的缺乏，握笔兴叹是常事。然而，缺乏记载，不是没有记载，我想到了民国时期的著名学者傅斯年的一句名言："上穷碧落下黄泉，动手动脚找东西。"功夫不负有心人，只要用心，就会有收获，故纸堆里，一些不经意留下的只言片语，可以让我们突然想到历史上的一片无限风光，就像一扇紧闭的大门找到一丝缝隙，贴脸上去仔细观看，也能窥见园内的景致。我除了在搜集到的历史典籍、历史资料、私家族谱、地方志等文献中梳理，还在贵阳旧书店（铺）中寻觅，在旧书网上淘宝，在百度网上搜寻，等等。又花了相当多的时间探寻开阳历史名人的文稿、手迹、故居、墓葬等。搜集、整理、甄别、取舍，一切皆为了所写人物有血有肉，真实可信。

这个过程亦是幸运的，通过与精英们的"对话"，自己心灵也得到一次次透彻的洗礼。如写《感天动地戴鹿芝》一文时，当写到开阳城被匪兵攻破，大势已去，身为开州知州的戴鹿芝从容镇定地整装端坐州衙大堂上，向蜂拥而至的何得胜等人喊道："你们可速杀我全家，勿动我开州百姓一人！"行笔至此，情不自禁，老泪潸然。戴鹿芝是用自己和妻儿老小的生命捍卫开阳人的尊颜啊！又如写作《奇才何学林》一文，当写到何学林舌战江南"群儒"的场景时，自己竟然激动得握不住笔，因为何学林确实是为"山旮旯水角落"的开阳人争了光，作为开阳人能不激动吗？

在灿若星辰的开阳历史人物中，该如何选取？这是动意写作时首先要把握的问题。根据领导和专家的意见，并结合地方志编撰的相关原则，特拟定撰写"开阳人"的三条原则：第一，开阳籍或官游、旅居开阳的著名历史人物，即从开阳走出和走进开阳的历史人物；第二，在历史上有影响，或在某一方面、某一领域做出贡献的开阳人；第三，一篇文章中的开阳人，可以是一个人，也可以是一群人或一个家族（如《思茅坪那一家》、《松林这家人》、《特殊时期的开阳人》即为此类）。在三项原则之下，还必须有一条硬性要求，即所写人物有准确的史实依据，杜绝异想天开，胡编乱造，道听途说，生搬硬套。因此，有如下主要参考著作：明·弘治《贵州图经新志》（点校本）、清·道光《贵阳府志》、清·同治《黔诗纪略》、清·爱必达《黔南识略》清·罗绕典《黔南职方纪略》和民国《开阳县志稿》，以及《开阳县志》（1993年版）、《贵州通史》（2002年版）、《用年表读通中国史》（2013年中华书局出版）等，同时还参考了近年来水东文化研究的新成果。

由于《水东饮馔谭·开阳味道》和《水东人文谭·开阳故事》的成功尝试，本书的写作手法仍然是"以文学的名义"撰写开阳历史人物。为增强文章的可读性，在合乎人物身份特征和性格的基础上，借鉴象征、隐喻、通感、联想、意象组合、虚实相间、时空切换等表现手法。这是司马迁开创的以人物传记为主干写历史的创作路径。因此鲁迅称《史记》为"史家之绝唱，无韵之离骚"。历史散文作家余秋雨在其《历史的母本》一文中说："散文什么都可以写，但最高境界一定与历史有关。这是因为，历史本身太像散文了，不能不使真正散文家怦然心动……有时，他（司马迁）的叙述中出现了较完整的情节，有人物，有性格，有细节，有口气，有环境，几乎像一则则话本小说了。但是，他绝不满足于人们对故事情节的世俗期待，绝不沦入说唱文学的眉飞色舞，叙述的步履依然经天纬地，绝无丝毫哗众取宠之嫌。"虽不能至，心向往之，我努力遵循这条叙写历史的写作路径。

本书以历史朝代的先后为序，对选定的开阳人进行分章叙述。"唐德宗建中三年，蛮州刺史宋鼎入朝贡朱砂五百两。"这是史籍中首次明确完整记载的开阳人。于是宋鼎即成了本书开篇第一人，并以唐代为起始依次写来。唐代：宋鼎、张籍、杨立信、刘启昌；宋代：宋景阳、鲁郎；元代：宋隆济、宋阿重；明代：宋钦、刘淑贞、宋斌、宋昂、宋昱、宋然、宋炫、宋承恩、宋万化、宋嗣殷、宋世杰、何图呈、何人凤、张登贵、莫宗文、黄嘉隽、谌文学、何梦熊祖孙三代、周师皋；清代：徐昌、冯咏、何子澄、何学林、梅仕奇、蓝阿秧（苗族）、莫文达（布依族）、石虎臣、戴鹿芝、佘士举、李立元前后六代二十余人；民国：何庆松、钟昌祚、许阁书、何麟书、范静庵、胡廉夫、朱启钤、钟诚，等等。这些都是各篇的主要人物，旁及人物若干。

千年水东，人文开阳，开阳不仅只有这些人物，开阳的辉煌是不计其数的大众群英所创造的。挂一漏万，本书为抛砖引玉之作。我深信，全新的"开阳群英谱"定会有高手书写完成。

作文难，作历史散文则更难。好在本书亦同前两部一样，从动意策划到书成付梓，一直在开阳县人大常委会领导下完成，且有关领导参与文献资料的搜集整理、遗迹探寻、图片拍摄等工作。样书送审时，又得到著名作家、学者杨打铁、龙耀宏、罗吉万、丁凤鸣、韩进、谢赤樱、吴世祥等老师的具体指导。贵州省

后记

作协副主席杨打铁还为本书写了序，贵州省社科联党组成员、秘书长丁凤鸣亦为本书作跋。三生有幸！这样一本平平淡淡的册子只怕辜负领导和作家、学者们的一片深情厚爱，只得再道一声：谢谢！

聂舒元

二〇二三年八月八日

—— • 以人物承载历史